U0653489

残雪作品精选

残雪 著

长江出版传媒　长江文艺出版社

图书在版编目（ＣＩＰ）数据

残雪作品精选 / 残雪著. -- 武汉：长江文艺出版
社，　2020.11
　　ISBN 978-7-5702-1589-8

　　Ⅰ.①残… Ⅱ.①残… Ⅲ.①中篇小说－小说集－中
国－当代②短篇小说－小说集－中国－当代 Ⅳ.
①I247.7

　　中国版本图书馆 CIP 数据核字(2020)第 079087 号

责任编辑：周　聪　　　　　　　　　责任校对：毛　娟
封面设计：沐希设计　　　　　　　　责任印制：邱　莉　　胡丽平

———————————————————————————————

出版：长江出版传媒 ︱ 长江文艺出版社
地址：武汉市雄楚大街 268 号　　　　邮编：430070
发行：长江文艺出版社
http://www.cjlap.com
印刷：湖北新华印务有限公司

———————————————————————————————

开本：880 毫米×1230 毫米　　　1/32　　印张：9.75　　　插页：4 页
版次：2020 年 11 月第 1 版　　　　2020 年 11 月第 1 次印刷
字数：180 千字

———————————————————————————————

定价：45.00 元

———————————————————————————————

目　录

山上的小屋

在我家屋后的荒山上，有一座木板搭起来的小屋。

我每天都在家中清理抽屉。当我不清理抽屉的时候，我坐在围椅里，把双手平放在膝头上，听见呼啸声。是北风在凶猛地抽打小屋杉木皮搭成的屋顶，狼的嗥叫在山谷里回荡。

"抽屉永生永世也清理不好，哼。"妈妈说，朝我做出一个虚伪的笑容。

"所有的人的耳朵都出了毛病。"我憋着一口气说下去，"月光下，有那么多的小偷在我们这栋房子周围徘徊。我打开灯，看见窗子上被人用手指捅出数不清的洞眼。隔壁房里，你和父亲的鼾声格外沉重，震得瓶瓶罐罐在碗柜里跳跃起来。我蹬了一脚床板，侧转肿大的头，听见那个被反锁在小屋里的人暴怒地撞着木板门，声音一直持续到天亮。"

"每次你来我房里找东西，总把我吓得直哆嗦。"妈妈小心翼翼地盯着我，向门边退去，我看见她一边脸上的肉在可笑地惊跳。

有一天，我决定到山上去看个究竟。风一停我就上山，我爬了好久，太阳刺得我头昏眼花，每一块石子都闪动着白色的小火苗。

1

我咳嗽着，在山上辗转。我眉毛上冒出的盐汗滴到眼珠里，我什么也看不见，什么也听不见。我回家时在房门外站了一会，看见镜子里那个人鞋上沾满了湿泥巴，眼圈周围浮着两大团紫晕。

"这是一种病。"听见家人们在黑咕隆咚的地方窃笑。

等我的眼睛适应了屋内的黑暗时，他们已经躲起来了——他们一边笑一边躲。我发现他们趁我不在的时候把我的抽屉翻得乱七八糟，几只死蛾子、死蜻蜓全扔到了地上，他们很清楚那是我心爱的东西。

"他们帮你重新清理了抽屉，你不在的时候。"小妹告诉我，目光直勾勾的，左边的那只眼变成了绿色。

"我听见了狼嗥，"我故意吓唬她，"狼群在外面绕着房子奔来奔去，还把头从门缝里挤进来，天一黑就有这些事。你在睡梦中那么害怕，脚心直出冷汗。这屋里的人睡着了脚心都出冷汗。你看看被子有多么潮就知道了。"

我心里很乱，因为抽屉里的一些东西遗失了。母亲假装什么也不知道，垂着眼。但是她正恶狠狠地盯着我的后脑勺，我感觉得出来。每次她盯着我的后脑勺，我头皮上被她盯的那块地方就发麻，而且肿起来。我知道他们把我的一盒围棋埋在后面的水井边上了，他们已经这样做过无数次，每次都被我在半夜里挖了出来。我挖的时候，他们打开灯，从窗口探出头来。他们对于我的反抗不动声色。

吃饭的时候我对他们说："在山上，有一座小屋。"

他们全都埋着头稀里呼噜地喝汤，大概谁也没听到我的话。

"许多大老鼠在风中狂奔。"我提高了嗓子，放下筷子，"山上的沙石轰隆隆地朝我们屋后的墙倒下来，你们全吓得脚心直出冷汗，你们记不记得？只要看一看被子就知道。天一晴，你们就晒被子，外面的绳子上总被你们晒满了被子。"

父亲用一只眼迅速地盯了我一下，我感觉到那是一只熟悉的狼眼。我恍然大悟。原来父亲每天夜里变为狼群中的一只，绕着这栋房子奔跑，发出凄厉的嗥叫。

"到处都是白色在晃动，"我用一只手抠住母亲的肩头摇晃着，"所有的东西都那么扎眼，搞得眼泪直流。你什么印象也得不到。但是我一回到屋里，坐在围椅里面，把双手平放在膝头上，就清清楚楚地看见了杉木皮搭成的屋顶。那形象隔得十分近，你一定也看到过，实际上，我们家里的人全看到过。的确有一个人蹲在那里面，他的眼眶下也有两大团紫晕，那是熬夜的结果。"

"每次你在井边挖得那块麻石响，我和你妈就被悬到了半空，我们簌簌发抖，用赤脚蹬来蹬去，踩不到地面。"父亲避开我的目光，把脸向窗口转过去。窗玻璃上沾着密密麻麻的蝇屎。"那井底，有我掉下的一把剪刀。我在梦里暗暗下定决心，要把它打捞上来。一醒来，我总发现自己搞错了，原来并不曾掉下什么剪刀，你母亲断言我是搞错了。我不死心，下一次又记起它。我躺着，会忽然觉得很遗憾，因为剪刀沉在井底生锈，我为什么不去打捞。我为这件事苦恼了几十年，脸上的皱纹如刀刻的一般。终于有一回，我到了井边，试着放下吊桶去，绳子又重又滑，我的手一软，木桶发出轰隆一声巨响，散落在井中。我奔回屋里，朝镜子里一瞥，左边的鬓发全白了。"

"北风真凶，"我缩头缩脑，脸上紫一块蓝一块，"我的胃里面结出了小小的冰块。我坐在围椅里的时候，听见它们丁丁当当响个不停。"

我一直想把抽屉清理好，但妈妈老在暗中与我作对，她在隔壁房里走来走去，弄得"踏踏"作响，使我胡思乱想。我想忘记那脚步，于是打开一副扑克，口中念着："一二三四五……"脚步却忽然停下了，母亲从门边伸进来墨绿色的小脸，嗡嗡地说话："我做了一个很下流的梦，到现在背上还流冷汗。"

"还有脚板心，"我补充说，"大家的脚板心都出冷汗。昨天你又晒了被子。这种事，很平常。"

小妹偷偷跑来告诉我，母亲一直在打主意要弄断我的胳膊，因为我开关抽屉的声音使她发狂，她一听到那声音就痛苦得将脑袋浸在冷水里，直泡得患上重伤风。

"这样的事，可不是偶然的。"小妹的目光永远是直勾勾的，刺得我脖子上长出红色的小疹子来，"比如说父亲吧，我听他说那把剪刀，怕说了有二十年了？不管什么事，都是由来已久的。"

我在抽屉侧面打上油，轻轻地开关，做到毫无声响。我这样试验了好多天，隔壁的脚步没响，她被我蒙蔽了。可见许多事都是可以蒙混过去的，只要你稍微小心一点儿。我很兴奋，起劲地干起通

4

宵来，抽屉眼看就要清理干净一点儿，但是灯泡忽然坏了，母亲在隔壁房里冷笑。

"被你房里的光亮刺激着，我的血管里发出怦怦的响声，像是在打鼓。你看看这里，"她指着自己的太阳穴，那里爬着一条圆鼓鼓的蚯蚓，"我倒宁愿是坏血症。整天有东西在体内捣鼓，这里那里弄得响，这滋味，你没尝过。为了这样的毛病，你父亲动过自杀的念头。"她伸出一只胖手搭在我的肩上，那只手像被冰镇过一样冷，不停地滴下水来。

有一个人在井边捣鬼。我听见他反复不停地将吊桶放下去，在井壁上碰出轰隆隆的响声。天明的时候，他咚的一声扔下木桶，跑掉了。我打开隔壁的房门，看见父亲正在昏睡，一只暴出青筋的手难受地抠紧了床沿，在梦中发出惨烈的呻吟。母亲披头散发，手持一把笤帚在地上扑来扑去。她告诉我，在天明的那一瞬间，一大群天牛从窗口飞进来，撞在墙上，落得满地皆是。她起床来收拾，把脚伸进拖鞋，脚趾被藏在拖鞋里的天牛咬了一口，整条腿肿得像根铅柱。

"他，"母亲指了指昏睡的父亲，"梦见被咬的是他自己呢。"

"在山上的小屋里，也有一个人正在呻吟。黑风里夹带着一些山葡萄的叶子。"

"你听到了没有？"母亲在半明半暗里将耳朵聚精会神地贴在地板上，"这些个东西，在地板上摔得痛昏了过去。它们是在天明那一瞬间闯进来的。"

那一天，我的确又上了山，我记得十分清楚。起先我坐在藤椅里，把双手平放在膝头上，然后我打开门，走进白光里面去。我爬上山，满眼都是白石子的火焰，没有山葡萄，也没有小屋。

苍老的浮云

第一章

一

楮树上的大白花含满了雨水，变得滞重起来，隔一会儿就"啪嗒"一声落下一朵。

一通夜，更善无都在这种烦人的香气里做着梦。那香气里有股油味儿，使人联想到阴沟水，闻到它人就头脑发昏，胡思乱想。更善无看见许多红脸女人拥挤着将头从窗口探进来，她们的颈脖都极长极细弱，脑袋耷拉着，像一大丛毒蕈。白天里，老婆偷偷摸摸地做了一个钩子安在一根竹竿上，将那花儿一朵一朵钩下来，捣烂，煮在菜汤里。她遮遮掩掩、躲躲闪闪，翘着屁股忙个不停，自以为自己的行动很秘密。老婆一喝了那种怪汤夜里就打臭屁，一个接一个，打个没完。

"墙角蹲着一个贼！"他虚张声势地喊了一声，扯亮了电灯。

慕兰"呼"的一声坐起来，蓬着头，用脚在床底下探来探去地

7

找鞋子。

"我做了一个梦。"他松出一口气，脸上泛起不可捉摸的笑意。

"今天也许会有些什么事情发生。"他打算出门的时候这么想，"而且雨已停了，太阳马上就要出来。太阳一出来，什么都两样了，那就像是一种新生，一个崭新的开始，一……"他在脑袋里搜寻着夸张的字眼。

一开门，他立刻吓了一大跳：满地白晃晃的落花。被夜雨打落在地上的花儿依然显出生机勃勃的、贪欲的模样，仿佛正在用力吸吮着地上的雨水似的，一朵一朵地竖了起来。他生气地踏倒了一朵目中无人的小东西，用足尖在地上挖了一个浅浅的洞，拨着泥巴将那朵花埋起来。在他"噼噼啪啪"地干这勾当的时候，有一张吃惊的女人的瘦脸在他家隔壁的窗棂间晃了一晃，立刻缩回房间的黑暗里去了。"虚汝华……"他茫茫然地想，忽然意识到刚才自己的举动都被那女人窥看在眼里了，浑身都不自在起来。"落花的气味熏得人要发疯，我还以为是沤烂的白菜的味儿呢！"他歪着脖子大声地、辩解似的说，一边用脚在台阶上刮去鞋底的污泥。慕兰正在床上辗转不安，叹着气，蒙蒙眬眬地叽里咕噜："对啦，要这些花儿干什么呀？一看见这些鬼花我的食欲就来了，真没道理，我吃呀吃的，弄得晕头晕脑，现在我都搞不清自己是住在什么地方啦，我老以为自己躺在一片沼泽地里，周围的泥水正在鼓出气泡来……"隔壁黑洞洞的窗口仿佛传出来轻微的喘息，他脸一热，低了头踉踉跄跄地走出去，每一脚都踏倒了一朵落花。他不敢回头，像小偷一样逃窜。一只老鼠赶在他前头死命地窜到阴沟里去了。

他气喘吁吁地奔到街上，那双眼睛仍旧盯死在他狭窄的脊背上。"窥视者……"他愤愤地骂出来，见左右无人，连忙将一把鼻涕甩在街边上，又在衣襟上擦了擦拇指。

"你骂谁?"一个脸上墨黑的小孩拦住他，手里抓着一把灰。

"啊?!"那灰迎面撒来，眼珠像割破了似的痛。

那天早上，虚汝华也在看那些落下的花。

半夜醒来，听见她丈夫嘴里发出"嘣隆嘣隆"的声响。

"老况，你在干什么!"她有点儿吃惊。

"吃蚕豆。"他呷巴着嘴说，"外面的香气烦人得很，雨水把树上的花朵都泡烂了，你不做梦吗? 医生说十二点以前做梦伤害神经。我炒了一包蚕豆放在床头，准备一做梦醒了就吃，吃着吃着就睡着了。我一连试了三天，效果很好。"

果然，隔了一会儿，他就将一堵厚墙似的背脊冲着她，很响地打起鼾来了。在鼾声的间歇中，她听见隔壁床上的人被神经官能症折磨得翻来覆去，压得床板"吱吱呀呀"响个不停。天花板一角有许多老鼠在穿梭，爪子拨下的灰块不断地打在帐顶上。很久很久以前，她还是一个少女时，也曾有过做母亲的梦想的。自从门口的楮树结出红的浆果来以后，她的体内便渐渐干涸了。她时常拍一拍肚子，开玩笑地说："这里面长着一些芦秆嘛。"

"天一亮，花儿落得满地都是。"她用力摇醒了男人，对着他的耳朵大声说话。

"花儿？"老况迷迷糊糊地应道，"蚕豆的作用比安眠药更好，你也试一试吧，嗯？奇迹般的作用……"

"每一朵花的瓣子里都蓄满了雨水，"她又说，将床板踢得"咚咚"直响，"所以掉下来这么沉，'啪嗒'一响，你听见了没有？"

男人已经打起鼾来了。

有许多小虫子在胸腔里蠕动。黑风从树丫间穿过，变成好多小股。那棵树是风的筛子。

天亮时她打开窗户，看见了地上的白花，就痴痴地在窗前坐下来了。

"蚕豆的作用真是奇妙，我建议你也试一下。"男人在她背后说，"下半夜我睡得真沉，只是在天快亮的时候，我老在梦里担心着贼来偷东西，才挣扎着醒了过来。"

这时隔壁男人那狭长的背脊出现了，他正聚精会神地用足尖在地上戳出一个洞来，他的帽檐下面的一只耳朵上有一个肉瘤，随着他的身子一抖一抖的。虚汝华的内心出现一块很大的空白。

"要不要洒些杀虫剂呀？这种花的香味是特别能引诱虫子的。"老况用指关节敲打着床沿，打出四五个隔夜的蚕豆嗝。

傍晚，虚汝华正弯着腰在厨房洒杀虫剂，有人从窗外扔进来一个小纸团，展开来一看，上面歪七扭八地写着两句不可思议的话：

请不要窥视人家的私生活，因为这是一种目中无人的行为，比直接的干涉更霸道。

她从窗眼里望出去，看见婆婆从拐角处一颠一颠地向他们家走过来了。

"你们这里像个猪圈。"婆婆硬邦邦地立在屋当中，眼珠贼溜溜地转来转去，鼻孔里哼哼着。

"最近我又找到了一个治疗神经衰弱的验方。"老况挤出一个吓人的笑脸，"妈妈，我发觉天蓝色有理想的疗效。"

"这种雷雨天，你们还敢开收音机！"她拍着巴掌嚷嚷道，"我有个邻居，在打雷的当儿开收音机，一下就被雷劈成了两段！你们总要干些不寻常的事来炫耀自己！"说完她就跨过去"砰"的一声关了收音机，口里用力地、痛恨地啐着，摇摇摆摆出了门。

妈妈一走，老况就兴高采烈地喊："汝华！汝华！"虚汝华正在将杀虫剂洒到灶底下。

"你干吗不答应？"老况有点愠怒的表情。

"啊——"她从迷迷糊糊的状态中惊醒过来，脸上显出恍惚的微笑，"我一点儿也没听到——你在叫我吗？我以为是婆婆在房里嚷嚷呢！你和她的声音这么相像，我简直分不出。"

"妈妈老是生我们的气，妈妈已经走了。"他哭丧着脸回答，情绪一下子低落得那么厉害，"她完全有道理，我们太没有独立生活的能力了。”

她还在说梦话似的："时常你在院子里讲话，我就以为是婆婆来了……我的耳朵恐怕要出毛病了。比如今天，我就一点没想到你在屋里，我以为婆婆一个人在那边提高了嗓子自言自语呢。"

"街上的老鞋匠耳朵里长出了桂花，香得不得了，"他再一次试着提起精神来，"我下班回来时看见人们将他的门都挤破了。"他挨着她伸出一只手臂，做出想要搂住她的姿势。

"这种杀虫剂真厉害，"她簌簌地发抖，牙齿磕响着，"我好像中毒了。"

他立刻缩回手臂，怕传染似的和她隔开一点。"你的体质太虚弱了。"他干巴巴地咽下一口唾沫。

一朵大白花飘落在窗台上，在幽暗中活生生地抖动着。

他是在沟里捡到那只小麻雀的。看来它是刚刚学飞，跌落到沟里去的。他将湿淋淋的小东西放到桌子上，稚嫩的心脏还在胸膛里搏动。他将它翻过来，拨过去，心不在焉地敲着，一直看着它咽了气。

"煞有介事！"听见慕兰在背后说。

"煞有介事！"十五岁的女儿也俨然地说，大概还伸出咬秃了指甲的手指指指戳戳。

"有些人真不可理解，"慕兰换了一种腔调，"你注意到了没有？隔壁在后面搭了一个棚子，大概是想养花？真是异想天开！我和他们做了八年邻居了，怎么也猜不透他们心里想些什么。我认为那女的特别阴险。每次她从我们窗前走过，总是一副恍恍惚惚的样子，连脚步声也没有！人怎么能没有脚步声呢？既是一个人，就该有一定的重量，不然算是怎么回事？我真担心她是不是会突然冲到我们房里来行凶。楮树的花香弄得人心神不定……"

更善无找出一个牛皮纸的信封，将死雀放进去，然后用两粒饭粘牢，在口子上"啪啪啪"地拍了几下。

"我出去一下。"他大声说，将装着死雀的信袋放进衣袋里。

他绕到隔壁的厨房外面，蹲下来，将装着死雀的信袋从窗口用力掷进去，然后猫着腰溜回了自己家里。

隔壁的女人忽然"哦——"地惊叹了一声，好像是在对她男人讲话，声音从板壁的缝里传了过来，很飘忽，很不真实：

"……那时我们常常坐在草地上玩丢手绢。太阳刚刚落山，草地还很热，碰巧还能捉到螳螂呢。我时常出其不意地扔出一只死老鼠！去年热天有一只蟋蟀在床脚叫了整整三天三夜，我猜它一定在心力交瘁中死掉了……"

更善无的脑子里浮出一双女人的眼睛，像死水深潭的，阴绿的眼睛。一想到自己狭长的背脊被这双眼睛盯住就觉得受不了。

"楮树上的花朵已经落完了，混浊的香味不久也会消失，"她用不相称的尖声继续说，"一定有人失落了什么，在落花中寻找来着，我发现数不清的脚印……花朵究竟是被雨打落下来的，还是自己开得不耐烦了掉下来的？深夜我在房间里走来走去，看见月亮挂在树梢，正像一只淡黄的毛线球……"

一会儿台阶上响起了沉甸甸的脚步声，是她男人回来了，女人的声音戛然而止。原来那女的一直在屋里对着木板壁说话？或许她是在念一封写不完的信？

吃中饭的时候，他用力嚼着一块软骨，弄出"嘣隆嘣隆"的响声。

"好！好！"慕兰赞赏地说，喉结一动，"咕咚"一声咽下一大口酸汤。

女儿也学着他们的样儿，口里弄出"嘣隆嘣隆"的声音，喉咙不停地"咕咚"作响。

吃完了，他擦着嘴角的酸汤站起来，用指甲剔着牙，像是对老婆，又像是对什么别的人说："窗棂上的蜘蛛逮蚊子，逮了一点多钟了，哪里逮得到！"

"工间操的时候，林老头把屎拉在裤裆里了。"慕兰说，一股酸水随着一个嗝涌上来，她"咕咚"一声又吞了回去。

"今天的排骨没炖烂。"

"你吃的是里脊肉！"她吃惊地看了他一眼。

"我吃的是里脊肉。"他看着蜘蛛说，"我是说排骨。"

"哈！"慕兰做了一个鬼脸，"你又在骗人嘛。"

夜晚，在楮树花朵最后一点残香里，更善无和隔壁那个女人做了一个相同的梦，两人都在梦中看见一只暴眼珠的乌龟向他们的房子爬来。门前的院子被暴雨落成了泥潭，它沿着泥潭的边缘不停地爬，爪子上沾满了泥巴，总也爬不到。当树上的风把梦搅碎的时候，两人都在各自的房里汗水淋淋地醒了过来。

从学院毕业的时候，他剃着光头，背上背着一个军用旅行袋。汗从腋下不停地冒出来，有股甜味儿。那时太阳很亮，天空就像个大玻璃盖，他老是眯缝着眼看东西。

"夜里我掉进了泥潭。"隔壁那女人又在尖声说话了，"到现在身上还黏糊糊的。天快亮的时候，'咔嚓'一声，树枝被风折断了。"

他很是纳闷：为什么每次都是只有他一个人能听见隔壁那女人的疯话？为什么慕兰听不见？她是不是装蒜？

慕兰在低着头剪她那短指头上的指甲，连眼皮都没抬一下。

"你听到什么响动了吗？"他试探性地问。

"听到了。"她若无其事地回答，仍旧没抬头，"是风刮得隔壁的窗纸'沙沙'作响，这家人家一副破落相，那男的居然还放了一个玻璃缸在后面，里面养了两条黑金鱼呢，真是幼稚可笑的举动！我已经在后面的墙上挂了一面大镜子，从镜子里可以侦察到他们的一举一动，方便极了。我对他们养金鱼的做法极为反感。"

地上被践踏的花儿全都成了黑色。

他打开门，赫然映入他眼中的是隔壁窗口女人的头部。她也在看地上的残花，两眼贪婪地闪闪发光，脖子伸得极长，好像就要从窗口跳出去。

"花儿已经死了。"他用自己意想不到的声音轻飘飘地说。

"它已经过去了，这个疯狂的季节……"女人的嘴唇动了动，几乎看不出她在讲话。

"真是梦游人的生活呀，日里夜里……然而这么快就过去了。这些日子里，这些扰人的花儿弄得我们全发疯了，你有没有梦见过……"他还要再说下去，然而女人已经不见了。

在大玻璃盖底下，所有的东西都是一个个黄色的椭圆形，外来的光芒是那样的刺人，没有任何地方可以遮阴。

花间的梦全部失落了。

二

他踌躇着推开门的时候，她正坐在桌边吃一小碟酸黄瓜。桌上放着一只坛子，黄瓜就是从那里夹出来的。她轻轻地咀嚼，像兔子一样动着嘴唇，几乎不发出一点儿响声。她并不看他，吃完一条，又去夹第二条，垂着眼皮，细细地品味。黄瓜的汁水有两次从嘴角流出来了，她将舌头伸出来，舔得干干净净。

"我来谈一件事，或者说，根本不是一件事，只不过是一种象征。"他用一种奇怪的、像是探询、又像是发怒的语气开了口，"究竟，你是不是也看到过？或者说，你是不是也有那种预感？"

虚汝华痴呆地看了他一眼，一声不响，仍旧垂下眼皮嚼她的黄瓜。她记起来这是她的邻居，那个鬼鬼祟祟的男人，老在院子里搞些小动作，挡住她的视线。吃午饭的时候，老况看见她吃黄瓜，立刻惊骇得不得了，说是酸东西搞坏神经，吃不得。等他上班去了，她就一个人痛痛快快地大吃特吃起来。

"当我在梦里看见它的时候，好像有个人坐在窗子后面，我现在记起那个人是谁了……你说说看，那个泥潭，它爬了多久了？"他还不死心，胡搅蛮缠地说下去，"那个泥潭，是不是就在我们的院子里？"

"死麻雀是怎么回事？"她开了口，仍旧看也不看他，掏出手绢来擦了一下嘴巴，"这几天我都在屋里洒了杀虫剂。"她的声音这么冷静，弄得他脑袋里像塞满了石头，"哗啦哗啦"地响开了。

"不过是因为心里有点儿发慌。"他尴尬地承认，"你知道，那些花儿开得人心惶惶的。有一个时候，我是很不错的，我还干过地质队呢。山是很高的，太阳离得那么近，简直一伸手就可以碰到……当然，说这些有什么意思，我们在同一个屋顶下面住了八年，你天天看到我，你看到我的时候，我就这样了。夜里乌龟来的时候，你正在这间房子里辗转，我听见床板'吱吱呀呀'地响，心里就想，那间屋子里有个人也和我一样，正在受着噩梦的纠缠。噩梦袭击着小屋，从窗口钻进来，压在你身上……等树上结出了红的浆果，那时就会有金龟子飞来，我们就可以安安稳稳地睡觉了，年年都这样。我夜里喜欢用两块砖将枕头死死地压住，因为它会出其不意地轰响起来，把你吓一大跳。你整天洒杀虫剂，把蚊虫都毒死了。在黑暗里，当什么东西袭来的时候，心里不害怕吗？我喜欢有蚊虫在耳边嗡嗡地叫着，给我壮胆似的……"他说来说去的，连他自己都大吃一惊，不知在说些什么了。

"我要去洒杀虫剂了。"她看着他说，站起身去拿喷筒。她走了几步，又回转头来说："我在后面养了一盆洋金花。他们说这种东西很厉害，只要吃两朵以上就可以致人死命。我喜欢这种东西，它激起人漫无边际的梦想。你老婆总在镜子里偷看我们吧？要是你想谈你心里那件事，你可以常来谈，等我情绪好的时候。"

他张了一下嘴，打算说点什么，然而她已经在后面房里"哧哧"地弄响喷筒了。

她瞥了瞥镜子，看见里面那个人就像在气体里游动似的，那胸前有两大块油迹闪闪发亮，她记起是中午喝汤的时候心不在焉地弄下的。她忽然觉得羞愧起来，这是一种陌生的情绪，为了什么呢？大概是为了一件毫无意义的小事吧，她记不得了。当隔壁那个男人说话的时候，她觉得就是自己在说话，所以她一点也不感到怪异，她只是听着，听自己说话。她记起那些暴风雨的夜晚，黑黝黝的枝丫张牙舞爪地伸进窗口，直向她脸上戳来，隔壁那个人为什么和她这么相像呢？也许所有的人都是这么相像吧。比如她就总是分不清老况和他母亲。在她脑子里，她总把他们两人当作一个人，而且觉得这样很便当。但是每当她讲话中露出这样的意思，老况总要坐立不安，担心她的神经，劝她去实行一种疗法，等等。前天他又在和他母亲偷偷摸摸地商量，说是要骗她去看一回医生，又说如果不这样的话，天晓得有什么大难临头。他们俩讲话的那种郑重其事的神气使她忍不住"哧"地一笑。听到笑声，他们发觉她在偷听，两人同时恼羞成怒，向她猛扑过来，用力摇晃她的肩膀追问她有什么好笑的。"如果这样下去的话，后果全由你自己承担。"婆婆幸灾乐祸地说，"我们已经尽到了责任。"近来老况每天偷偷地将小便撒在后面的阴沟里，他总以为她不知道，把后门关得紧紧的，一撒完又装得若无其事的样子。而她也就假装不知道，照旧按他的吩咐每天洒杀虫药。

他们刚刚结婚时，他还是一个中学教员，剪着平头，穿着短裤。那时他常常从学校带回诸如钢笔、日记簿等各种小东西，说是没收了学生的。有一回他还带回两条女学生的花手绢，说"洗一洗还可以用"。一开始他们俩都抱着希望，以为会有孩子，后来她反倒幸灾乐祸起来——他们这家子（她、老况、婆婆）遇事总爱幸灾乐祸。隔壁那鬼鬼祟祟的男人竟会有一个孩子，想到这一点就叫她觉得十分诧异。小孩子，总不可以像大人那样飘忽的吧？今天清早，她裸着上半身在屋里走来走去，不停地拍响肚子。"你干吗？"老况怒气冲冲地说。"有时候，"她对他揶揄地一笑，"我觉得这根本不是什么女人的肚子，只不过是一张皮和一些肮脏的肠子还有鬼知道是什么的一些东西。""你最好吃一片'安定'。"老况从她身边冲过去，差一点把她撞倒。

她拿着喷水壶到后面去给洋金花浇水的时候，看了一眼金鱼缸就怔住了。两条金鱼肚皮朝天浮在水面上，那水很混浊，有股肥皂味儿，她用手指拨了一下，金鱼仍旧一动不动。这当儿她瞥见隔壁那女人踮着脚站在镜子面前，正在观察她呢。她慢吞吞地捞起金鱼，扔到撮箕里面。

下一次那男人再来谈那件事的时候，她一定要告诉他，她喜欢过夹竹桃。当太阳离得很近（一伸手就可以抓到），夹竹桃的花朵带着苦涩的香味开起来的时候，她在树底下跑得像兔子一样快！她这样想着，又瞥了一眼那女人肥满的背部，心里泛起一种恶毒的快意。

"你在后面干吗？"更善无飞快地将一包饼干藏进皮包，"啪"的一声扣上按钮，大声地说，"我要去上班啦。"

慕兰从后面走出来，黑着脸，失神地说："我倒了一盆肥皂水……我正在想……我怎么也……上月的房租还欠着呢。"

"你变得多愁善感起来了。"他冷笑一声，且说且走。一直过了大街，转了弯，他才回头看了一看，然后伸手到皮包里拿出饼干，很响地大嚼起来。

他的女儿从百货店出来了，昂着头发稀少的脑袋，趾高气扬地走着。他连忙往公共厕所后面一躲，一直看着她走到大街那边去了才出来。"她已经转了弯了。"一个人从背后耳语似的告诉他。回头一看，原来是岳父。老人长着稀稀拉拉的山羊胡子，上面有醒醒的酒渍。

"你说谁？"他板着脸，恶狠狠地问。

"凤君罢，还有谁！"岳父滑稽地眨了眨一只红眼睛，伸出瘦骨伶仃的长胳膊搭在他的肩膀上，兴致勃勃地说，"来，你出钱，我们去喝一杯！"

"呸！"更善无嫌恶地甩脱了他的胳膊，只听见那只胳膊"嘎吱嘎吱"地乱响了一阵，那是里面的骨头在发出干燥的摩擦声。

"哈哈哈！躲猫猫，吃包包！哈哈哈……"岳父兴高采烈地手舞足蹈，大喊大叫。

他脸一热，下意识地摸了摸皮包，里面还剩得有三块饼干。

岳父也是一名讨厌的窥视者。从他娶了他女儿那天起，他每天都在暗中刺探他的一切。他像鬼魂一样，总在意想不到的地方冒了出来，钻进他的灵魂。有一回他实在怒不可遏，就冲上去将他的胳膊反剪起来。那一次他的胳膊就像今天这样发出"嘎吱嘎吱"的怪响，像是要断裂，弄得他害起怕来，不知不觉中松了手，于是他像蚂蚱那样蹦起来就逃走了，边跑口里还边威胁，说是"日后要实行致命的报复"。

"躲猫猫，吃包包……"岳父还在喊，大张着两臂，往一只垃圾箱上一扑，"咯咯咯……"地笑个不停。笑完之后，他就窜进寺院去了。寺院已经破败，里面早没住人，岳父时常爬到那阁楼上，从小小的窗眼里向过往的行人身上扔石子，扔中了就"咚咚咚"地跑下楼，找个地方躲起来哈哈大笑一通。

十年前，他穿着卡其布的中山装到他们家去求婚。慕兰用很重的脚步在地板上走来走去，一副青春焕发的模样。岳母闷闷地放了几个消化不良的臭屁，朝着天井里那堵长了青苔的砖墙说："算我倒霉，把个女儿让你这痞子拐走了。"三年后她躺进了医院的太平间，他去看她时，她仍然是那副好笑的样子，鼓着暴眼，好像要吃了他一般。

他们结婚以后，有一天，两人在街上走，慕兰买了许多梅子，边走边往口里扔，那条街总也走不完似的。忽然她往他身上一靠，闭上眼，吐出一颗梅子核，说道："唉，我真悲伤！"她干吗要悲伤？更善无直到今天都莫名其妙。

岳父每次来都要绕着他们的房子侦察一番，然后选择一个有利的时机躲在后门那里轻轻地，没完没了地唤凤君出来，爷孙俩就站在屋檐下谈起话来。阳光斜斜地照着他的红鼻头，他的脸上显出恨恨的神气，眼珠不断地向屋里瞄来瞄去，肚子里暗暗打着主意。最后，在走的时候，飞快地窜进屋里捞起一样小东西跑掉了。接着就听见脚步声，慕兰气急败坏地走出来问女儿："该死的，又拿走什么啦？"

吃完三块饼干，正好走到所里的门口。昨天在所里办公的时候，他正偷偷地用事先准备好的干馒头屑喂平台上的那些麻雀，冷不防安国为在他屁股上拍了一掌，眯着三角小眼问他："你对泥潭问题做出了什么样的结论？"说完就将香烟头往外一吐，跷起二郎腿坐在他的办公桌边缘上。他惴惴地过了一整天，怎么也想不出那小子话里的用意。回家之后，他假装坐在门口修胡子，用一面镜子照着后面，偷眼观察隔壁那人的一举一动，确定并无可疑之处，才稍稍安下心来。也许是他这该死的心跳泄露了秘密？在楮树花朵扰乱人心的这些日子里，他的心脏跳得这么厉害，将手掌放在胸口上，里面"嗵！嗵！嗵！"的，像有条鱼在蹦。他觉得人家一定也听到这种声音了，所以所里的人都用那种意味深长的眼光盯视他，还假惺惺地说："啊——这阵子你的脸色……"为了防止心跳的声音让人听见，他一上班就飞快地钻到他的角落里，把脸一连几个钟头朝着窗外，从包里掏出事先预备好的馒头屑来喂麻雀。今天他伸出脑袋，竟发现其他两个窗口都有脑袋伸出来。转过身来一看，原来是他同室的同事。他们背着手，把脸朝着窗外，仿佛正在深思的样子。他又心怀鬼胎地溜到走廊上，从其他科室的门缝往里一看，发现那里面也一样，每个窗口都站着一个表情严肃的人，有的人还踱来踱去，现出焦虑不安的形状。后来同事们骚乱起来，原来是一只大花蝶摇摇晃晃地闯进来了，黑亮的翅膀闪着紫光，威风凛凛地在他们头上绕来绕去。所有的人都像弹子似的蹦起。关门的关门，关窗的关窗，有两个人拿着鸡毛帚在下死力扑打，其余的人则尖声叫着跳着来助威。一个个满脸紫涨，如醉如狂。更善无为了掩盖自己心中不可告人的隐私，也尖声叫着，并竭力和大家一样，做出发了狂的模样来。花蝶扑下来之后，原来站在窗口的那两个人马上恢复了严肃的表情，背着手脸朝窗外，陷入了高深莫测的遐想之中。他忽然想起，这两个假作正经的家伙也许是天天如此站在窗口的，只是自己平时没注意，直到现在与他们为伍，才发现这一点。他们三人像木桩子一样一直站到下班铃响，才拿起皮包回家。他注意到那两人在马路上走路的姿势也是那么一本正经，低着头，手背在后面，步子迈得又慢又稳。斜阳照着他们的驼背，透过肥大的裤管，他窥见了几条多毛的腿子。

"今天有炖得很烂很烂的骨头，你可以连骨髓都吸干净。"慕兰舔着嘴边的油脂，兴致勃勃地说。

"我对排骨总是害怕，它们总是让我的舌头上长出很大的血泡来。"他用一根小木棒拨弄着窗子上的蜘蛛网，"你不能想点其他的花样出来吗？"

"我想不出什么花样。隔壁又在大扫除，我从镜子里看见的。哼，成天煞有介事，洒杀虫药啦，大扫除啦，养金鱼啦，简直是神经过敏！那女的已经发现我在镜子里看她了。你闻见后面阴沟里的尿臊气没有？真是骇人听闻呀。都在传说喝生鸡血的秘方，你听说没有呀？说是可以长生不死呢。"

"吃炖得很烂的排骨也可以长生不死。"

"你又在骗人！"她惊骇得扭歪了脸，"今天早上我正要告诉你我在想什么，你没听完就走了。是这样的，当时我坐在这个门口，风吹得挺吓人的。我就想——对啦，我想了关于凤君的事。我看这孩子像是大有出息的样子。昨天我替她买了一件便宜的格子布衣，你猜她说什么？她说：'谢谢，我还不至于像个叫花子。'我琢磨着她话里的意思，高兴得不得了呢。这个丫头天生一种知足守己的好性格。"

"她像她妈妈，将来会出息得吓人一跳。"他讥诮地说。

一回到家里，乌龟的梦又萦绕在他脑子里，使他心烦意乱。他在屋子里踱来踱去，脚步"嗵！嗵！嗵！"地响着，眼前不断地浮出被烈日晒蔫了的向日葵。隔壁那女人的尖嗓音顺着一股细细的风吹过来了，又干又热，还有点喑哑。

"……不错，泥浆热得像煮开了的粥，上面鼓着气泡。它爬过的时候，脚板上烫出了泡，眼珠暴得像要掉出来……夹竹桃与山菊花的香味有什么区别？你能分得清吗？我不敢睡觉，我一睡着，那些树枝就抽在我的脸上，痛得要发狂。我时常很奇怪，它们是怎么从窗口伸进来的呢？我不是已经叫老况钉上铁条了吗？（我假装对他说是防小偷）我打算另外做两扇门，上面也钉满铁条，这一来屋子就像个铁笼子了。也许在铁笼子里我才睡得着觉？累死了！"

慕兰正从砂锅里将排骨夹出来，用牙齿去撕扯。看着她张开的血盆大嘴，更善无很惊异，很疑惑。

"什么东西作响……"他迟迟疑疑地说。

"老鼠。我早上不该拿掉鼠夹子的。总算过去了，开花的那些天真可怕……我以为你要搞什么名堂。"

"什么?!"

"我说开花的事呀，你干吗那么吓人地瞪着我！那些天你老在半夜里起来，把门开得'吱呀'一响。你一起来，冷风就钻进来。"

"原来她也是一个窥视者……"他迷迷糊糊地想。

三

虚汝华倚在门边仔细地倾听着。一架飞机在天上飞，"嗡嗡嗡嗡"地叫得很恐怖。金鱼死掉以后，老况就一脚踢翻了她种的洋金花，把后门钉死了。"家里笼罩着一种谋杀气氛，"他惶惶不安地逢人就诉说，"这都是由于我们缺乏独立生活的能力。"现在他变得很暴躁、很多疑，老在屋里搜来搜去的，担心着谋杀犯，有一回半夜里还突然跳起，打着手电，趴到床底下照了好久。婆婆来的时候总是戴一顶烂了边的草帽，穿一双长筒防雨胶鞋，手执一根铁棍。一来立刻用眼光将两间屋子搜索一遍，甚至门背后都要仔细查看。看过之后，紧张不安地站着，脸颊抽个不停，脖子上显出红色的疹子。有一天她回家，看见门关得死死的，甚至放下了窗帘，叫了老半天的门也叫不开。她从窗帘卷起的一角看见里面满屋子烟腾腾的，婆婆和老况正咬着牙，舞着铁棍在干那种"驱邪"的勾当。传来窃窃的讲话声，分不清是谁的声音。等了一会，门"吱呀"一声开了，老况扶着婆婆走下台阶，他们俩都垂着头，好像睡着了的样子，梦游着从她面前走过。"驱"过"邪"之后，老况就在门上装了一个铃铛，说是万一有人来谋杀抢劫，铃铛就会响起来。结果等了好久，谋杀犯没来，倒是他们自己被自己弄响的铃声搞得心惊肉跳。每次来了客人，老况就压低喉咙告诉他们：简直没法在这种恐怖气氛中生存下去了，他已经患了早期心肌梗死，说不定会在哪一次惊吓中丧命。婆婆自从"驱"过"邪"之后就再也不上他们家来了。只是每隔两三天派她的一个秃头侄女送一张字条来。那侄女长年累月戴一顶青布小圆帽，梳着怪模怪样的发型，没牙的嘴里老在嚼什么。婆婆的字条上写着诸如此类的句子："要警惕周围的密探！""睡觉前别忘了：1. 洗冷水脸（并不包括脖子）。2. 在枕头底下放三块鹅卵石。""走路的姿势要正确，千万不要东张西望，尤其不能望左边。""每天睡觉前服用一颗消炎镇痛片（也可以用磺胺代替）。""望远可以消除下肢的疲劳。"等等。老况接到母亲的字条总要激动不安，身上奇痒难熬，东抓西抓，然后在椅子上扭过来扭过去搞好半天，才勉强写好一张字条让那秃头的侄女带回去。他写字条的时候总用另外一只手死死遮住，生怕她偷看了去，只有一回她瞥见（不如说是猜出）字条上写的是："立即执行，前项已大见成效。"突然有一回秃头侄女不来了，老况心神恍惚地忍耐了好多天，夜里在床上翻来覆去，口中念念有词，人也消瘦了好多，吃饭的时候老是一惊，放下碗将耳朵贴在墙壁上，皱起眉头倾听什么声音。婆婆终于来将他接走了。那一天她站在屋角的阴影里，戴着大草帽，整个脸用一条极大无比的黑围巾包得严严实实，只留两只眼在外面，口中不停地念叨"晦气，晦气……"，大声斥责磨磨蹭蹭的儿子。出门的时候，婆婆紧紧拽住老况多毛的手臂，生怕他丢失的样子，两人逃跑似的离去。她听见婆婆边走边说："重要的是走路的姿势，我不是已经告诫过你了吗？我看你是太麻痹大意了，你从小就是这么麻痹大意，不着边际。"后来老况从婆婆那里回来过一次。那一次她正在楮树下面看那些金龟子，他"嗨"的一声，用力拍了一下她枯瘦的背脊，然后一抬脚窜到屋里去了。听到他在屋里乒乒乓乓地翻箱倒柜，折腾了好久，然后他挽好两个巨大的包袱出来了。"这阵子我的神经很振奋，"他用一方油腻腻的手帕抹着胡须上的汗珠子，"妈妈说得对，重要的问题在注意小节上面，首先要端正做人的态度……你对这个问题有什么感想?"他轻轻巧巧地提起包袱就走了。

夜里。她把钉满铁条的门关得紧紧的，还用箱子堵上了。黑暗中数不清的小东西在水泥地上穿梭，在天花板上穿梭，在她盖着的毯子上面穿梭。发胀的床脚下死力咬紧了牙关，身上的毯子轻飘飘的，不断地被风鼓起，又落下，用砖头压紧也无济于事。不知从哪里飞来的天牛"嗒! 嗒! 嗒……"地接二连三落在枕边，向她脸上爬来，害得她没个完地开灯，将它们拂去。

时常她用毯子蒙住头，还是听得见隔壁那个男人在床上扭来扭去，发出"咯咯"的痛苦的磨牙声，其间又伴随着一种好似狼嗥的呼啸声，咬牙切齿的咒骂声。他提过泥潭的事，确实是这样。他提过的都是他梦里看见过的东西，是不是睡在同一个屋顶下的人都要做相同的梦呢? 然而她自己逐日干涸下去了。她老是看见烈日、沙滩、滚烫的岩石，那些东西不断地煎熬着体内的水分。"虚脱产生的幻象。"老况从前总这样说。她每天早上汗水淋淋地爬起来，走到穿衣镜面前去，仔细打量着脸上的红晕。"你说，那件事究竟是不是幻象?"那声音停留在半空中。他终于又来了，他的长脖子从窗眼里伸进来，眼睛古怪地一闪一闪。原来他的脖子很红，上面有一层金黄色的汗毛。她正在吃老况扔下的半包蚕豆，蚕豆已经回了潮，软软的，有股霉味儿，嚼起来一点响声都没有。

"你吃不吃酸黄瓜? 我还腌得有好多。飞机在头顶上叫了一上午了，我生怕我的脑袋会'轰'的一声炸成碎片。"她听出自己声音的急切，立刻像小姑娘那样涨红了脸，腋下的汗毛一炸一炸的，把腋窝弄得生痛。有一会儿他沉默着，于是她的声音也凝结在半空中，像一些印刷体的字。

他在屋里走来走去，到处都要嗅一嗅。他的动作很轻柔，扁平的身体如同在风中飘动的一块破布。最后他坐落在书桌上，两条瘦长的腿子差不多垂到了地上。书桌上有一层厚厚的白灰，他一坐上去，灰尘立刻向四处飞扬起来，钻进人的鼻孔里。"这屋里好久没洒过杀虫药了。"他肯定地说，"我听见夜里蚊虫猖狂得不得了。我还听见你把它们拍死在板壁上，这上面有好多血印。"

"蚊虫倒不见得怎么样，身上盖的毯子却发了疯似的，老要从窗口飞出去。我每天夜里与这条毯子搏斗，弄得浑身是汗，像是掉进了泥潭。"她不知不觉诉起苦来了。她忽然觉得，这个男人，夜里"咯咯"地磨牙的人，她很需要和他讲些什么亲切的悄悄话。"屋角长着一枚怪蕈，像人头那么大。天花板上常常出其不意地伸出一只脚来，上面爬满了蜘蛛。你也在这个屋顶下面睡觉，相类似的事，你也该习惯了吧?"

"对啦，相类似的事，我见得不少。"他忽然打了一个哈欠，显出睡意蒙眬的样子来。

她立刻慌张起来，她莽撞地将赤裸的手臂伸到他的鼻子底下，指着上面隆起的血管，滔滔不绝地说："你看我有多么瘦，在那个时候，你有没有注意到夹竹桃? 夹竹桃被热辣辣的阳光一晒，就有股苦涩味儿。我还当过短跑运动员呢，你看到我的时候，我就跟你一个样了。我们俩真像孪生姊妹，连讲起话来都差不多。我做了一个梦醒来，翻身的时候，听见你也在床上翻身，大概你也刚好做了一个梦醒来，说不定那个梦正好和我做的梦相同。今天早上你一来，提到那件事，我马上明白了你的意思，因为我也刚好正在想那件事。喂，你打起精神来呀。"她推他一把，那手就停留在他的背脊上了。"昨天在公园里，一棵枯树顶上长着人的头发……"

她来回地抚摸着他的背脊。

他缩起两条腿，像老猫一样弓着背，一动也不动。

"这些日子，我真累。"他的声音"嗡嗡"地从两个膝盖的缝里响起来，说着又打了一个哈欠，"到处都在窥视，逃也逃不开。"

"真可怜。"她说，同时就想到了自己萎缩的肚子，"楮树上已经结果了，等果子一熟，你就会睡得很熟很熟，这话是你告诉我的。从前母亲老跟我说：别到雨里去，别打湿了鞋子。她是一个很厉害的女人，打起小孩来把棍子都打断了。她身上老长疮，就因为她脾气大。不过那个时候，我还是睡得很熟很熟，一个梦也没做。"

"我到厕所去解手，就有人从裂开的门缝那里露出一只眼睛来。我在办公室里只好整天站着，把脸朝着窗外，一天下来，腿子像被人打断了似的。"

"真可怜。"她重复说，将他的头贴着自己干瘪的肚子。那头发真扎人，像刷子一样根根竖起。

后来他从桌子上下来，她牵着他到墨黑的蚊帐里去。

她的胯骨在床头狠狠地撞了一下，痛得她弯下了腰。

床上的灰尘腾得满屋都是，她很懊丧，但愿他没看见就好。

她还躺在床上，盖着那条会飞的毯子，他已经回家去了。

他坐过的桌上留下一个半圆的屁股印。

在他来之前，她盼望他讲一讲地质队的事，然而他忘记了，她也忘记了。

很久没洒杀虫药，虫子在屋里不断地繁殖起来。近来，那些新长出来的蟋蟀又开始鸣叫了，断断续续的，很凄苦，很吃力，总是使她为它们在手心里捏一把汗。老况说这屋里是个"虫窝"，或许他就是因为害怕虫子才搬走的。三年前，婆婆在他们房里发现了第一只蟋蟀。从那天起，老况就遵从婆婆的嘱咐买回大量杀虫剂，要她每天按时喷洒两次。虽然喷了杀虫剂，蟋蟀还是长起来，然而都是病态的，叫声也很可怜。婆婆每回来他们家，只要听到蟋蟀叫，脸上就变了色，就要拿起一把扫帚，翘起屁股钻到床底下去，乱扑乱打一阵，将那些小东西们赶走，然后满面灰垢地爬出来，高声嚷嚷："岂有此理！"有时老况也帮着母亲赶，娘儿俩都往床底下钻，两个大屁股留在外面。完了老况总要发出这样的感叹："要是没有杀虫剂，这屋里真不知道成个什么体统！"今天早上从床上爬起来，听着蟋蟀的病吟，拍着干瘪的胸部和肚子，想起好久没洒杀虫剂了，不由得快意地冷笑起来。下一次老况来拿东西，她一定要叫他将后门也钉上铁条，另外还要叫他带两包蚕豆来（现在她夜里也嚼起蚕豆来了）。她又想另写一张字条叫人送去。她打开抽屉找笔，找了好久，怎么也找不到，只得放弃了这个想法。

结婚以后，她的母亲来看过她一次。那是她刚刚从一场肺炎里挣扎出来，脱离了危险期的那一天。母亲是穿着黑衣黑裤，包着黑头巾走来的，大概是打算赴丧的。她吃惊地看着恢复了神志的她，别扭地扯了扯嘴角，用两个指头捏了捏她苍白的手指尖，说道："这不是很好嘛，很好嘛。"然后气冲冲地扭转屁股回家去了。看她的神气很可能在懊悔白来了一趟。自从老况搬走之后，有一天，她又在屋子附近看到了母亲穿着黑衣黑裤的背影，她身上出着大汗，衣服粘在肥厚的背脊上。隔着老远，虚汝华都闻到了她身上透出的那股浴室的气味，一种熟悉而恶心的气味。为了避免和母亲打照面，她尽量少出门，每天下班回来都几乎是跑进屋里，一进屋就放下深棕色的窗帘。一天她撩起窗帘的一角，竟发现了树背后的黑影。果然，不久母亲就在她的门上贴了一张字条。上面写着很大的字：好逸恶劳、痴心妄想，必导致意志的衰退，成为社会上的垃圾！后来她又接连不断地写字条，有时用字条包着石头压在她的房门外面，有时又贴在楮树的树干上。有一回她还躲在树背后，趁她一开门就将包着石头的字条扔进屋里，防也防不着。虚汝华总是看也不看就一脚将字条踢出老远，于是又听见她在树背后发出的切齿诅咒。楮树上飞来金龟子的那天夜里，她正在床上与毯子搏斗，满身虚汗，被灰呛得透不过气来，忽然她听到了窗外的脚步声："嗵！嗵！嗵……"阴森恐怖。她战栗着爬起来，用指头将窗帘拨出一条细缝，看见了从头到脚蒙黑的影子，影子摇曳着，像是在狞笑。虽然门窗钉满了铁条，她还是怕得不得了，也不敢开灯，隔一会就用手电照一照床底下，门背后，屋顶上，生怕她会意想不到地藏在那些地方。她在窗外"嗵！嗵！嗵！"地走过来，走过去，还恶作剧地不时咳嗽一下。一直闹到天明她拉开窗帘，才发现窗外并无一人。"也许只是一个幻影?"虚汝华惴惴地想。接下去又发生了没完没了的跟踪。当她暂时甩脱了身后的尾巴，精疲力竭地回到小屋里，轻轻地揉着肋间的排骨时，她感觉体内已经密密地长满了芦秆，一呼气就"轰轰"地响得吓人。昨天上午，母亲在她门上贴出了"最后通牒"。上面写着："如果一意孤行，夜里必有眼镜蛇前来复仇。"她还用红笔打了三个恶狠狠的惊叹号。当她揭下那张纸条时，她发现隔壁那女人正将颈脖伸得很长很长向这边看，她一转身，那女人连忙将颈脖一缩，自作聪明地装出呆板的神气，还假作正经地对着空中自言自语："这树叶响起来有种骚动不安的情绪。"后来她听见板壁那边在窃窃地讲话。

"我觉得悲哀透——了。"隔壁那女人拖长了声音。

"这件事搞得我就像热锅上的蚂蚁。"另一个陌生的声音说，"人生莫测……请你把镜子移到外面来，就挂在树上也很方便，必须继续侦察，当心发生狗急跳墙。"

声音很怪异，使人汗毛竖起。

"我在这里踱来踱去，有个人正好也在我家的天井里兜圈子。周围黑得就像一桶漆……这已经有好几天了。"那个怪声音还在说。

门"吱呀"一响。她急忙撩开窗帘，看见母亲敏捷得像只黑山猫，一窜就不见了。原来是母亲在隔壁讲话！

"那母亲弄得心力衰竭了呢，真是不屈不挠呀。"慕兰用指头抹去嘴边的油脂，一边大嚼一边说，"有人就是要弄得四邻不安，故作神秘，借此来标榜清高。其实仔细一想什么事也没有，不过就是精神空虚罢了。"

"撮箕里的排骨渣子引来了蚂蚁，爬得满桌全是。"更善无溜了她一眼，聚精会神地用牙剔出排骨上的那点筋。"我的胃里面填满了这些烂烂渣渣的排骨，稍微一动就扎得痛。"

"天热起来了。"慕兰擦了擦腋下流出来的汗，"我的头发只要隔一天不洗，就全馊了，我自己都不敢闻。"

第二章

一

第一枚多汁的红果掉在窗台上时，小屋的门窗在炎热里"哗哗啪啪"地炸个不停了。天牛呻吟，金龟子"嗡嗡"，屋里凝滞的空气泛出淡红色。擦着通身大汗，虚汝华吃了两根酸黄瓜来醒脑子。

"我一闻到酸黄瓜的香味儿，就忍不住来了。"门一开，男人长长的影子投进屋里。

"你们不是要在树上挂镜子吗？"她怨恨地说，"要侦察我呢。"

他无声地笑着。原来他的牙齿很白，有两颗突出的犬牙，很尖利，是不是为着吃排骨而生的？一想到他牙缝里可能残留着排骨渣子，她就皱了一下眉头。每次他们家炖排骨的味儿飘过来，她都直想呕吐。

"每一夜都像在开水里煮，通身湿透。"她继续抱怨，带点儿撒娇的语调，连她自己听着都皮肤上起疙瘩。她指了指肚子，"我的体内已经长满芦秆了。瞧这儿，不信你拍一拍，声音很空洞，对不对？从前我还想过小孩的事呢，真不可理解呀。我时常觉得只要我一跺脚，就会随风飘到半空中。所以我总是睡得不踏实，因为这屋里总是有风来捣乱。人家说我成天恍恍惚惚的。"

在床上，他的肋骨紧擦着她的，很短，很难受的一瞬间。

在她的反复要求下，他终于讲了一个地质队的故事。

那故事发生在荒蛮之中，从头至尾贯穿着炎热，蜥蜴和蝗虫遍地皆是，太阳终日在头顶上轰响，释放出红的火花。

汗就像小河一样从毛孔里淌出来，结成盐霜。

"那地质队，后来怎样了？"她催促着他。

"后来？没有了。只不过是短暂的一瞬，毫无意思的。有时候我忍不住要说：'我还干过地质队呢。'其实也不过就说一说罢了，并没有什么其他的意思。我这个人，你看见我的时候早就是这么个人了。"

"也许是欺骗呢！不是还有结婚的事么？"她愤愤不平起来。

"对啦，结婚，那是由一篮梅子引起的。我们吃呀吃的，老没个完，后来不耐烦了，就结婚了。"

"你真可怜。"她怜悯地来回抚着他的脊背，"你还没开口，我就知道你要说些什么，你这么像我自己。等将来，我要跟你讲一讲夹竹桃的，但是现在我不讲。我还有一包蚕豆呢，是老况托人送来的。

他们俩在幽暗里"嘣隆嘣隆"地嚼着蚕豆，很快活似的。

一只老鼠在床底下的破布堆里临产，弄出窸窸窣窣的响声。

蚕豆嚼完了，两人都觉得很不自在。

"这屋里很多老鼠。"他说，带点儿要刺伤她的意味。

"对呀，像睡在灰堆里，浑身黏糊糊的。"她惭愧地回答，心里暗暗盼望他快快离开。她瞥了一眼肚子，只觉得皱纹更多、更瘪了。她记起早上她为了他来，还在脸上擦了一点粉呢。她脸朝着墙，看见酸汗从他腋下不停地流出来，狭长的背部也在淌汗。他的头发湿淋淋的，一束一束地粘在一起。好像经过刚才一场，他全身的骨架都散了，变成了鳝鱼泥鳅一类的动物了。现在他全身都是柔滑的、布满黏液的，她隐隐约约地闻到了一股腥味儿。

"最近我生出了一种要养猫的愿望。"他说，还是没有要起身的样子，"我已经捉到了一只全黑的，精瘦，眼睛绿森森的，总是不怀好意地在打量我。你的金鱼，怎么会死的呢？"

"老况说这屋里凶杀的味儿太浓了。金鱼是吓死的。最近我对剪贴图片发生了兴趣，有时我半夜起来还搞一阵，贴出各种花样来。我有一个计划，将屋里糊墙纸全部撕掉，贴上各式图片。这样只要一进屋，神经就受到了图片的刺激，就不会感到心慌意乱了。你老是睡在这里，一点都不觉得腻味吗？"

沉默，两人都在后悔刚才的胡言乱语。

更善无一跨出门去，就踩在一块西瓜皮上，仰天摔了一大跤。他揉着屁股定睛一看，发现门槛下一字儿排开四五块西瓜皮。后来他又在厨房里发现了西瓜皮，堆成一大堆，成金字塔形状。在他搜集了西瓜皮扔到撮箕里去的时候，看见岳父正用一把铁锹在他房子的墙根起劲地刨，已经挖碎了两块砖。他的裤腿卷得高高的，露出多毛的细腿。

"滚！"他用力一撞，撞得他扑在地上。

他爬起来，拍了拍身上的灰土，将铁锹扛在肩上，边走边啐口水，还扬起拳头。

"爹爹拿走了你的青瓷茶壶。"慕兰哭丧着脸说。那茶壶是他心爱的东西。

"人都死了吗?!"他咆哮起来。

"我本来不准，但是他威胁说他会干出谋杀的勾当来。谁敢担保呢？也许他真的就做得出来，我看见他杀过一个小孩……他已经半疯了，这都是受了你的刺激，原来你什么才能也没有，原来你骗取了我们一家人的信任，母亲也是被你气死的……为什么?"她竟抹起泪来。

"屎从喉咙里屙出来！"他骂过就一顿脚走进屋，睡到竹躺椅上，瞪着天花板上的蛛网穗子，发着痴。

他在听，他听见鸟儿在树上"喳喳"叫，啄得红果一枚一枚掉在地上。他想起她说的那只在心力交瘁中死掉的蟋蟀。那蟋蟀最后的叫声是怎样的呢？要听一听才好。好久以来，他就在盼望树上的那些果子变红，因为他对她说过，等树上结出红浆果，大家就都能睡得安稳了。所以当第一枚红浆果掉在窗台上时，他简直欣喜若狂！然而他并不能睡得很安稳，当天夜里他就失眠了。他仍然受着炎热的煎熬，他在树下走来走去，用手电照着地上那些红浆果，一脚一脚地将它们踩扁。月亮很大，他的影子投在地上，怪好笑的。那女人的呻吟震响着闭得很严实的窗户，窗户底下就有那么一只心力衰竭的蟋蟀。她正在噩梦里搏斗，很柔弱、很艰难，难怪她早上总是汗水淋淋。有的人并不做梦，他们的夜是不是一团漆黑呢？有一次他忍不住问了慕兰这个问题，没想到女人直瞪瞪地看了他老半天，忽然一拍掌，号啕大哭起来，哭得他头发都竖起来了。后来她偷偷地在枕头底下塞了一只闹钟，半夜里毛骨悚然地闹将起来，她一睁眼就跳起来，倒一大杯水，逼着他吞下一粒黄不黄黑不黑的丸子。那丸子有股鸡屎味儿，他怀疑是鸡屎做的。这种把戏一直延续到有一回他在狂怒之下用菜刀剁烂那只闹钟为止。当时慕兰躲在柜子后面，吓得面无人色。慕兰传染上了他的失眠症，从那以后也睡不安了，虽然不做梦，却老在床上滚来滚去，伤心地放着臭屁，唠叨："自从认识到他的才能范围之后，消化功能就出了毛病。"黑猫又叫起来了，很饥饿、很凄惨。那只猫是女儿凤君的死敌。昨天他下班回来，看见她揪住猫的尾巴，正要举刀去剁。他一声大喝，刀子掉在地上。"我正在吓唬它呢。"她虚伪地笑着，那神气极像她外公。昨天与隔壁女人躺在床上时，他发现自己捏死了一只臭虫，他将血渍擦在床沿上，心里暗暗打定主意再不到这床上来睡觉。

"你们屋里有没有杀虫剂？"邻居麻老五探出下巴上生了一个大肉瘤的头，微笑着问。

他心中一惊，冷冷地说："早用完了。"

老头不甘心，钻进屋子，眼睛溜来溜去的。"就这个也行嘛。"他顺手拿了一瓶驱蚊水向外走。

"那是驱蚊水，我们要用的！"更善无喊道。

"很好，很好！"他假作糊涂地答道，撒腿就跑远了。

"你怎么能放他进来呀？"女人像猫一样钻进来了，"他是一个贼！他上别人家借东西，其实是去侦察形势，夜里好去偷。你真是痴呆得很！"

"我倒希望他来偷一些什么去，有什么大不了的？你父亲天天来偷，你心里还暗暗高兴呢。要一视同仁嘛。"

"有点什么发生，闹一闹，弄出点响动，倒也不错的，免得心里老是害怕。你的父亲，夜里潜伏在我们厨房里……我真想不通。"他含含糊糊地说。

"那个林老头，这是第三次拉屎拉在裤裆里了。"慕兰已经忘了刚才的龃龉，又兴致很好地说起话来。

"林老头？你们是一个人罢。"他想着心事，不知不觉说出了口。

"造孽呀。"

"我当真认为你们是一个人。"他认起真来，"你不是老惦记着他拉屎的事吗？那分明就如同惦记自己一样。你一定带得有一个小本子，上面记着这些你要操心的事。我很赞成，这一来……"他仍旧看着窗外，盯着那只在树上摇摇晃晃要掉下来的红果，心里暗暗地为它使着劲。

"赞成什么？"她仔细观察他的表情，越来越迷惑。

"赞成你们的事罢。所有的问题都是这棵树引起的。你当然知道，首先是开花，满屋子花的臭味，现在又是结红果，不知还有个完没有。我已经这么久没睡觉了，有时困得发狂，简直担心自己会自杀。"

他脸上游离的表情使她没法发火，他肯定是中了什么邪，讲话才这么疯疯癫癫的。

"你和林老头其实是一个人。"歇了一歇，他又说下去，"当你在想一件事的时候，倘若你去问问他，他一定也在想同一件事，你可以试验一下。其实你一点也用不着大惊小怪。比如住在我们这个屋顶下的人，就总是讲同样的话，做同样的梦……"他突然打住，因为意识到了自己是在重弹虚汝华的陈词滥调。她是不是隔着板壁在听呢？

"我和林老头怎么会是一个人呢？真岂有此理，要知道他拉屎拉在裤裆里，又是大家的笑柄。"她没有把握地辩解起来。

"那也一样。你笑他的时候，你自己就是一个笑柄。你讲起他来，我以为你在讲你自己。我看出来你心里害怕，你像小孩子一样异想天开，其实又有什么用呢？"

他老婆拼命将自己区别于那什么林老头。她们总要极力去笑别人，其实是因为心里害怕，怕暴露自己，才假装做出一副姿态，好像发现了什么惊人可笑的事。比如慕兰，就总将拉屎这类事记在小本本上，作为自己的发现，因为总得发现点什么，才好装出吃惊的神气。在他们认识的初期，她就开始搞这类把戏了。那时街上有一个炸油粑粑的老头，有一天，她挺神秘地将他唤到那老头的门口，要他从裂缝里朝里看，说是有"精彩的表演"。他弓着背看了好久，没看出什么名堂来，她却在一旁笑得直不起腰来了，还说什么"差点把我笑死"。原来她在笑他自己？他过了许多时候才明白过来。

"你干吗笑我？"他后来问。

"因为你是傻瓜。"

"那么你呢？"

"我怎么会是傻瓜，要是我是傻瓜的话还看得出你傻吗？"

"原来这样。"

他看透她了。

她却不知道，仍旧玩着那套老把戏。

所以他今天戳穿她，心里很痛快。

"吃饭前喝三口水是保持情绪平衡的有力措施。"老婆还在唠叨，"重要的是要有一种实际的态度，切忌精神恍惚。隔壁那一对是你的前车之鉴，以前我怎么观察也觉得他们的行为不可思议。那种自以为与众不同的、莫名其妙的举动导致了什么样的后果呢？这不是一个深刻的教训吗？要是……"

昨天所长对他大谈养鹦鹉的事，闪烁其词、七弯八拐地告诉他：如果他能为他物色到那种良种货色，他将会在他心目中留下良好的印象等等，要知道饲养鹦鹉，这是一种高尚的娱乐。所长说话的时候，眯缝的笑眼透出凶光。而他，竟在谈话之间显出迷惑的神态，思想开了小差，而且在末尾毫不得体地插了一句话："您老是不是养猫？"所长当时拍着他瘦骨嶙峋的背脊，用吓死人的音量大笑起来，一直笑得流出了两粒细小的泪珠。

麻老五肯定已将那瓶驱蚊药水洒在屋里了。这可恶的老头子，裤子从不系好，动不动就掉下来，露出那可怕的东西。他养着一只脱光了毛的白公鸡。他几乎每天都要去拼命追那只小公鸡，有时还用石块朝它身上扔，将它背上打出几个肿块来才罢手。这老头极瞧不起他，每次看见他夹着公文包，猥猥琐琐地从街上走过，他就从鼻子里哼一声，说："低能。"有时还故意将这两个字说得很响，好让他听见。被这老头鄙视这件事使他万分苦恼，因为他每天上下班必须经过他的家。他想过种种办法来逃避，比如躲在老头家对面的公共厕所里，看见老头一进去，马上出来，从他门口一冲而过；或者拉一个同事一起走，边走边谈话，假装根本不注意他。但这麻老五竟是十分执着的人，自从看出他的逃避勾当之后，他比往常更勤快了。他往往估计好他上下班的时间，然后耐心地守候，一等他走近马上迎出来与他打个照面，然后，对着他的背影用怜悯的口气说出那使他发狂的字眼。这已经成了他一种最大的赏心乐事。哪怕落大雨大雪，他也必定准备好一把油布伞站在门口恭候他的来临。有一天他感冒没去上班，躺在床上，心里庆幸着逃脱了老头的侮辱。一抬眼，看见窗外站着一个戴草帽的人影，很面熟，那人一钻就不见了。他想了好久才想起来他是麻老五，原来他化了装来调查他的病情来了。

"这屋里有点儿潮。"老婆厂里的科长在前面房里大声嚷嚷。

"那家伙是个傻瓜。"老婆叹了一口气，很烦闷似的。

"是傻瓜。"科长很响地打了一个饱嗝。

"而且又固执。"

"正是，又固执。"

"我要把你耳朵里的这两根毫毛剪下来，装在盒子里。"

"干什么!？你说得怪吓人的。"

"作个纪念，你这小猴子。"

"别叫我小猴子，我是小公鸡。"

"小蜘蛛，小跳蚤，小蝗虫，小……"

科长忽然发出一声母鸡下蛋的啼叫，接下去又是第二声，第三……原来他在笑。笑了又笑，整个小屋都震动起来，地面发抖，碗柜里的碟子"当啷"作响，空气"咝咝"地叫。更善无心惊肉跳地捂住耳朵，打开后门逃到外面。差不多过了十来分钟，那怪笑才渐渐平静下来。屋里又"嘭!"的一声闷响。他从板壁缝里一瞧，看见老婆和科长抱在一起，正在床底下打滚。"原来他俩在打架。"他松了一口气，"那床底下有蝎子呢。"

科长出去后，他和慕兰也打起架来了。开始是闹着玩，他将她推在床上搔痒，忽然他情不自禁地踢了她一脚。她尖声叫着，扑上来咬他，死死地搂住他的脖子，用尽全身力气将他的头朝壁上乱碰。他被憋得出不了气，全身厌恶得发抖。最后他终于挣脱出来，发疯地朝她身上要害部位猛踢。他的女儿进来了，冷静地在一旁观察了好久，忽然捉住那只黑猫朝他们中间扔来。他俩一愣，同时住了手。女儿鄙视地笑着，溜出去了。黑猫将他油污的裤腿当作了练功的柱子，欢快地在上面练它的爪子。

"我活得真费力，"他对慕兰说，"这都是由于失眠引起的。"

"我们应该对隔壁那女人加强监视。最近她通夜不熄灯，我总在半夜看见板壁缝里透着灯光。我有一次偷看到她正在搜集女人屁股的图片，她的壁上贴满了这类屁股，真是不堪入目。也许她在暗地作贩卖淫画的生意？"

她出去了。他拿起她的一只皮鞋，扔到后面的阴沟里，然后嘻嘻地笑了一阵。麻老五对他的侵犯已经到了忍无可忍的地步了，今天他当众死死揪住他的手臂，将一只臭虫塞到他手里，然后跳开去，向围着观看的人宣布：要将他的私人秘密公布于众。他吓破了胆，抱头鼠窜。

"我要活一百岁！"麻老五在他背后宣告。

二

她找出一大摞报纸，剪成细的长条，然后搬来梯子，爬上去将板壁的每一条缝都仔细地封死了。她忙乎到半夜，身上不断地流出酸臭的汗液，屋里的灰尘又在她身上画出一道道污迹。

他们闹起来的时候，她一直坐在家里。她的窗帘破了一个大洞，一只丑陋不堪的麻点蛾子从那个洞里爬进来，撒了一泡黄水，还在窗帘上密密麻麻地产了一大片卵，叫人看着身上一阵阵发麻。炎热是一天天地厉害了，她一进屋就将全身脱得精光。在镜子里面看见熟悉的、皱巴巴的肢体，她又模模糊糊地想起了那个男人，那个瘦长的身影。在她的记忆中，他就是这么一个飘浮的东西，怎么也无法抓住。她使劲地回忆他们睡在床上的情形，总是只得到一些零落的、似有似无的片断。桌上的灰已被她扫去了，连半圆形的屁股印子都没留下。也许她完全弄错了？在一开始，她的确有过一种类似欲望的东西。自从最后一次和他吃完了那包蚕豆，他讲了地质队的事之后，她觉得欲望消失得无影无踪了。（也许原来就不存在的，不过是她自欺的想法？）好些天来，她一直在提心吊胆，生怕他出其不意地闯进来。她将门闩好，躲在蚊帐里面，汗流浃背，懊恼不已。他们闹起来的时候，她听得清清楚楚，但是她并不关心，她正在紧张地注视那只蛾子，生怕它飞到床上来产卵。"那男的是一个鬼鬼祟祟的怪物。"她心平气和地想。她已经忘了她说过他像自己这码事了。帐子里很闷，两只大苍蝇在帐顶嗡嗡叫着，滚成一团在那里交媾。外面太阳很毒，然而白天是昏沉的。在她的记忆中，白天总是昏沉的，楮树和小屋总是沉沦在那昏沉的底里，蚊虫在紧闭的屋里唱着窒闷的歌。亮晶晶的白天只有从前才有，那是与夹竹桃的苦涩一起到来的。那时满树的叶子就像着了火，地上有一个一个的小圆圈，像撒了一地的银圆。那时听不到蟋蟀的病吟，只有两只斑鸠温柔地、梦呓般地从早到晚啼叫。她的父亲是一个工程师。"她将来要继承父业。"小时母亲时常对人吹牛。但是她没能继承父业，她成了一个卖糖果的营业员。母亲因此恨透了她，发誓："要搅得她永远不得安宁。""这家伙要了我的命。"她逢人就诉说，还哭起来，"真是一条毒蛇呀，为什么?!"她这人总喜欢耿耿于怀，或许父亲就因为这个受不了她，去和街上一个摆香烟摊子的老太婆姘居了。母亲每天上街买菜总看见他从那老太婆的矮屋檐下钻出来，但她放不下臭架子，只好装得若无其事的样子。老况昨天又托人送来一包蚕豆，这一次炒得更硬，嚼久了很不舒服，太阳穴涨得不行。下班的时候，她看见老况被婆婆紧紧地挽着臂在街上溜达。婆婆穿着一件鲜亮刺目的绉纱衣裳，头上还是戴着那顶破烂的草帽，干枯平板的身子像斧头砍出的一般。老况脸上大放油光，显出和往日大不相同的、自信的神气，劲头十足地飞起一脚，将一块路上的碎砖头踢出老远。"生活要有明确的奋斗目标。"听见婆婆斩钉截铁地说，还把烂草帽自负地从头上摘下来，胸有成竹地抖掉上面的灰。她经过他们面前时，婆婆看见了她，镇定地、蔑视地向她点了两下头，然后目标明确地挽着老况，从她身边一擦而过。"这顶草帽对于我有非同寻常的意义……"她的语气那么热切，为的是掩饰内心的空虚。"原来她还搽香水呢。"她一看到这两人在一起那种一本正经的神态，总忍不住要笑。但这次她不敢笑，因为她发现谁家窗帘在抖，有人躲在帘子后面观察她。那人推开窗，弄虚作假地

46

漱了好久的喉咙，朝外面吐了一口唾沫，翻着白眼打量了她一眼，又关上了窗，兴许还躲在帘子边上。婆婆他们已经走远了，声音还是顺着风不停地传到她耳朵里来，"保持心明眼亮，就会产生使不完的劲头……"

白天是昏沉的，在白天，桌上居然有成群的老鼠穿梭，跳出了弹性的、沉甸甸的脚步声。她一闭眼，立刻就看见向日葵的花盘，一个又一个，热烘烘的、金黄的……

"我真活不下去了呀。"他的声音拖着哭腔。她看见他头上的皮屑将肩头弄出一片白色。

"你一点也不冲动，别装佯了。"她打开门，两臂交叉，傲慢地瞪着他，"你这种样子不是太可笑了吗？这上面有一只怪蛾子，老巴着不肯走，你替我打死它罢。"她指了指扫帚。

他猫着长腰接近蛾子的所在，用扫帚猛地一扑，蛾子掉在地上。

"也许，我是太不坚强了。"他发着窘，"当然你都听见了的，并没什么大不了的事，是这样吗？我的样子就像一个卖老鼠药的婆子。"

"完全是自作多情。"她舒了一口气，一脚踏死了蛾子，"你变得像我母亲了。我母亲这种人生活真不容易，一天到晚老是那么愤愤的，老是那么上蹿下跳，辛苦得很呢。我有时真想不出她怎么还能活到今天，也许她终究要得癌症死掉的。"

"最近我没做什么梦。"他嗫嚅地告诉她，退到了门边，似乎打算去开门。

"当然，你忙得不得了。"她谅解地说，"你一直想变一变看看。我想你或许会有成效的，你一直在努力，这有多难，无法想象……"

"难极了，我简直是一个白痴，"他满腔忧愤，站住不动了，"所有的人，讲什么话，做什么事，都规定得好好的。而我，什么也不是，也变不像。哪怕费尽心机模仿别人走路，哪怕整日站在办公室的窗口装出在思索的样子，腿子站断。其实我也是被规定好了的，就是这么一个什么也不是的人。"停了一停，他又说："几十年来，我一直这样，你怎样？"

"我？啊，我老是想不起你来。在我看来，你是一个影子一类的东西。你的确什么也不是。其实我也这样，但是我不为这个苦恼，也不去想变的事。我已经干涸了，我早告诉了你，长满了芦秆。我只有一件要苦恼的事，就是这条毯子。我打算睡觉前将它钉在床沿上，免得它再飞。在我们这类人里，有的想变，成功了，变成了一般的人。但还有一些不能成功，而又不安于什么也不是，总想给自己一个明确的规定，于是徒劳无益地挣扎了一辈子。我觉得你也不能成功，你的骨头这么笨重，又患着关节炎，你在人前转动你的身体都十分困难。你看，我就这个样，我吃腌黄瓜，过得很坦然。"

"邻居假装来跟我借杀虫剂，当着我的面把驱蚊药水抢走了。我老婆说这屈辱得很呢。"

"这一点也不屈辱，其实你也一定没感到屈辱，对不对？干吗要来这里装佯呢？这多不好。你根本用不着那么怕他，我是说那个邻居。在黑暗中，你听见树干发出的爆裂声没有？这棵树真是狂怒得很呢，我看见满树的叶子都爆出了火星……"

　　"我这一向没做什么梦，我得走了。"他出去了，没有在桌上留下半圆形的屁股印子。

　　他说"我得走了"的时候那种做贼心虚的神气，她看了觉得挺开心的。她注意到他身上的那件汗衫已经十分脏，十分油腻了，靠腋窝处还有个地方散了线缝，他穿着它显得可怜巴巴的。他的女人大概已经跟他闹翻了，才不肯帮他补汗衫，而他，还要假模假样地说什么"一个梦也没做"。真是怪事。

　　其实他听见了树干的爆裂声，也看见了叶片上的火星，他说"没做梦"是因为心里羞愧。当时他跳起来关紧了窗户，因为数不清的蛾子正带着火星飞进屋里来。在窗外，惨白的月光下，一动不动地站着一个披头散发的裸体女人，那身体的轮廓使他蓦地一惊，身上长满了疹子。他想来睡，后脑勺刚一接触枕头，就被什么尖锐的东西扎了一下。他将枕头拍打了一阵，翻了一个边，刚一躺下，又被更狠地扎了一下。"哎哟"，他失口叫出了声。那女人正站在窗玻璃外面，干瘪的乳房耷拉下来，浑身载满了火星。她无声地动了动嘴唇。

　　"你折腾些什么？"老婆重重地踢了他一脚。

"红果不停地掉在瓦片上，你一点也没有听见？你看看窗外吧，有样怪东西站在那里。"

"胡说，"她趿着鞋走到窗口，打开窗向外探了探头，说，"呸！别吓人啦，大概是我白天挂的那面镜子的反光。它扰得你不能睡觉？你的神经真是太脆弱了，你怎么这样娇气，我上去把它取下来。"她"嗵嗵嗵"地走出去，又"嗵嗵嗵"地进来了，"明天是不是去找那法师来驱一驱邪，有人私下告诉我，说我们这小屋闹鬼，已经闹了好久了。你知道我干吗要用镜子来侦察隔壁的举动吗？我一直在怀疑！他们驱过邪，不管用，后来那男的才搬走了的，你注意到了没有？那女的肯定已经被缠上了，有天夜里我听见她在屋里跟什么东西厮打，弄得乒乒乓乓直响呢！你千万别朝她看，她的眼睛里面有一根两寸长的钢针，我看见她朝一个小孩身上发射，那小孩痛得哇哇直叫。"

因为和所长的那次谈话，他成了众人的笑柄了。那一天，安国为在办公室里大喊大叫地冲他说："喂，你有没有良种猫？请捐献一只！"其余的人都在交头接耳，挤眉弄眼，其中一个还用指头蘸着唾沫，大模大样地在蒙灰的玻璃上画了一只猫。他怔怔地站着，那伙人却又追赶起一只老鼠来了。叫叫嚷嚷，碰碰跌跌，还乘机将他推过来，撞过去，一下子将他挺到墙上，一下子又将他挺到桌子边。

"我并不养猫……"他揉着碰痛了的腰，吞吞吐吐地说。

"他说什么？"所有的人都停下来，老鼠也不追了，满怀兴致地朝他围拢来，死死地盯紧了他。

"你说什么?"

"我正在说……我打算说——我有一种特殊的自我感觉。"他胆怯地看着这一伙人。不敢往下说了。

"天老爷!"所有的人都蹦起老高老高，乐得要死，"他说他有特异功能! 同志们! 这家伙不是在吹牛吗? 哈哈哈!!"

"哈哈哈。"他也迟疑地笑起来，因为总得表示点什么。老鼠又从桌子底下跑出来了，大家一窝蜂地去追老鼠，他忽然觉得自己仿佛也成了他们当中的一员，于是也去追老鼠。

"且慢!"安国为抠住他的脖子，"我要把这事报告所长，你并不养猫。"他笑眯眯地说。

他心怀鬼胎地熬了好多天，所长却没来找他，甚至远远见了他都要绕弯儿避开。只是有一回，他偶然在办公室门外偷听到了所长对他的评价，他说他是"一只滑稽的老鹦鹉"，说过就又用那种吓死人的音量大笑起来。"我的脚指头为什么这么痒? 呃?"他上气不接下气地说，"我一笑脚指头就痒得不行，该死的东西!"

一个雨蒙蒙的早晨。麻老五又当街拦住他，还将发绿的鼻涕甩在他的裤管上。于是，他下定决心要脱胎换骨了，他鼓起勇气朝所长家里走去。

屋里乱糟糟的情况使他大吃一惊，他还以为走进了废品收购站。五花八门的东西一直堆到了天花板上，两个大阁楼全被压得摇摇欲坠。他使劲眨了眨眼，从那数不清的、蒙灰的什物堆里认出一个盛酒的坛子，一把没把的铁锹，一串念珠，一摞粗瓷碗，一个鸟笼（里面站着两只半死不活的鹦鹉），一大束女人的长发（颇为吓人地从阁楼上垂下来），一张三条腿的古式床，一大堆生殖器的石膏模型，一副鲨鱼头骨，一只断了的拐杖等等。在一个角落里，所长和他夫人正在吃饭，饭菜都摆在一个竹制鸡笼上面，鸡笼里还养着一只黄母鸡。所长的夫人像一个墨黑的泥人，眼珠子一动也不动。

"我也许能……"他讷讷地开口，小心地挪动脚步，绕过那些杂物，"我想过了，我有办法搞到那种良种货色。"

"嘿嘿？"所长翻着白眼，停止了咀嚼，将酒糟鼻伸到他衣服上仔细地嗅了几嗅，"你觉得印象怎样？这下我可让你大开眼界了吧？你看见那副鲨鱼骨头没有？你有什么感想？现在你可以到所里去吹牛啦，你真运气！不过我这两只东西确实糟透了，哪里是什么鹦鹉，简直是乌鸦！我说你别坐在那张床上，它只有三条腿，你可以坐在这个鸟笼子上面，我们有时将它当凳子坐，在有客人的情况下。等你帮我搞来良种货色，我就让你参观我后面两间房里的东西，不过现在还不行，你得先交良种货色，我可不打算给你白看，看了好去吹牛。你也别想打这种鬼主意，老弟，他们说你鬼得很，对不对？也许你在偷偷地干搜集邮票的勾当，好一鸣惊人？呸，这种事你得跟我好好学。"

"实际上，我有一种很严肃的想法，我正打算脱胎……"

"嘘！别说话！近来我的心脏跳得很不正常。这就对啦，这就对啦。"他宽宏大量地拍拍他的背脊，忽又想起了什么，"你最迟不能超过后天，要是超过了后天，我就不让你参观我后面房里的宝贝了，你听明白了没有？要是看不到我的宝贝，你要后悔一辈子的，一直后悔到坟墓里去！"他竖起一个胖指头，警告地在他脸上戳了一下，"第一流的！举世无双的！明白了没有？"

近来他感到自己日渐衰老了。偶尔他还记得地质队的事，然而那些情景都已经退得极遥远，缩成了一个模糊的小光斑。时常在白天里，他发现自己在干一些不可思议的事：有一次他打算用一把锯把床脚锯断，还有一次他把尿撒在老婆的袜子上面。隔壁的女人竟能旁若无人地吃她的酸黄瓜，这件事想一想都使他心绪缭乱。他听见蚊虫在她那个房里拥挤着，简直像开运动会。虽然板壁缝贴上了纸条，仍然可听到她的髋关节在床板上嘎吱地磨响的声音，还有那种衰弱的喘息。他的耳朵怎么反而越老越灵敏了呢？比如慕兰，就从来听不到什么。她听不到红浆果落在瓦片上，也听不到树干的爆裂声，她听不到蚊虫在隔壁房里喧闹，也听不到女人在床上辗转。她每天夜里都在床上放着消化不良的臭屁，从前她母亲放屁的毛病遗传给她了。有时他卑怯地问一问她听到什么没有，她总要大发脾气，说他这种人"天生一副猥琐的相貌"，"心里藏着见不得人的鬼事"。他喂的那只黑猫已经从家里出走了。偶尔它也回来，阴谋家似的嗅来嗅去，献媚地朝他叫两声，又匆匆地逃离了。他注意到它的尾巴只剩了半截，是不是女儿剁的呢？这么看来她终于得手了。当他假意用玩笑的口吻谈起这件事的时候，女儿竟怪模怪样地哭起来，还说要跳到后面的井里去淹死，说她对这个家已经看够了，早就不耐烦了，倒好像她自己有多么清高似的！

终于有一天，当黑暗的窗口飘出热昏了的人的谵语时，最后一只红果"嚓！"的一声，落到了瓦缝里。

三

"灵魂上的杂念是引起堕落的导火线。"这句话母亲已经说过五遍了，她正在吐唾沫。自从他搬回来以后，看见母亲每晚都坐在大柜后面的阴影里，朝一只纸盒里不停地吐唾沫，从来也不上任何地方去，也没人到她这儿来。开始他很惊讶，后来母亲告诉他："我正在进行灵魂上的清洗工作。"于是从那天起，他迷上了搜集名人语录的工作。两个月来，他已经搜集了两大本，而且越干越来劲儿。"名人的思想里有无穷的奥妙。"他跟人说话开始使用这样的口吻，"只要想一想都叫人诚惶诚恐，五体投地。从前在我没有找到生活的宗旨的时候，我心中是一片漆黑，真不知怎么活过来的。现在一切都有了一种不同的情景，生命的意义已经展现出来……"本来他是一个沉默寡言的人，现在竟出乎意料地变得像老婆子一般，逢人就唠叨心中的事儿了。"新的生活使他很振奋，"有一天他听见母亲跟摆香烟摊子的老太婆说。（那老太婆是跟一个瘦骨伶仃的秃头工程师姘居的，她说他是一个"妙不可言的人儿"，"有种说不出的高级派头"）"这就像一种崭新的姿态。你想一想吧，活了三十多岁，忽然整个生活的意义一下子展现在眼前！"每天傍晚他都和母亲到街上去散步，手挽着手，趾高气扬，他心中升起一种从未体验过的新奇感和自豪感。当这种情绪在他胸中涨满起来的时候，他总恨不得踢一脚路边的石子，恨不得捶一顿路边的电线杆，然后哈哈大笑，笑得一身打战。有时他也不由自主地回想起楮树下的小屋里的生活，那就如一个朦朦胧胧的梦境。那种嚼蚕豆的不眠之夜，那种挣不脱的恐怖，现在体验起来仍然使他脸色发青，汗如雨下。"一切都是由酸黄瓜引起的，"他向母亲诉说道，"不正常的嗜好常常引起罪恶的欲念。我有一个同事的老婆，每天要吃臭豆腐干，有一年冬天买不到，她馋得发了疯，竟把她丈夫干掉了。真是沉痛的教训呀。""你老婆这种人并不存在，"母亲一字一板地从牙缝里说，那门牙上有两个蛀洞，"她终将自行消失。"然而她到现在还没消失，她在阴暗发霉的小屋里像老鼠一样生活，悄悄地嚼着酸黄瓜和蚕豆，行踪越来越诡秘。他每星期给她送去蚕豆，那惭愧的心情就如同喂着一只老鼠。"分开后感觉怎样?"有一天她口里吐着蚕豆壳随随便便地问他，好像他是她的一个邻居。"也许身心两方面都健康得多。"他红光满面地回答，同时就涌上一股莫名其妙的负疚情绪，他冲口而出又补充了一句："你也可以搬过来住。"她冲他古怪地一笑，说："现在这屋里的蚊虫简直像在开运动会，你在夜里听见没有?在刮南风的时候，那声音兴许能传到你的枕边。"后来母亲称他那种负疚情绪为"残余的龌龊念头"。从那里搬出来之后好久，他才隐隐约约地听人讲起小屋闹鬼的事，他当晚就在床上捣鼓了一夜没睡，弄得好几天头昏脑涨，背心出冷汗。有的时候，他躺在窗旁，看见浮云从天边逝去，忽然很感动，甚至涌出了眼泪。"做到老，学到老。"他喃喃地自言自语，为一下子想到了用这句成语来形容自己的情绪而高兴。"你必须试一试吃蚕蛹。"母亲说，两只睁得圆圆的小眼很像鸡眼，"我的一个熟人试过了，简直有起死回生的作用。"

前天他从学校回家，看见岳母鬼头鬼脑地在酒店门背后将脖子一伸，等候着他走进去。他转身拔腿就跑。她在后面追着，高声大叫："骗子手！道德败坏的东西！我要送你上监狱去！"还捡起路边的碎石头来扔他呢。结婚以来，她一次也没上他们的小屋来过，从来也没承认过他是什么女婿。自从他从家里搬出之后，她却忽然对他们的私生活感到了极大的兴趣，整日整日在那小屋附近转悠，有时还当街拦住他，挥着拳头对他说，要将他的卑劣行径向学校领导做一个详细汇报。如果他不赶快醒悟，将是自取灭亡。边说还边跺脚，脸上沉痛的表情使他迷惑不解。"她一直等着这一天，"他去送蚕豆时虚汝华微笑着告诉他，"她的头发都已经等白了，你还没发现吗？现在她认定时机到了，就跳将出来。多少年来，不管日里夜里，她总在不断地诅咒，她这人太执着，太喜欢耿耿于怀了，看着她日子过得这般艰难，我都替她在手心捏一把汗呀。她快完蛋了，也许在做垂死的挣扎吧，我觉得她近来气色很坏。"他一回去就向母亲诉苦了："那屋里的蚊虫就如强盗一般迎面扑来，朝你身上乱叮乱咬。喷筒啦，杀虫剂啦，全不知扔到什么地方去啦。我不知道她心里全在想些什么，真是岂有此理，都是酸黄瓜引起的，当初我竟会由着她吃……"母亲从鼻眼里"吭吭"了一阵，说："有人告诉我，那屋里半夜传出狼嗥，真是阴森可怕呀。""对啦对啦，"他摆弄着名人的语录本，愁眉紧锁，"首先是金鱼的惨死，接着是暖水壶的失踪，当时我为什么不把所有的事联系起来想一想呢？我看了这么久，原来她已经完全无可救药了，原来事情是一场骗局，我完全弄错了。她一直企图咬死我……""这种女人终究会自行消失。"母亲又一字一板地说，"因为她从来就不存在。"

媒人介绍他们俩认识的时候，她已经是快嫁不出去的老姑娘，短头发乱蓬蓬的，从来也不用梳子梳理，只用指头抓两下了事。然而她一点也不固执，甚至像小孩一样毫无主见，正是这一点使他怦然心动。在她面前，他觉得自己仿佛是一个男子汉。他把她带到楮树下面的小屋里来，满脑子又空又大的计划，想要在屋前搭一个葡萄架，想要在后面搭一个花棚，这些都没来得及实现，因为蟋蟀的入侵把他拖得精疲力竭了。随着岁月的流逝，他才惶恐地发现，原来老婆是一只老鼠。她静悄悄的，总在"嘎吱嘎吱"地咬啮着什么东西，屋里所有的家具上都留下了她那尖利的牙齿印痕。有一天睡到半夜，他忽然觉得后脑勺上被什么东西蜇了一下，惊醒过来之后用手一摸，发现了手上的血渍。他狂怒地推醒了她，吼道："你要干什么?!""我?"她揉着泡肿的眼，揉得手上满是眼屎，"我抓着了一只小老鼠，它总想从我手里逃脱，我发了急，就咬了它一口。""原来你想咬死我!""咬死？我咬死你干什么?"她漠然地对着空中喃喃低语，然后打了一个哈欠，倒下睡去了。他灭了灯，在黑暗中仔细倾听，听出来她的鼾声是虚假的，听出来她紧张得全身发抖。从那天起他就失眠了，不久就变成了神经官能症。后来她还咬过他好几次，因为他很警惕，伤势都不重。有一回咬在肩膀上，他醒来后她仍旧死死咬住不放，他只好扇了她一个耳光，把她从床上打落到地下去。他让她张开嘴巴，于是发现了牙间的淤血，原来她之所以死死咬住不放，是在吸他的血！有时他一下子意志软弱，怀疑起她是不是一个妖婆来，但他很快又打消了这种想法，他怕别人讥笑。他只好硬着头皮去捉蟋蟀，她则像机器人一样执行命令：每天喷洒三次杀虫剂，用棍子没个完地捣毁蟋蟀的巢穴，每天早上做几百下舒展动作（这是他熟识的一个医生的忠告），实行蚕豆疗法，睡觉时头朝东，等等。这些方案一点也没有起到应有的作用，他终于看着她一点一点地萎缩下去，变成了一颗干柠檬。她的牙齿慢慢地松动了，她不再咬啮什么东西，却开始吃起酸黄瓜来，而且腌了一坛又一坛。有时夜里一觉睡醒还起来吃一阵，整天嚼个没完。当他在屋里的时候，只要听见牙巴间"嘎嘣"一响，闭着眼也知道她在干什么勾当。虽然她尽量轻轻地嚼，那响声还是搞得他暴跳如雷。那一次他一下就砸烂了五个坛子，满屋子腌黄瓜气味熏得他通夜失眠，痛苦已极。她看着，若有所思，愁苦不堪。后来不知哪一天他发现，床底下又悄悄地摆起了五个新坛子。在他离开的前几天，她唆使他将屋里的窗子都钉上了铁条，说有个小偷在附近转悠，是不是要破门而入？他一边钉一边心里却在想：她是不是以疯作邪，打算在他熟睡时给他一下子？不然她讲话的当儿为什么眼里冒出那种邪火来呢？那几天睡觉他一直睁一只眼闭一只眼，到母亲接走他的时候，他的神经已快错乱了。

"喂。"母亲端着纸盒，从大柜后面的阴影里走出来了，一边吐一边说，"我的灵魂清洗工作结束了。我跟你讲一桩奇事，是摆香烟摊子的老太婆（她从来不提她的名字，也许不知道？）告诉我的。她说只要过了夜里十二点，王鞋匠的家里就传出桂花香，整条街都香遍。昨夜十二点。我使劲嗅了嗅，果然有那么一股味儿。今天中午我一直在考虑这事，弄得烦躁不安，午睡都没睡成。今天夜里我一定要把这事调查个水落石出，说不定是搞什么阴谋呢。你吃过晚饭后不要闩门，我打算在他家门外守候到十二点，必要时还要查看他的耳朵，看看香味究竟是不是那里散发出来的。是不是报纸上讲的那种特异功能呢？要是那样倒也放下一桩心思。"

"妈妈，你看出来虚汝华现在变成什么东西了没有？"

"那个女人？"她将鸡眼凑近，从头到脚细细打量他。

"你没注意到吗？她早就变成一只老鼠了。人要是常模仿什么也许就会变成什么。过去她常模仿老鼠，在屋里咬来咬去的，现在果然变成了老鼠，一只牙齿松动的老鼠。有时我竟会起了这种念头，想在蚕豆里拌一点砒霜送去，悄悄地，就如毒死一只老鼠，这不是很卑鄙吗？"他迟疑了一下，害羞地补充说，"要是能离婚，其实我是很逗女人喜欢……"

"那种卑鄙念头你从来没起过，也不会去干。你怎么会起那一类念头呢？你从来也学不会自作主张去干一件事。那女人早就活得不耐烦了，她迟早会从这世界上消失得无影无踪，你时常软弱起来，以至于丧失了信心。如果你每时每刻留心自己的一举一动，睡前别忘了服用消炎镇痛片，每天坚持灵魂的清洗工作，就会慢慢地强壮起来。别再提那种蠢事，你要我们成为大家的笑柄吗？你从小就很孱弱，很迟钝，又特别喜欢想入非非，自作多情，忘乎所以，像你这种人根本不能结婚，当初你怎么会没意识到这一点呢？幸亏我——”她陡地截住话头，板着面孔不作声了。此刻她心里大概对他的愚钝觉得分外憎恨。她大声地、威胁地嗽着喉咙，用力朝纸盒吐去，翻着白眼看了他一眼。

“妈妈说得对，我完全是发了疯了。”他在母亲的目光下沮丧地缩成一团，变成了一个大肉球，微微颤抖着。

“这就好了。”母亲缓和地说，两眼变得像毛玻璃那样混浊无光了。

他非常害怕母亲生气，只要母亲一对他生气，他就吓得走投无路，痛苦得活不下去。当天夜里他做了一个噩梦，梦见有人把他睡的那张床从身底下抽走了，他悬在半空中，落又落不下去。

“你没命地扑打些什么？”母亲在隔壁发问。

“床底下蹲着一只野猫，不断地要爬上床来，我正吓唬它呢。”

“你在心里背诵几条语录罢。”

月光像铺在地上的一长条尸布。

“你有没有碰见过野猫？”他说，竭力作出狰狞的鬼脸，“要知道野猫是很厉害的呢，你睡着了，它冷不防抓在你脸上。"

她陡然变了脸，向着天花板很快地说："你找什么东西呀？你的喷筒和杀虫剂，我全扔到垃圾堆里面去了，因为你不在，这些东西放在那里挺碍眼的，还是扔了干净。我倒是很能习惯在蚊虫里面过活的呢。蚊虫喜欢围着我嗡嗡并不咬。听见蟋蟀叫，我就觉得很亲切似的。你走了之后，蟋蟀的叫声越来越自信、有力了。现在我睡得很安稳，用不着为它们的心力衰竭日夜操心。"

"墙上怎么巴着这么多蛾子？"

"是飞进来产卵的，很可怜，不是吗？"

"我拿来的蚕豆，你好好嚼烂罢，有人说这屋里闹鬼呢！"

"闹鬼的也许是我。我总是半夜里起来，将毯子甩得呼呼作响，要是你不搬走的话，说不定会被吓死，你的性格太软弱了。"

"或许是这样，"他伤心地叹了一口气，"你一直想咬死我。"

"……"

"你早就疯了，我怎么会没发觉。"

"……"

"你母亲就有疯病，你是遗传的。我从前还打算种葡萄呢，那些蟋蟀差点要了我的命。我一回忆往事就出冷汗，发夜游症，我母亲老说我患了迫害狂。"

"……"

"你好好嚼蚕豆吧。"

"你下回不要亲自来了。隔壁的在大树上挂了一面镜子，你来的时候看见没有？他们从镜子里观察你的形迹呢。我实在弄不清他们的用心何在，挺可怕的，对不对？说不定他们打算搞谋杀吧?"

<h1 style="text-align:center">四</h1>

当她闭上眼嚼着盐水豆的当儿，天花板上的石灰又剥落了一大块，这一次是露出里面的木条来了。八年来，她一直在这幢房子里苟延残喘，奇怪的是总不死。每次发病之后，她总能用细瘦的腿子颤颤巍巍地支起沉重的身躯，重又在屋里扶墙移动。稍一恢复，她就在天井里用箩筐捕麻雀，整天整天地守候。在天井里的墙上，钉着几十只麻雀的尸体，一律是从眼珠里钉进去的，外人看了无不目瞪口呆，满身鸡皮疙瘩。不久前她忽然食欲大增，一天一天地强壮起来了。有人告诉了她那边小屋里的事儿，她闻讯后立刻精神抖擞，全副武装，开始了她的监视活动。"原来如此！"她对卖油饼的老婆子嚷道，"想一想吧，八年的痛苦！凄惨的晚年！每天夜里臭虫的咬啮！你们有谁受过这种折磨？现在他终于看出了这条毒蛇了！有一回我在街上看见他，好小子，他的一边脸古怪地抽搐着，脖子上伤痕累累，浑身散发出狐臭，可怜的家伙，他怎么会落到她手中的呢？这就好比苍蝇落进了毒蜘蛛张开的网，她吸干了他的血！这事到死都是个谜。也许他是一个白痴？我觉得他走路的姿势很特别，邻居说他把葡萄架搭在卧房里，我的天！"在她小的时候，她也曾对她抱过期望的，然而她天生的性格卑贱，歪门邪道。"汝华呀，你又把菜汤滴在衬衫前襟上面了！真腻心呀！你的脚步踩得

那么响，我疑心你的鞋底是不是钉着铁掌呢!”那时她总是心烦气躁地喊。她明明听到的，却一声不响，仍旧低头弯腰，沿着墙根找蚂蚁的巢穴。她吃起东西来毫无顾忌，满不在乎地嚼得牙巴大响，完全酷似她那疯疯癫癫的父亲。有一回她用棍子打她，她忽然跳起来咬了她一口，刚好咬在虎口上。咬得很轻，像是被什么鸟啄了一下，那伤口竟肿了一个多月。后来她细细查看了她的牙齿，发现那些牙齿生得很古怪，十分尖利，过于细小，简直不像人的牙齿。在她睡着了的时候，她多次起过一种欲念：想用锤子敲掉她几颗牙齿。有一次她已经举起了锤子，不料她睁开了眼讥笑地瞪着她，原来她一直在装睡，在肚子里暗笑。自从她丈夫与街上摆香烟摊子的老太婆姘居以来，她一直视而不见，生怕女儿知道。有一天她从那家路过，听见里面欢声笑语，好不热闹。从板壁缝往里一瞧，原来三人在里边喝茶呢。而在家里，他们一家人从来也没有一道喝过茶。桌上摆着几样小吃，一面大镜子吓死人地反着光。老头儿笑得嘴角流出了涎水，两条麻秆儿似的细腿在桌子底下蹭着那婆子墨黑多毛的大粗腿，女儿也在傻乎乎地笑，装模作样地捂住肚子。那老太婆已经老得如一棵枯树，皱巴巴的，满嘴大黑牙，成天一支接一支地抽烟，只有经神失常的疯子才会看上这样一件货色。而她的丈夫就正是一个疯子，现在疯病又传给了女儿。“真是一对活宝呀。”当时她从牙缝里咕噜了一句，喉咙里有一种吞了蛆的感觉。到她一成年，就将她这做母亲的当成了生死仇人，一味地胡作非为，想尽办法来刺激她的神经，而且装出一副麻木不仁的神气，来掩盖内心的快意。那次她患肺炎，她本来算好她一准完蛋，报复的好时机来了，谁知到头来又是空欢喜一场。"妈妈呀，"她故意嗲声嗲气地说，"您何必来看我？还好得很呢，离死还远着呢，您就放心了吧。您想想看，像我这种人怎么能死得了呢？"不久前她忽然心生一计，想跟那男的订立盟约，来共同对付她女儿。她满脑子幻想，在厕所的墙下边等了好久，看见他来了，仍旧是那种白痴模样。她冲上去拽住他的衣袖，滔滔不绝地诉说起来，什么"同病相怜"呀，"孤苦伶仃"呀，"要采取有力的措施来自卫"呀，等等。"我一直在心里把你当我的亲儿子，做梦也在担心你的生命安危呢。"她谄媚地说。他骨碌碌地转动钝重的眼珠，总也听不明白她的意思。"果然是个白痴呀。"她想。最后，他好像忽然下了大决心似的，脸色一变，用猛力甩脱她，粗声粗气地问："喂，你是什么人？我怎么从来没见过？也许你是想来谋财害命的吧？别打错了主意！我母亲可厉害啦，我要喊她来教训教训你！""你是我的女婿呀。""你别来搞诈骗，我不是你的什么女婿。你当街拦住我，眼珠不怀好意地盯着我，这是怎么回事？你再欺侮我我可要告诉我母亲，让她来给你真颜色看看！"他边说边逃跑，追也追不上。

他的腿的确是细得像麻秆儿一样了。好多年以前，他也曾是一个高大的汉子，脸上红通通的。有一天，他正在做一个梦，梦见窗前的美人蕉发了疯似的怒放，太阳又高又远。忽然他被什么东西扎了一下，痛醒了过来。他看见老婆正在吸吮着他的腿子，做出猫吃肉的种种姿态。她的舌头上生着密密麻麻的肉刺，刚才在梦里他就是被这些肉刺扎得痛。他想缩回腿子，无奈她使出从没有过的蛮力按得紧紧的，用力咬着，像要将小腿上的大块肌肉全撕下来吞进肚里去。他只好闭上眼，忍着恶心，听之任之。没想到这种把戏竟继续下去了，而且变本加厉。每天早上起来，他身上都是青一块紫一块的，有时还肿起老高。他的身子一天天变细，肌肉一天天消融，淋巴结像一个个鸽子蛋。他时常疑心他身上的肌肉是不是在睡着的时候被她吃掉了，因为她已经在不断地发胖。"你，干吗老吃我的肉？"他说。"呸！"她嚷嚷起来，"势利小人！算计者！我的天呀……"她老不洗头发，她一接近他，头发上那股酸臭味儿就猛冲他的鼻孔。后来有一天，她拿盆子来洗头了。大块的污垢连着发根从她脑袋上掉下来，落在盆子里，所有的头发全脱光了。她要他朝她头上浇水，他的手抖得厉害，瓢落到了地上。她跳起来，口里骂着污秽的粗话，光着发红的秃头，叉着腰追赶他，提起一桶冷水从他头顶上淋下去。他在床上躺了一个星期，发着高烧，不断地摸着脑袋，嚷叫有人要剥他的头皮，又说头皮剥开就会露出里面的脑髓来。病好之后，他逃到了摆香烟摊子的老太婆这里，老太婆浑身冒着葵花子味儿，卧房又大又黑，他觉得十分安心。她起初夜里还来找，从窗眼里窥视，将门敲得"嘣嘣"地响。

"妈妈的头发长出来没有？"汝华小的时候，他总问她这个问题。

"没有。你没看见她包着头巾吗？我看见她每天晚上按摩头皮，她怕伤风怕得要命，也许她会死掉吧?"她天真地分析着。

"可怜的人。"他沉思了一会，立刻又害怕地加了一句，"说不定她打算报复我吧?"

"昨天我轻轻地咬了她一口。"

他震惊地"啊"了一声，像梦游人那样伸出手来抚摸她的头发。"这些头发长得很结实，"他说，"你要经常洗涤它们。你睡觉时有没有看见天花板裂开过?"

"天花板?"

"对呀，天花板。那栋房子很大、很旧，墙壁里常常传出什么人厮打的响声。睡觉的时候，天花板会出其不意地在上面裂开，伸出许多细小得如蛇头的人脑袋……当然，我在骗你了，你该不会害怕的吧?我喜欢讲这些惊险的故事。"

最近有一次，他和汝华在街上劈面相遇，他竟没认出她来，一直从她身旁走过去了。后来他的同事告诉他这件事，他还觉得莫名其妙呢。汝华竟会去结婚，他想她一定是神经错乱了，要不就是受了坏人的利诱。这孩子从小就是一副自甘堕落的派头，和他自己一样无所作为，懒懒散散。女婿是个流氓加白痴，恋爱的头一天就跑到他这里来搞讹诈，异想天开地要他负担费用。

"原来你是一只大乌龟。"他一字一顿威严地说。

"你，你说什么?"那蠢材还摸了摸后脑勺呢。

"我说你是一只大乌龟!我女儿跟所有的男人都搞!听明白了

吗?"他更加威严地逼近了他,"滚!"

他吓得屁滚尿流,一点也弄不清发生的事,然而还贼头贼脑地溜着眼珠,威胁说要"解除婚约",假如他不负担费用的话。他一走,他就没命地大笑起来,笑得在床上打了三个滚。

后来他还和这女婿常见面,每次都是他来索钱,每次都被他讥笑一顿,空手而归。但这家伙脑子有毛病,总抱着希望,想入非非,而且态度老是那样不可思议地理直气壮。

"你得给钱。"他又来这一套了。

"我偏不给。"他感兴趣地用一只眼斜睨着他。

"你在耍流氓。"

"什么?你跟流氓来要钱?啊?"

"你是她父亲,你得给钱。"

"我是一个流氓,我偏不给钱。"

"我咒你马上暴死!"

每次他都气得发疯,看来他是狂躁型的。

女婿从家里出走后,他马上跑到女儿那里跟她说:

"你以为他跟你结婚是为了什么?"

"不知道。"她提防地瞄着他,"他说是为了在门口搭葡萄架,恐怕他是在说谎。"

"呸!他跟你结婚是为了谋害我!他一开始看中的就是我这老头子而不是你,绝不是你!他一直误认为我藏得有大宗钱财。夜里我睡着了,他还在我房子周围转悠,烦躁地跺着脚,我知道他骗你说是起夜来着。你怎么这么自信，居然去结婚。他等了八年，一直没机会下手，现在是等得不耐烦了才走掉的。"

"说不定连你也弄错了吧？"她嘲笑地看着他，"我倒认为他看中的不是你的什么钱财。他看中的是你现在的老婆，我看见她向他卖弄过风情呢，这事很出乎你的意料吧？"

"胡说八道！"他觉得自己上了当，脸都红了，"你讲起话来真武断。刚才我在路上正在想你母亲的事。听说她在夹墙上挖了一个洞，天天将死雀子塞进去！什么东西老在她天井里嘤嘤地哭，我一经过那里总听见。她这人真是歹毒。"他很愿意讲一讲他前妻的坏话，这一来精神很畅快似的。

"从前你总说你是中了妈妈的计，怎么能使人相信呢？太出奇了。有人说你是想骗取她的私房积蓄，这很难听，是不是？我完全不相信那种中伤，至于你怎么会跟她结的婚，那是一个很微妙的问题。"她摆出一副局外人的派头，使他觉得有条虫子在咬啮他的牙根。

他很懊恼，本来是要谈女婿的事，刺激一下女儿，陶醉陶醉，没想到反被她抢白了去，改变了话题。近来她变得像蛇一样灵巧了，像他这种脑筋迟钝的老头子休想斗得过她。

"他时常到我那里去搞侦察，想嗅到钱财藏在什么地方。"他还不甘心。

"我梦见你变成了一只麻雀，'叽叽喳喳'地跳个不停。他干吗老说葡萄架的事？这是一个弥天大谎，你也在向我说一个弥天大谎，你和他一定合得来。"

屋里很暗，一些小东西在墙根和屋梁上窜来窜去，弄出很大的响声。墙上巴着的五六只大蛾子忽然"呼"的一下全飞起来，在他们头顶绕圈子，撒下有毒的粉末，弄得他眼发直脚发抖。女儿裸着上半身裹在一条破毯子里，在屋里大踏步地走来走去。毯子飘扬起来，使她看上去很可怕。

他忽然失去了主张，嗫嚅地说："我要走……"然后打开门撒腿就跑，一直跑到拐弯的那堵墙后面才停下来，回头一看，女儿的房门已关得紧紧的，有一个黑影从小屋后面钻出来，躲在大树后面，他发现那是前妻。窗帘抖动了一下，又毫无动静了。

她听见有人在拨屋顶上的瓦，"哗啦哗啦"的阴森恐怖。她拨开窗帘，看见母亲矮胖的身子，她正踮着脚用一根竹竿在干这勾当。"你想标榜一下自己吗？哼……你必须给一个明确的答复，听明白了没有？"她低语着，呼吸困难。她则在屋里踱来踱去，检查铁护栅的牢度。"哗啦哗啦"的声音越来越大，越来越蛮横，有几片瓦落到了天花板上，砸得粉碎。母亲近来特别放肆，昨天半夜她已经在屋顶上弄了一个洞，她还扬言要把所有的瓦全掀掉，冻死她，以解心头之恨。她还拾来毛毛虫，臭鱼烂虾，从板壁裂缝里塞到屋里来。父亲一来，就意味深长地打量屋顶，不怀好意地说："刮风的时候，这棵大树该不会把屋子砸垮吧？昨天你那个流氓又到了我那里，跟我说巴不得你马上死掉，又说要是你死掉了，他说不定要发大财。他时常来找我讲他心里的话，从一开始就这样。你老不相信，以为我骗你，你太自负了。他甚至还提出要和我交朋友呢，当然是为了钱财，也为了要我和他一起来对付你。我经过考虑，决定答应他的要求。不过他休想从我这里搞到什么，他远不是我的对手。你那个流氓也和你一样，目中无人，骄横得不得了，但是他蠢得很，简直是一个白痴，他老在我面前诽谤你……"他一啰嗦起来就不收场，坐下又站起，站起又坐下，一会儿搔屁股，一会儿搔背心，像有数不清的跳蚤在咬他似的。她打断他的话，撩拨他说：

"你该去认识一下街上那个卖老鼠药的婆子。"

"我干吗要认识她?"他又上当了。

"没什么，我不过说说好玩。"她审视着天花板，假装在研究那些蛛网。

"好嘛!!"他恍然大悟了，"门口的大树会将屋子砸垮，所有的人都这么说。"

第三章

一

她听见枯叶"沙沙"地掉在屋顶上、地下，她听见体内的芦秆发出"哔哔啪啪"的爆裂声。她已经有一星期不曾大便了，也许是吃下的东西全变成了芦秆，在肚皮里面支棱着。她从桌上的玻璃罐里倒出水来喝，她必须不停地喝水，否则芦秆会燃烧起来，将她烧死。有一忽儿她张开嘴巴，一股焦味儿从嘴里喷出来，她大口吐着，一下子口里就冒烟了，还夹着一些火星。

"你必须喝些水。"黑影在窗外说。

她将整整一玻璃罐水全喝了进去，然后去打开门。影子飘了进来，有一股向日葵的香味儿。

"你身上有一股向日葵的味儿。"她背对着他说。

"对啦，刚才我正在想着一些遥远的事儿，长长的山坡上栽着一行向日葵，山脚下流着泉水。因为我在想那些事，我身上才有向日葵的味儿，你也是在想象中闻到了那股味儿吧，那不是真的。"

"我只好不停地喝水，否则我会被烧死。"她又倒了满满一玻璃罐水放在桌子上，"我体内出了什么岔子。"

"我已经放弃了那些努力，"他发着窘，"你算得真准，我终于什么也不是。我贴着墙根钻来钻去，把屎拉在裤裆里。时常天晚了，我的影子在地上拉得很长很长，我就哭起来。"

"这就对啦，"她体贴地凝视着他，在她的眼里，他的形象越来越模糊，"你看我，多么安然。我不受外界的刺激，我的烦恼是另一样的，我的体内出了岔子。我只好不停地喝水，真窝心。在外面的太阳里面，一个什么地方，蝉在树枝上长鸣，单调而平和。已经是秋天了，树林子里是不是枯燥得燃烧起来了呢？"

"你将壁缝全贴上了纸条，我还是听见芦秆在你体内'噼噼啪啪'地爆裂。你说你有一星期不曾大便了，这是真的么？"

"不仅这样，连汗也不出了。从前我总是通身大汗从床上爬起来的。我喂在瓦罐里的一只小蟋蟀，昨天死了，它还没有长大起来呢。也许这屋里的蟋蟀都是长不大的。从前我没注意过这一点，很可惜。你有一个女儿，这是怎么回事呢？"

"这事我也觉得很诧异。我在这里闭上眼想，怎么也想不出她的模样来。你想要说她根本不可能存在，因为我也是一个虚飘的东西，对不对？"

"在林子边上挂着一轮血红的太阳，红得很恐怖。我碰巧到那里去看，一直看得两边的太阳穴涨痛得不行。麻雀在我头顶上喧闹，枯叶不停地落下来，落在我的头上，肩膀上。有一个人从路上走过，怒气冲冲地朝我吐了一口痰，脚步重重地踏在水泥路边上，'咚咚'直响。"

"在同一个时候我也去看过，我在林子的另一边，我一直站到太阳落下去。那时蟋蟀用力鸣叫，周围的草木像活着一样荡动，我的周身熠熠生光。那些蟋蟀，也许是最后一批了。"

他们躺在那里，听见秋风匆忙地从屋顶上跑过，听见谁家小孩用弹弓将石子打在瓦上，听见最后一只小蟋蟀在瓦罐里呻吟。他们恐惧地相互搂紧了，然后又嫌恶地分开来。

"你的圆领汗衫在腋窝处有一股汗酸。"

"汗衫是今天早上换的！"

"也许，但是我闻到了。你以前说是一股甜味儿，可能你那时弄错了，只不过是一股酸味儿。不会有那么高的山，即使在山顶，也不会抓得到太阳的，你完全弄错了吧？"

"但是我爱说一说这些，总得说一些什么。"

"对，我也爱说，也可能我们都弄错了，也可能我们是故意弄错的，这一来就有些什么东西说一说了。比如刚才你来，身上就有股向日葵味儿，我们就说这个向日葵，其实那都没有的，你也知道。"

"我的岳父唆使他女儿不断地将屋里的东西偷到娘家去，他们以为我不知道，像演戏似的。"

"其实你根本不在乎。"

"我假装看不透他们的把戏，作出愤怒的样子。有时看见老人撺掇女儿的怪模样，真恨不得躲起来大笑一阵呢。昨天我的女儿跑来跟我说，她恨死了她母亲，再也不能忍受了。她一天到晚对她施加压力，睡觉前把老鼠藏在她的枕头底下，把她写给朋友的信偷去烧毁，还让她穿得像个叫花子，她一出门她就盯梢，看她是不是向谁卖弄风情，搞得她没脸见人，她反去跟她的同事们吹嘘，说她女儿正在发奋成材，不久就会有大出息。女儿又说家里的东西都是她母亲和外公串通了弄出去的。"

"你怎么说？"

"我？我决不上当！我鼓圆了眼大喝一声：'滚蛋！'她吓得魂飞魄散，过了老半天才委委屈屈地说：'我来向你告密，你倒吆喝起我来了。''谁让你告密来着?！'我气势汹汹地说，'干这种奸细勾当！小小年纪倒学起这一手来了。'她惊恐地看了我一眼，一溜烟跑了。果然到晚上老婆就发起脾气来，说我怀疑她是贼！我冲到女儿睡的房里，在她床上乱捣一阵，捣出一个纸盒，里面装着半条猫的尾巴，我将猫尾巴朝女儿脸上掷去，她突然发了抽搐！这些人真是疯了。"

"你说得好像煞有介事。你说在同一个时候，你刚好站在林子的另一边？你还看到了一些东西。"

"我站在那里的时候，看见了长长的烟柱，整个城市都在红光中晃动，空中'噼啪'作响。一个什么东西，蹒跚地在泥浆中爬着，背上摔了一条裂缝，暗红的血迹拖出长长的一条。"

"满天红光？"

"满天红光弄得我头晕目眩，我心里懊恼地想着那东西也许爬不到了，一块最近的突出的石头将会把它弄个四脚朝天。它要爬到哪里去呢？"

"它要爬到哪里去呢？"她像回声似的应着。

风把窗帘吹开了，桌上那层细细的、白色的灰尘被风吹散，满屋子飞扬。玻璃罐里的冷水丁当作响。他们死死地按住线毯，免得它飞到空中去。一架飞机飞过来了，沉重地嗡叫着，像是在他们头上凝住了似的。风把两个男人讲话的声音送到他们的耳朵里，那声音时而遥远，时而贴近。

"所有值钱的东西都在屋后那口井里，老朋友。"一个甜蜜蜜的声音劝诱道，"你将一夜之间发财，如果你能借来抽水机。你等了多少年了啊，我有时真怕你会悄悄窜来割下我的脑袋呢。"

"你完全弄错了，我一点也不想发财，我只要属于我的那一份。你总是无中生有，编些故事说给人听。"另一个声音硬邦邦地说。

　　"干吗不发财呢？人应该有雄心壮志嘛。在我年轻的时候，总有一个找到一块金砖的念头诱惑着我。后来我就去干盗墓的勾当。在那些夜里，小枞树嘶哑地怒叫着，鬼火像落下的星子一样浮在你周围，数不清的黑影在那些乱冢间出没，我看见了那块金砖，它在地底下闪闪发光……这些年来，你每天夜里都用注射器抽出我女儿的骨髓，装在床脚一个玻璃瓶里，还泡上蜈蚣。我女儿一洗澡，你就将瓶子里的东西倒在澡盆里，你把她彻底搞垮了。你跟我交朋友，以为这些事我完全蒙在鼓里，其实我女儿每天到我这里来，把你的勾当告诉我，讲完以后还痛哭流涕。你是因为从我这里弄不到钱才这么干的，对不对？"

　　"我要把你对我的污蔑告诉我母亲，让你领教一下她的厉害，她可不是好惹的，她每天晚上吐的痰装在一处可以把你淹死。你们一家人都是阴谋家，你女儿嫁给我以前早就疯了，我这老实人竟没看出，呸！你想想看，八年来，她一直偷偷地在屋里饲养蟋蟀和蜈蚣，真肉麻呀。我日日夜夜担惊受怕，不断地买回杀虫药水，跟这些毒虫整整斗了八年，弄得我自己差不多都神经错乱了。八年青春！一生中最好的时光！我的天！你现在可以去看看，那里早就成了虫窝了，要是睡上一夜，虫子会把你啃得只剩下骨架。"

　　"你不要逗得我笑死。'八年青春'？'一生中最好的时光'？你装给谁看呢？不害臊吗？我女儿每天都向我揭发你，有时半夜还把我叫醒，诉说你的罪行。要是我把她讲的话学给你听，你说不定要吓得做噩梦死掉……”

两个男人的脚步声渐渐地远了，消失了。两只大苍蝇窜到蚊帐里面来，不断地绕圈子，想叮他们的脸，赶也赶不开。他懊丧地站起身，将出汗的背脊冲着她，开始穿圆领汗衫。那汗衫被压得皱皱巴巴，上面还粘着一只麻点蛾子，他害怕地用猛力一抖，蛾子跌在地上。她盯着他狭窄的出汗的背脊，想象着自己的眼光变成了一只蛾子，然后打了两个腻心的嗝，伸手拿起玻璃罐，仰头喝了一个饱。等她放下玻璃罐时，听见他的脚步声已下了台阶。在他睡过的枕头上有一个凹下去的半圆，她拿起来嗅了几嗅，有一股汗酸味。她将枕头往墙角一扔，重又倒头睡下。有人在后面的沟里撒尿，“噼里啪啦”的声音肆无忌惮地响起来，很长的一泡尿。她走到窗眼那里往外一瞧，看见了那件圆领汗衫，他正在若无其事地扣裤子前面的扣子，还擤了一把鼻涕。她连忙往旁边一闪，躲起来。听见他在大声打哈欠，同时就从窗玻璃上看出汗衫被绷开了线缝，露出了腋窝里的黑毛。后来她闭上眼，竭力沉入一种热烘烘的想象里面去，在她的这些画面里，总有一个穿粗呢大衣的成年男子，一会儿慷慨，一会儿温柔地说出一些动听的话语来，一直说得她的耳朵嗡嗡地叫起来。已经是黄昏，夕阳昏昏地照在窗玻璃上，许多小虫正在上面爬来爬去，好像在举行一个什么集会。远处什么地方有一支送殡的队伍，一个老女人拖长了嗓音滑稽地号叫着，恶劣地模仿着悲哀。在黄昏里总是有无数细小的声音响起，骚乱不安。在这一切的后面，是那巨大的，无法抗拒的毁灭的临近。曾经有过一次，她在黄昏试着哼了一支从前的曲子，结果那支曲子像冰柱儿似的冻结在她的嘴唇上面了。她睁开眼扫视了一下房内，摸摸铁栅的牢度，冲着隔壁那男人"喂"了一声。男人惊奇地转过身来，对站在灰蒙蒙的玻璃后面的这个女人审视了好久。一丝自信的冷笑浮上了她的嘴角。她将线毯披在身上，开始在屋里疯跑。线毯浮在空中，发出"呼呼"的怒叫。天花板上的蛾子惊恐地飞下来，又被毯子撞落在地，做着垂死的挣扎。她喘着粗气，停下来的时候，瞥见衣柜的镜子里有许多溃烂的舌头。她害怕窗玻璃上那昏然的夕阳光线，那黄黄的一条，刺得她的眼珠十分难受。她用深色的毯子蒙上玻璃，然而还是透出零零星星的光点。

"今天我不想吃炖排骨，能不能想出一点新的花样？比如萝卜干炒辣椒什么的。"隔壁那男人说。

"炖排骨怎么也吃不厌，"那女人回答，声音里含着讥讽，"要是再加些肉块，就更鲜了。我怎么也想不出，你竟会讨厌炖排骨，那是只有疯子才这么想。你这可怜的人，也许神志不清了吧。"

二

她把窗帘掀开一角，阴沉沉地看着外面那几个人，然后试着扳了几下铁的栅栏，向他们扮了一个放肆的鬼脸，放下了窗帘。"除非太阳从西边出！"她在屋里挑衅地喊道。

门外的四个人先是一愣，然后一齐扑上去擂门，直擂得整个小屋颤动起来。忽然约好了似的，四个人一齐停下，面面相觑。

"我们斗不过她。"沉默了好久，老况终于沮丧地开口说，"所有的门窗全钉上铁栅了，是她事先唆使我钉的，原来她早就起了这种卑鄙的意图，她老是欺骗我。"

她在前面蹒跚地走着。她身上的水分老是排不出去，这使她全身变得沉甸甸的，皮肤绷得十分难受，手和腿的屈伸也很困难。她老是吃利尿的药，今天一早起床还吃来着，医生曾多次警告她不能连续吃，但她的确是十分难受。

他想要赶上她，他的麻秆儿似的细腿哆嗦着，瘦小的影子犹犹豫豫地与她那庞大的黑影忽而叠在一起，忽而又分开。他看出她被浮肿折磨得十分痛苦，她那张衰老的白脸激动地颤动着。

"原来她欺骗了我们大家。"到他同她并肩而行的时候，他开口说，"真是一个历史的误会呀，这下她给我们当头一棒！"

她一怔，似乎要停下脚步，后来又改变主意，默不作声地同他走起来。

"你怎样看？这不是耻辱吗？人家会如何看？我们俩的名誉在外面会变得怎样？万万没料到呀！这下可不是什么都完了吗？啊？"他高高兴兴地搓着胸口。

"我要把那座小屋捣毁。"她一字一顿地从牙缝里说。他闻见她身上透出衰老的躯体特有的那种气味。

"我们俩人要联合起来。"他毫不迟疑地宣布，然后向四周溜了几眼，挺神秘地叽喳起来："首先得弄清她的动机，是什么动机促使她将自己封闭在小屋里，与世隔绝起来的呢？这真是一个微妙的问题，我有一些线索，这些线索都与那个流氓女婿有关。不知你有没有注意到，每天夜里，他都在街上溜来溜去，搜集过路行人遗下的唾沫，装在一个随身的公文包里面。有一天他跟我吵起来，扬言要用他搜集的唾沫淹死我！从那以后我就睡不好了，小腿不住地抽筋。"

她将眼光移到他的身上，她的眼光里流出一丝暖意，然而她脸上的每一个皱褶里都含满了阴森的气息。她喘着气，用力提起岩石样的腿子，痛苦地扭曲着嘴唇说："我就像一大块吸饱了脏水的烂肉。"

他们踏进那座尘封的老屋的时候，听见天花板上的石灰在每个房间里"嚓嚓"地落下，老鼠们在房里"嘎哒嘎哒"地赛跑。他又坐在昔日的藤靠椅上面了，刚一坐下，壁上的挂钟就吓人地响了起来，空洞而悠长，一共响了十二下。"这钟现在老是骗人。"她说，脸上泛出冷笑，"房里的每样东西都跟我作对。有一天我打开了窗子，结果风把墙头上青苔的气味刮进来，弄得每件家具上都沾满了那种味儿。当夕阳照到天井里的时候。我就开始将麻雀钉在墙上，这工作很不顺利，羽毛弄得到处飞扬。你刚才说什么？她这一手是怎么回事？我可以告诉你，她的目标只在我，她要让我身败名裂，像她朝思暮想的那样。谁也猜不透她打的什么主意，我却再清楚不过了。我站在窗外，她正在帐子里恶狠狠地磨牙，她咬过我一口，你还记得吗？那一回我几乎丧了命。也许你想和我一起用饭？长期以来，我就不做饭了，我一直吃着从店子里买回的泡面。他们说我的浮肿是因为缺乏维生素。我强壮过一段，本来可以和她较量到底，但现在彻底垮下来了，因为她想出了这么一招。你看见我脸上的黑斑没有？我活不长了。要是今晚打雷，我一定要去看看那棵树的情况……"

从朽烂的地板下面传出一种沉重的、闷闷的声音，震得灰尘跳跃起来。他从座位上弹起来，脸色发白，声音哽在喉咙里：

"什么声——音？"

"石磨。"她低声回答，"巨大的、阴森的怪物，日夜不停地磨，碾碎一切。你别怕，习惯了就好了。你看这些老鼠，它们也习惯了。"

已经是下午，屋里的光线暗下来了。他们断断续续地谈了那么多的话，喉咙嘶哑了，对方面部的轮廓也变得模模糊糊，像是从颈部割断了似的浮在空中。壁上的挂钟每隔半小时就敲响一次。挂钟一响，他们的思路就被打断，然后又艰难地、费尽心力地重新起头。最后，他们心神不定地沉默下来了，头部像岩石一样沉重地落到颈脖上面。这当儿一只麻雀从朽烂的纱窗的洞眼里闯进来，在房内绕了半个圈子，飞快地钻到了床底下，在那里弄出鬼鬼祟祟的响声。

"每天都有麻雀从那个眼里钻进来。床底下摆着母亲的骨灰坛子呢。"她的声音颤抖了一下，解脱似的舒了一口气，似乎要站起来找什么东西。

"麻雀钻进房里来！你怎么能允许这种岂有此理的事？到处都是这种吓人的鬼东西，石磨！麻雀！说不定还有游尸吧？你居然活到了今天，这件事本身就叫我全身起鸡皮疙瘩。"

"我昨天把屎屙在一只从前的酒杯里，丢了两只臭虫进去，结果打了整整一夜的嗝儿。"她微笑着陷入了回忆之中。

他像被狗蚤咬了一样跳起来，摇摇晃晃地跑出去。"你应该去死！"他回过头来喊道。

巨大的石磨转动起来了。老女人脸上呈现冻结的微笑。

"妈妈，我们大祸临头啦！"

她严厉地盯了他一眼，她的眼光像两把锥子将他刺了个透穿。鸽子"咕咕"叫着，弹棉厂的碎花像密密麻麻的一群群飞蛾一样从窗前飘过。她鄙视地看着他，庄严地端起痰盒子，用力朝里面吐了一口痰。

"我从前是一个小姑娘来着。"

"是，妈妈。"

"我胸口有一个肿块，已经长了十年啦，近来它里面发生了脓肿，一跳一跳地痛得慌。我一听到你对我说话就难受得要死，精神上失去平衡，你不要轻易对我开口，这对我的神经很不利。我有一个建议，我们将中间这道门钉死，各自从自己房里的门出进怎么样？这样一来就可以防止相互打扰，可以保持内心的平静。"

"是，妈妈。"

他佝偻着背出去了。她看见他的裤带从衣服下摆那里掉了出来。

前不久的一天夜里，她正在做一个捕蝗虫的梦，忽然梦里的一声雷鸣将她惊醒过来。她扯亮电灯，又听见了第二声，第三声……她披上衣，朝儿子房里走去，看见他像一个肉球那样蜷缩着，雷声原来就是从那个颤抖的肉球里面发出来的："轰隆隆，轰隆隆……"

整整一夜，她在窗外那条煤渣路上踱来踱去，脚下"喳喳"作响，胸中狂怒地发出呻吟。

"谁?"一个算命瞎子朝她抬起黑洞洞的两眼。

"一个鬼魂。"她恶狠狠地回答。

一直到天亮，雷声才渐渐平息下来。

然而第二天夜里，一切又重演了。开始是蝗虫的梦，然后又是惊醒……

她大踏步走进儿子的房间，猛烈地摇醒了他。

"好大的雨呀，妈妈。"他迷迷糊糊地说，"我正在田里捕蝗虫，忽然一声惊雷，接着就下大雨了。"

她目瞪口呆地听着他的梦呓，然后，瞥了一眼连通两个房间的那扇门，明白了。原来他的梦就是从那扇门进入她的房间，然后进入她的身体的。

那扇门从那天起成了她的心病。

他贴着门缝在倾听隔壁房间里的动静。

封门后的那个傍晚，白头发的乞丐就来了，他的一只手探在怀里捉虱子，口里大声说："这屋里怎么这么闷？"然后直瞪瞪地看着他，鞠了三下躬，在床沿上坐了下来。"我今晚要在你这里睡下。"他又说，一边脱下他的鞋。他的身上散发出老鼠的气味。

"妈妈！妈妈……"他惶恐地小声呼道，在屋里转来转去，然而门是封起来了。

他嘟嘟囔囔地抱怨了一整夜。床很窄，老人的臭脚不时伸到了他的嘴边，虱子一刻不停地袭击着他。

"你干吗不关电灯？"母亲在隔壁威严地说。

"妈妈，这里有一个人……"

老人忽然下死力踢了他一脚，刚好踢在他的要害部位，他痛得几乎晕了过去。

听见母亲恶毒地诅咒着，一会儿就响起了鼾声。那天夜里她肯定睡得很死。算命的瞎子又来了，敲了几下她的窗子，里面毫无反应。

然而他一个梦也没做。黄黄的灯光照着老人的脸，他的很长的白发向四面张开，如同一些箭，那面目狰狞可憎。他将他挤到了床边，还用枯干的细腿夹住他，他的身上落下许多灰质鳞片，弄得到处都是。黄的灯光照着，屋里有种隐秘的邪恶。天快亮的时候，老人下了床，一瘸一拐地走出去了。

"妈妈！妈妈……"他捶打着房门，声音细弱得如同婴儿。

当夕阳从琉璃瓦屋顶那里沉下去，风在空中烦人地吹响哀乐的时候，老人又来了。仍旧带着那只长长的破布袋，一进屋就坐在床上，脱掉鞋。

破布袋神秘地动弹着。

"里面是什么？"

"眼镜蛇。"

疯狂的、恐怖的夜晚，蛇从袋子里探出头来。

他裹着毯子，紧贴那张门守候了一夜。他的鼻孔里长满了米粒大小的疖子。

"我们斗不过她，"他绕到那边门口，扯住母亲的衣袖哀哀地说，"她将要制造奇迹，所有的门全钉上了铁栅，是我亲自钉的。"

"啐！"她朝痰盒子里吐了一口痰，迎着他"砰"的一声关上了门。

现在她每天夜里都睡得沉。她儿子独自一个在墙那边捕蝗虫。

打雷的那天夜里，他打着油布伞站在楮树下的小屋外面。屋里一片墨黑。隔着窗户听见了里面沉重的喘息，那喘息令他想起冒烟的烟囱。他爬上窗，借着电光一闪往里看，见她正在仰头喝那玻璃罐里的水，果然有两条浓烟呈螺旋状从她张得大大的鼻孔里冒出来。

"巴在窗户上的是一只大蜘蛛吗？"她在里面用嘲弄的口气问，然后奇怪地哼着，居然哼出一支歌子来。那支歌子哼了又哼，冗长单调，老是提到一只没有胡子的瞎眼白猫，提到一个婴孩被这只猫咬去了大拇指，鲜血淋漓，惨不忍睹。

"你干吗不关灯？"

"我怕，妈妈。"

"看见灯光从壁缝里透出来，我误认为你房里起了火。好好注意自己的灵魂吧。"

"不要撇下我，妈妈，我在田里爬呀爬的，蝗虫把我的腿子咬得满是窟窿。"

三

他将一砂锅炖排骨泼在门前的台阶上面了。慕兰摆好餐具，叫他吃饭的时候，他默默地走过去端起砂锅，将排骨"砰"的一声泼在台阶上，动作干净利落。

他坐下，看着妻子讥诮的眼光，心里直想呕吐。

"一只死雀从隔壁屋顶的破洞里掉到了天花板上。没有人射，雀子怎么会死的呢。"她毫不在意地说着。

她出去了，麻老五笑眯眯地走进来。

"没有杀虫药剂。"他连忙抢先说。

"是这样吗？"他不相信地扫了他一眼，假装亲密地挨着他坐在床沿上，悄悄地对着他的耳朵说，"今天我坐在屋里的靠椅上想了整整一上午，我弄不清楚，你和我到底是一种什么样的关系呢？你是我的邻居，又是朋友，对不对？我时常感觉，你和我有一种很老很老的关系，还在娘肚子里，你和我就被决定了是要唇齿相依的。你搬来的第一天，我就看着你很面熟似的。那一天有火烧云，我正在追赶我饲养的十来只公鸡，忽然你来了，穿着灰不灰蓝不蓝的衣服，可怜巴巴的。我心里涌起一种很亲切的情绪，就像一种甜糯糊。你呢，你毫不懂得，你认为我是在缠你？我的胯间长了一个瘤子，你看，在这儿，我知道你要幸灾乐祸的，不过医生说了不要紧的。我来告诉你，免得你有种得了解放似的感觉。这是一定要好的，医生下过保证了。你我唇齿相依，这是在娘肚子里就被决定了的。"他站起身，若有所失地向四周看了一遍又一遍，然后悻悻地离开了。但走出房门时裤子再一次掉了下来。麻老五最近对他的侵犯越来越忍无可忍了，昨天他当街死死揪住他，将臭烘烘的脸凑到他面前亲了几下，然后跳开去，哈哈大笑。他又一次向围观的人说：要将他的私人秘密抖搂于众。当时他面如土色，吓掉了魂。然而此刻，他并不觉得有得了解放的感觉，他呆呆地瞪着他的背影，看见他的裤子落下去，露出劈柴般的大腿和胯间的黑毛（他明明是故意让裤子掉下去的），心里像吃了老鼠药一般地倒腾。他一点也不幸灾乐祸，他像一只快被毒死的瘦猫一样抽着风。

"你的眼镜到哪里去了？"所长拍拍他的肩膀说，"噢，原来你在混日子！你干得真巧妙！同志们看罢，这真是一种奇异的社会现象！这个人，他每天坐在这里，究竟是怎么回事？从前我有一个同事，每天白天坐在办公室里，夜里却在干着盗墓的勾当，神不知鬼不觉……哈!"

老刘头凑近他嗅了几嗅,怀疑地摇着头咕噜道:"有什么东西不对头,极不对头……这人究竟是怎么回事?该不会发羊痫风吧?"

他听见隔壁女人从玻璃瓶里倒水的"丁当"声,以及喉咙里"咕咚咕咚"的响声。他忆起他们谈论过的林子里看到的事,只觉得周身燥热,痛苦不堪。那些事是他极力要忘却的,他愿意自己完全摆脱的。麻老五的这一着将他彻底打垮了,他的裤子掉下去的时候,他全身像蚯蚓一样扭曲着。他听说过肠穿孔这种病,他自己会不会得了肠穿孔呢?

"那老头被送到医院里去了。"慕兰凝视着他,放了几个闷屁。

"谁?"

"还有谁。他还给邻居留下话,说千万不能让你知道他住院的事。他们要锯他的腿子了。你们之间究竟是怎么回事?邻居已经在议论这件事,说你见了他就像老鼠见了猫,又说你是不是一个男性这件事很值得怀疑,因为谁也没亲眼看见过,所以没法证实……"

"我患了肠穿孔。"他说完又倒在地上抽起风来。

"从那以后,多少时间过去了啊!"那女人的声音"嗞嗞"地从板壁缝里钻出来,"你注意到了没有?树叶已经枯透了,用脚一踩,立刻碎成齑粉。落雨的那天,我梦见它的根膨胀得纷纷裂开了,它干吗喝得那么凶呢?现在这些水分全部蒸发了。火是从内部烧起来的,连着这些天不落雨,根部又全部成了红炭。今天早上撩开窗帘,看见青烟从树顶袅袅上升,枝丫痛苦地张得很开,很开。

那火是虚火，阴火，永远烧不出明亮的火花来……昨天中午，老况梦见了树底下的葡萄架，他一来，我闻见他身上的味儿，立刻猜出他做了什么梦，为此他恼火得要命。”

"如果再等一等，会有什么事情发生呢?" 他在心里反驳着她。

"麻老五就要变成一个肉团。" 妻子的声音像苍蝇在耳边嗡嗡，"想一想吧，那样一团东西在地上滚来滚去，滚来滚去，你干吗怕他?"

"我的门窗钉得多么牢! 现在我多么安全! 他们来过，夜夜都来，但有什么法子? 徒劳地在窗外踱来踱去，打着无法实现的鬼主意罢了。太阳升起，我的心就在胸腔里'怦怦'直跳，我要把窗帘遮得严严的，他们说我是一只老鼠，这话不错，我的确喜欢躲在阴暗的地方咬啮家具，我的牙齿也曾由此磨得十分尖利。老况说他想用老鼠药毒死我，也不过就想一想罢了，他一点胆量也没有，他是一条圆滚滚的蛔虫，我看见他夜里钻进他母亲的肠子，十分惬意地巴在那上面了。说不定有一天他母亲会把他屙出来的，一想到他被他母亲从肛门挤出来的样子就好笑。"

她的声音一天比一天微弱，那床破毯子却一天比一天凶狠地怒叫着。

慕兰抬起头，作出倾听的样子，然后嘘了一口气说: "那女人已经完蛋了。我很奇怪，她怎么能做到一天到晚不弄出一点响声来的? 我贴着板壁听，听不出一点细微的响动，好久以来就这样了。有几回我以为她完蛋了，但半夜又亮起了灯。昨天夜里电灯没亮，你注意到了没有？"

"你应该将这件事记在你的小本本上。"

"你这是什么意思？"

"我这是什么意思？我已经记不得我要讲的话的意思了，结果我讲了一句自己也不懂的话。我总在想一些不想干的事，比如刚才，我就正在想我们是不是在后面砌一个蓄水池来养鱼，我又想到墙壁会不会爆裂开，从里面钻出蛇的脑袋来，我整天被这些想法纠缠不休，辛苦得不得了，闹得自己患了神经衰弱。你已经睡着了，我却睁着眼，倾听虫子在衣柜里咬啮衣物的声音，那声音日夜不息。"

老婆一走开，岳父的红鼻头又从窗眼里伸进来了。当然，他们是串通好了的。

"你以为我和她是串通好了的吗？"他滑稽地皱着鼻子，"你弄错了，女婿。我一直恨死了她。每次你们吵起来，我总恨不得让你把她杀了才好，我躲在门后暗暗为你使劲呢。但是你不敢，你这人怎么这么孱头。我每回来拿东西，她就大惊小怪地叫起来，说我是贼，其实你一点也不明白内情。我从这里拿了东西回家，她就半路上截住我，强迫我和她平分，折价付钱给她，有一回吵起来，还把我的脑袋按进烂泥里面。她有许多情夫，她把情夫带到我家里去和她睡觉，逼我老头子站在门外帮她放哨，哪怕落大雨淋得透湿也毫不怜惜。你的事情，我在寺院的楼上看得清清楚楚，不管什么情况都逃不脱我这双老眼。比如你的心头之患我就了如指掌，你最怕的人是麻老五，他总是当街出你的洋相……"

"我要杀你！"他突然跳起来抠住老头的衣领，眼珠发了直。

"嘘！你怎么回事?！啊?"他用力甩脱他的手，"对不起，我要走了，我唠叨些什么呢？对于白痴，你还有些什么好期望的?"

十二点一过，那两个幽灵又来了，在月光下踱来踱去，将枯叶弄得痛苦地"沙沙"作响。隔着窗户，他听见他的疲惫的低语：

"我在来的路上，一条腿陷进一个很深的烂泥坑里面去了，拔也拔不出，有什么东西咬在腿肚子上，针扎似的痛。这屋里新生的一窝鼠仔又长大了，你听见它们窜来窜去的脚步声没有？我们真像荒野里的两匹狼，对不对?"

"刚才我从床上撑起来，简直提不起脚，利尿药把我害苦啦。这些个日日夜夜，每半点钟我就听见壁上的挂钟发了疯地敲，现在它里面的齿轮已经锈坏了，快要咬住了，它这种临终前的挣扎把我吓坏了。"

"我们都这样，我昨天也没睡。我一直在等着什么事发生，我看见夜气里浮着许多冰钩儿，一只猫儿在墙角像人一样叹着气，'踏踏踏，踏踏踏……'数不清的小偷在窗外钻来钻去。奇怪，我们怎么能活得如此长久，我们不是早就垮了吗?"

"我的头发是怎么掉的你清楚吗？那个秋天老是落雨，到处湿漉漉的，我坐在摇椅里读报，她像猫一样溜进来了。我有一种预感似的打了一个寒战，这当儿她闪电一样跳起来在我头皮上啄了一下，然后逃跑了。从那天起我的头发就大块地脱落，头皮全部坏死了。你摸一摸这树，像是烧着了一般烫手……对啦，我的全部灾难正是从那个秋天开始的，那时所有椅子上的油漆都坏了，一坐上去裤子就被紧紧地粘住，脚板也老出汗，鞋子里又冷又潮，脚一伸进去全身都肉麻得不行。"

那两人呻吟着，痛苦地踩响着地面："踏——踏——踏——踏……"

他在床上抽着风，被单像鞭子一样抽打在他赤裸的背脊上，他学会了像蛇一样蠕动。

清晨，他的全身肿得紧绷绷的，僵硬难受。

四

她的一条腿像被钉在床上似的不能动弹了。昨天她烧好了水到浴室去洗澡，因为常年不打扫，浴室的地面溜溜滑滑，她一进去就摔倒在水泥地上了。当时她听见左腿里面有什么东西发出瓷器破碎的声音，那声音很细弱，但是她听到了。她用手撑起来，爬回卧室，和着黏糊糊的有腐烂味儿的衣服倒在床上。现在死亡从她的伤腿那里开始了，她等着，看见它不断地向她的上半身蔓延过来。麻雀一只又一只地从纱窗的破洞里钻进来，猖狂地在半明半暗中飞来飞去。她用尚能活动自如的手在床上摸索着枕头，向这些中了魔的小东西投去。外面也许正出着大太阳吧？屋顶上的瓦不是被晒得"喳喳"作响吗？石磨在地板底下发出空洞干涩的声音，她将死在太阳天里，她的死正如这座阴森的老屋一样黑暗，她终将与这老屋融为一体。壁上的老挂钟最后一次敲响是在昨天夜里，那是一次疯狂的、混乱的敲打，钟的内部发生了不可思议的爆炸，其结果是钟面上的玻璃碎成了好几块。现在它永久沉默了，带着被毁坏了的死亡的遗容漠然瞪视着床上的她。她的身体从伤腿那儿正在开始腐烂，那气味和浴室里多年来的气味一模一样，她恍然大悟，原来好多年以前，死亡就已经到来了。她挣扎着想要脱掉这件在浴室里跌脏了的衣服，然而办不到，衣服紧紧地巴在她身上，与她的皮肤不可分割，那气味也已渗透到她身体内部的器官里面去了，这件衣服将跟着她一道死亡。床底下的骨灰坛子抵着了她的背脊，像冰块一样袭人。她母亲的死亡也是发生在这间卧室里，在最后的日子里，她的躯体也是在这个床上慢慢消融掉的。她记得她老是抱怨那只挂钟的声音，说一下一下就敲在她的心脏上，但是谁都认为她是神经错乱，没人理会她的话。她死于心脏破裂，她临终的那种怨恨表情至今留在她的脑子里。她想痛哭，她的泪腺堵塞，喉咙里发出近似小猫叫的怪声音。她早已忘了哭的方法了。昨天夜里，她和她的前夫突然跳起来，拼着命用头部朝那棵树的树干撞去，后来两人一齐摔倒在地。女儿房里的灯亮了起来，那灯光是古怪的酱油色，他们从深色窗帘的隙缝里看见了她木乃伊似的身体，她全身一丝不挂，灰白的皮肤上长着许多绿的斑点，斑点上似乎还有很长的毫毛。

"外面有两条饿狼。"女儿鄙夷地说，"那孩子完蛋了，瞎眼猫最后一口咬断了他的颈脖。"

"那真是一个伤心的日子，瘦弱的金银花纷纷飘落在地……"

她一停下来，嘴唇立刻冻僵了，眉毛上也长起了白霜。她划燃一根火柴，吻着那火苗，口里哈出寒冷的白气。火苗熄灭了，她似乎冻得更厉害了，全身硬邦邦的。她找来许多报纸，在地上堆成一大堆，用火柴点燃，让那火苗舔着她的胸膛、背后。火苗越蹿越高，她的身体也越来越柔软、灵活，皮肤泛出玫瑰的红色，鼻孔里冒出烟和火星，眼睛里燃着火，恐怖地睁得很大很大。当火苗几乎舔到了天花板的时候，借着晃动的亮光，她看见前夫像一摊蜡一样融化着，越来越矮下去，头部痉挛地一伸一伸，悲惨地打着呃逆，眼珠渐渐收缩为两个细小的白点。"我的脑血管破裂了……"他可怜地哼了一声，吐出一口黑乎乎的东西。

　　她的光光的头皮痒得厉害，她使劲去抓，直到抓出了血。她忘不了她失去头发的那件事。那个湿漉漉的秋天，树上的枯叶红得像要滴血，墙壁上渗出黑水。她坐在摇椅里面，惶惶不可终日……然而石磨再一次响起来了，干涩刺耳，震得墙上的石灰纷纷剥落，两只受惊的麻雀被天花板撞伤，破布一样坠落在地，床底的骨灰坛子在跳跃，死人在坛内艰难地辗转。有什么东西落入两片磨盘之间，发出脆弱的一响，像是一声轻微的啜泣，很快又被无情的噪音吞没了。

　　在街上，前夫紧紧地跟着她，用阴谋家的眼光反复打量她，表情沉重地说："我们老成什么样子了啊！"

　　她的眼光从浮肿的眼缝后面挣扎出来看着他那顶有窟窿的帽子，浑身打着冷战说："你记得我们活了多久了么?"

"我怎么也记不住，我的脑子早就坏了。这些日子，窗外树上的枯叶一直不肯放过我，'沙沙沙，沙沙沙……'我们活了多久了？"

"我梦见过一些事，全是与那个雨天有关的……我一下台阶就滑倒了。"

她的眼光摇摆不定，像一只风筝那样在他脸上掠过。天上出着太阳，光线太强，她失去了最后一点气力，风筝回到了她的眼眶里。

"我眼前一片漆黑。"她诉着苦，扶住了电线杆，"我很快就要瞎了。我真后悔，我把它们用得太苦了。"

"谁？"他大吃一惊。

"我的眼睛呗。"

"也许有那么一天，你从你的房子里走出来，踱到天井里，那时天上飘着蒙蒙细雨，一只猫儿蹲在天井的墙角里哀哀地哭，于是你说：'够了。'好，一切都会结束。你回到屋里，马上入睡了。"

一列火车在远处奔驰而过，悠长地叫着，然后是轮子擦在铁轨上的声音，一节又一节车厢，一节又一节……

"你怎么如此肯定？"她生气地说，"正好相反，根本不可能有什么结束。它们就在我的神经里，挤得满满的，只在做噩梦的时候一点一点钻出来。我记不得这有多久了，反正一切都不会结束。我照过了 X 光，肾脏里面全是小石子，我一弯腰，里面就'哗啦'作响。"

他沮丧地瘪了瘪嘴巴，似乎就要哭起来。"啊。一直到死！一直到死！"他绝望地惊叹道，"'沙沙沙，沙沙沙……'我的梦里也充满了那个声音。从前在黎明，我老听见一个人在煤渣路上踱步，原来那人也受着这种可怕的折磨。他不得不踱来踱去，踱来踱去，一直到挪不动脚步，于是末日来临了。万一我们活得很长久??"

她匆匆地要赶到前面去，他拽住她的衣袖，苦苦地哀求着："再说一点什么吧，再说一点什么吧，我心慌得发抖。"

他的手指缝里渗出许多黏液来，像胶水一样巴在她的袖子上，甩也甩不掉。他的鼻孔、眼角也开始流出那种黄色的黏液。他唏嘘着，还在说个不停。太阳从寺院的屋顶上沉下去了，空中刮着不吉祥的风。她看出来，他一点也不想死，他唠叨不停的原因正是怕死，他对自己的小命如此珍惜这件事，使她感到十分惊骇。他的手指在她衣袖上抽搐着，活像几条丑陋的泥鳅。

"我看不清你的嘴脸。"她开始说。

"说下去，说下去！"

"我跟你说过了头发的事，还有一件事是你不知道的。"

"说下去。"

"那是关于被我钉在墙上的麻雀的事。"

"好极了。"

"在黑暗里，麻雀在墙上叽叫着，扑腾起来，口中流出一滴滴黑血。我把头从被褥里探出来，开始呕吐，我吐出的东西的气味和我浴室里的气味一模一样，月亮照着纱窗，窗棂苦苦地呻吟。有一个东西在天井里走来走去，像是一只狗，麻雀们立刻沉默了。在西头那间小杂屋里，天花板上又剥落了一块石灰，一只老鼠飞快地从屋当中穿过，跑到厨房里去了。"

"有一天夜里，我用钥匙开开了你的大门，在天井里走来走去，一直到天亮。我没有看见麻雀，因为那天没有月亮，四周一片漆黑。"

"当时我正在呕吐，月光照在纱窗上。"她恶狠狠地一摇头，"你闻到一种刺鼻的气味了吗？"

"周围那么黑，我就像掉进了一个细颈瓷瓶的底部。我呼吸不到足够的氧气，只好大张着嘴，像一条憋坏了的鱼。"

石磨缓缓地转，越来越阴沉，越来越杀气腾腾，麻雀在被碾碎前发出的惨叫，隐没在暴怒的、压抑的雷声里。

隔壁房里的天花板整个地塌下来了，她闻到一股刺鼻的石灰味。一只雀子"啪"的一声掉在她的被褥上，还拼命地扑腾了一阵才死。

她听见在远处的什么地方惊雷劈倒了一棵大树。

结　局

她还在梦中，就已经闻到了很浓的焦木味儿，她梦见抽屉里的蛋糕全都化成了油光闪亮的臭虫。她撑起来，用最后一点干肉喂一只母鼠。她把干肉扔在床底下，倾听它"嘎吱嘎吱"的咬啮声。父母昨天没有来，也许就因为这个，她被虫牙折磨着。每隔一点钟，她就往床底下扔一小块干肉，让那只老鼠咬出响声，借以减轻神经的剧痛。到天明，干肉全部扔完了，牙痛也慢慢减轻，这时她忽然记起那两人昨夜没来，觉得诧异。大树是在清晨被雷劈倒的，滚滚的浓烟冲天而起，里面夹着通红的火星。现在它倒在地上，内部全部烧空了。隔壁的男人和女人一齐走了出来，到那零乱地散在地上的枝条中去寻找从前挂在树干上的一面镜子。两个人都把屁股撅得高高的，浮肿的嘴脸几乎凑到了地面，畏缩地用两个指头拣出那些镀了水银的碎玻璃片。她从窗帘后面打量这一对，听见发僵的脚尖在地上踩来踩去，看见紫胀的手指伸到口里含着，眼里溢着痛苦的泪水。一夜之间，男人的头发全部脱光了，苍白的头皮令人作呕。隔着窗子，她隐约地闻见了熟悉的汗酸味儿，就是他称作"甜味儿"的那种气味。烧完报纸以后，再也没有什么可烧的了，虽然外面出着大太阳，骨头却像泡在冰水里，早上起来几乎全身都冻僵了，必须用毛巾发了疯地擦才能让腿子弯转来，不然就像干竹子，一动就"啪啪"乱响。她不敢用力出气，一用力，鼻尖就出现冰花，六角形的、边缘很锐利的冰花，将嘴唇都割出血来。大柜上的镜子已经用一匹黑布遮住了，好久以来她就不愿照镜子。那一天她突然觉得身上的衣裳宽荡荡的，她剥下衣裳一看，才发现自己的身子已经变得像干鱼那么薄，胸腔和腹腔几乎是透明的，对着光亮，可以隐约看出纤细的芦秆密密地排列着。她用指头敲一敲，里面发出空洞的响声："嘣嘣嘣的嘣！"她拿起玻璃罐从水缸里舀出最后一点发黑的水，仰头一饮而尽，她清楚地看见涓涓的细流从胸腔流到腹腔，然后不可思议地消失不见了。她已有一个多月没有尿。老鼠终于丢弃了肉块，拖着沉重的身子回到洞里去了。她像一条干鱼一样在粗毛毯底下发着抖，"嚓嚓嚓嚓!"地擦得毛毯响个不停。南风从瓦缝里灌进来了，毛毯鼓满了风，裹着她一起飘离床铺，在半空中悬了一会儿，然后又"啪!"的一声落回床上。南风里有股腥味，她一闻到那股味脑子里就出现野兔的幻象，它们总是躲在很深的草丛里。萎缩症已经蔓延到下肢，很快她就要下不了床了。她算了一算，她已经两个月零二十天没吃任何东西了。因为这个，她的肠胃渐渐从体内消失。现在她拍一拍肚子，那只是一块硬而薄的透明的东西，里面除了一些芦秆的阴影外空无所有。很久以来，她就分不出白天和黑夜，她完全是按照内心的感觉来划分日子的。照她算来，她把自己封闭在房子里已经有三年零四个月了。在这段时间里，粉虫吃掉了一整把藤椅，只剩下一堆筋络留在墙角；没有喷杀虫剂，蟋蟀却全部冻死了，满地僵硬的尸体；水缸里长满了一种绿色的小虫子，她在喝水时将它们喝进了肚子；一个早上醒来，她发现她的线毯朽成了一堆烂布，用指头一点那布就成了灰；房子中央好久以来就在漏雨，不久就形成了一个小水洼，天一晴，水洼里蹦出几只小蛤蟆。她的腿子里面发出干竹子的裂响，她拖着脚步在房子里走了一圈，看来看去看了一遍，然后用一根麻绳束起她那一头老鼠色的长发，打开抽屉，找出一瓶从前使用过的甘油，将干裂开叉的指头轮流伸进去浸泡，直到指头重新弥合，然后她小心地上了床，盖好毛毯，决心不再动挪了。她的眼光穿透墙壁，看见那男人将身体摆成极其难受的姿势，在他的长筒套鞋里面，长满了滑溜溜的青苔，那些瘦骨伶仃的脚趾全冻成了青色，发疯地抽搐，他极力要站稳，脚板在巨大的鞋子底部滑来滑去。"所有的碎片都烧焦了……它的有花纹的背上渗出陌生的向日葵的味儿，泥沙割破了暴出的眼珠，忽然，漫天红光，泥浆里翻腾着泡沫，那就像一个真正的结局……哦，哦！怎么回事啊？"他咯着血，身体慢慢地倾斜，向铺满了腐叶的地上倒去。她的眼光变得那样深邃，她看见了母亲住的老公馆，那上面爬满了一种绿色的毛毛虫。在一叶纱窗上面，有一个很大的破洞，麻雀从破洞里鱼贯而入。一阵南风刮来，毛虫纷纷从墙壁上掉落地面，被无数蚂蚁袭击着。在一只破烂的木桶下面有一双开裂的木板拖鞋，她当小姑娘的时候穿的拖鞋，现在那上面奇怪地长着一排木耳。父亲在天井里摸索着滑溜溜的墙壁绕圈子，指甲深深地抠进青苔里面。他的双眼患了白内障，从他脸上神气看出，他根本不认为自己在兜圈子，而是觉得自己在沿着一条笔直的，黑暗的通道不断地前行。他在天井里已经走了三天三夜了。她看不到母亲，但是她能够听见她的声音从破棉絮里隐约传来，那声音就仿佛母亲在咀嚼自己的舌头，痛得直打哆嗦。父亲听见了母亲的呻吟，一丝笑意埋藏在他深刻的皱纹里面，他扶着墙走得更起劲了，简直像在疯跑，他的手指甲里渗出一滴一滴的血珠，脚板底长满了鸡眼。"妈妈也许会死掉的，"她听见自己的声音从天井的墙缝里钻出来，那声音稚嫩，带着热切的企望，"要是她死了，这院子里就会爬满毛毛虫。"但是父亲听不见她的声音，父亲的耳朵已经中了魔，他在听母亲的呻吟，一些遥远的模糊的呼唤传到他耳朵里来，他的面色豁然开朗，全身的神经跃跃欲试，白发可笑地往脑后飞扬。墙上的青苔被他不断地抠下，纷纷掉落在地，他还在跑——朝着臆想中的通道。她听见石磨碾碎了母亲的肢体，惨烈的呼叫也被分裂了，七零八落的，那"喀嚓"的一声大约是母亲的头盖骨。石磨转动，尸体成了稀薄的一层混合胶状物，从磨盘边缘慢慢地流下。当南风将血的腥味送到小屋里来的时候，她看到了死亡的临近。

"母亲……"她忽然觉得嗓子眼里有种不习惯的感觉，于是异想天开地想来哭一哭。她憋足了劲，口里发出一种拙劣可笑的模仿。

在天井里，她的父亲一边跑一边从口里吐出泥鳅来。

当天傍晚，更善无在回家的时候看见被截了肢的麻老五坐在破藤椅上，紧握两个拳头向他号叫着。他在夜里梦见了荆棘，他赤身裸体扑倒在荆棘上面，浑身抽搐着，慢慢地进入了永久的睡眠。

1984 年　长沙迎宾路

旷野里

那天晚上，她睡下去，忽然发现自己没睡着。于是起身，在没点灯的房间里踱来踱去，踩得朽烂的地板阴森森地作响。黑暗里，有一团更黑的东西蹲在墙角，隐隐约约的像一只熊。那团东西移动着，也踩得地板阴森森地作响。

"谁?"她的声音冻结在喉头。

"我。"丈夫害怕的声音。

他们相互都被对方吓着了。

从此，每天夜里，他们如两个鬼魂，在黑暗中，在这所大寓所的许多空房间里游来游去。白天，他低垂着眉眼，仿佛不记得夜里发生的事。

"玻璃板上的镇纸被打破了。"他抬起血红的眼，偷偷地看了看她。

"自己怎么会掉下去，夜里风真大。"她说，耸起两个肩胛骨，同时就感到肋骨在受苦地裂开。"鬼鬼祟祟真可恶!"她莫名其妙地冲口而出。

"有些房间里有蛇，因为常年空着，而且……"他继续说，手中舞弄着一根橡皮止血带，那上面有一个粗大的注射针头，亮闪闪的。"刚才我说到哪里来了？对，有一天，一条蛇伴着墙根沙沙地游，你要担心蛇咬……"

她是五天前在枕头下发现橡皮管和注射针头的，那东西是崭新的，一股橡胶味儿。当时她一点也没在意。这几天中，丈夫每每将那东西拿在手中玩弄，还在睡觉的时候将橡皮管含在口中咀嚼。

"你应该去听一听气象预报。"他眨巴着一只眼又说。

房间又大又虚空，北风撞击着坏了风钩的窗户。

为了避免在黑暗中相撞，两人都故意把脚步踏得更响些。

他出去了，将橡皮管和针头挂在墙壁的一颗钉子上，她闻见满屋子都是那种味儿。

"我要试验一下。"他打转回来对她说，"我要逮一头野猫。这地方这么大，这么黑，必定有一个地方藏得有各种野物。你知道，在夜里，旷野里落着冻雨，我在那里转悠，背上全湿透了，结出了冰壳。什么地方响着一种陌生的脚步，什么人在那里走呢？"

"那是我在另一头行走。"她淡淡地说，一边将肿胀的脑袋偏进阴影里。想要遮住眼圈周围的黑晕。

他从她面前一步跨过，从墙上取下止血带和针头来摆弄。"有时候，人生中会发生预计不到的转折。"针头在一道闪电中爆起一朵火花。

已经记不得有多久，他们俩再也没睡觉了。她躺下，耳边立刻响起那种奇怪的声音，睁开眼来，发现丈夫闭着眼在嚼咬那根止血带，粗大的针头正插在他的心脏上。她穿好衣站起来，立刻有一个梦追随她。墙壁湿漉漉的，向上面一靠，衣服就被粘住了。

"镇纸打破了，谁干的呢?"他在墙角说起话来，口里嚼得嘎吱作响。

"有一个梦追随我，就从那个小窗口进来的。它像鲨鱼一样游进来，向我的后颈窝呼出大股冷气。这些天没睡，你看我全身的皮肤都是皱皱巴巴的。昨天我在惊慌失措中打坏了镇纸，就是为了躲开那条吃人的鱼。这场追逐的把戏还得延续多久啊?"她不知不觉用了诉苦的口气，"我简直分不清是在做梦还是醒着，我在办公室里讲起胡话来，把同事们吓坏了。"

"这种事谁心中有底呢?有人一辈子就在这种情形中度过。他们不得不在走路的时候，在谈话的时候睡起觉来，或许我们也会是那样。"

"我害怕遇见人，他们会发现我神情恍惚，我尽量不开口。"

他走到另一个房间去了，她依然看见针头在他手上爆出火花。

雷声隆隆响个没完。

从她是小孩子的时候起，寓所里就有这么多空房间，又大，又黑，一个又一个，全是一式一样的。她从来也没数清它们究竟有多少个。后来他来了。一开始，他兴致勃勃地在那些房间的窗台上种上黄杨木，还蓬着头翘着屁股，把那些房间扫得灰雾腾腾。一有人来，他就提高了嗓门说:"整个房间变了样!"他一次也没浇过水，黄杨木全枯死了。他扔了它们，剩下许多空钵子摆在窗台上，夜间看去酷似许多骷髅。

"倒不如不种干净。"她蜡黄着脸,丧气地埋怨。

"这地方什么也长不成。"他恶狠狠地跺着脚,"一片荒蛮。"

他不再种什么东西,年纪轻轻却患起老年性气喘来。失眠是无意中到来的。有一天,他一觉醒来,看见窗外墨黑,一瞥壁上的挂钟,他才睡下呢。他从一个房间走到另一个房间,撞翻了窗台上的瓦钵,瓦钵咚的一声落到外面的水泥地上。

"昨天你打破了镇纸,就是狮子头的那个,你就不能克制一点。"他愚顽不化地又提起那件事。

"窗台上的那些钵子,夜里看起来特别恐怖,能不能扫下去。"她停了一下,语调又变得飘忽不定,"有那么一天,我终于下了决心,将它们一股脑全扫下去了,那时窗台上光秃秃的,真叫人开心。"

他窘得一脸通红,牙齿咯咯地响。

夜里,他们俩醒着做梦的时候,她发现他的脚伸得那么长,长得给人一种陌生的感觉。那冰冷的、骨节分明的脚掌触着了她的枕头,一个脚趾肿得像胡萝卜。

"你占了那么大的地方,"他在被头里嗡嗡地说,"你把我挤到了墙上,针头就挂在墙上。天上下着雨,你那么快意,我在旷野里东走西走,踩着了蝎子……"

她打开灯,蒙眬的双眼睁得大大的。针头挂在靠床的那面墙上,一滴大大的黑血正从针孔里滴下来。橡皮管子在可怕地痉挛,挤压着内部的液体。她走到旷野里，那地方正落着冻雨，冰碴嚓嚓地从树上掉下，她的全身臃肿不堪，发胀的指头渗出水来。她想睡，却又听见什么人在沼泽地里呻吟。她向那发出呻吟的地方笨拙地移动，一边昏昏地打着瞌睡，踩得一个个水洼哀哀叫痛。

他的确踩着了蝎子，一个脚趾迅速地胀大，红肿很快地向膝部蔓延。风一吹，各式各样的水洼叮咚作响，一条陷进沼泽的腿子怎么也拔不出来了。在寂寞中，他听见那可怕的脚步声的临近。

"这不过是一个梦，我自己愿意的梦！"他大声抗拒着，他害怕她的临近。

脚步在他身旁停住了，然而并没有人。这旷野里空无一人。那脚步不过是他的想象，想象中的脚步停在他的身旁。

一只无形的手故意触痛他的脚趾，躲也躲不开。冰冻的汗毛竖起来，如一枚枚大头针。

壁上的挂钟在打完最后一下时破碎了，齿轮像一群小鸟一样朝空中飞去，扭曲的橡皮管紧紧地巴在肮脏的墙上，地上溅着一摊沉痛的黑血。

患血吸虫病的小人

当我沉默不语的时候，就会有一个身穿黄衣裳，面目模糊的小人来到我的面前，向我诉说他的疾苦。

他比正常人要矮得多，大约一米高，身材像儿童，却留着胡须。他总是不敲门就直接走进来，站在我的书桌前打量我。我请他坐下，他却又忸怩起来，每次都是谦让半天，说些莫名其妙的客气话，然后才小心翼翼地坐在我脚边的小板凳上。

"你愿意听吗？"他用征询意见的口吻对我说道，不待我回答，又继续说，"我去过蛇岛了，星期三去的，那里有一场毒蛇大战，几千条毒蛇在岛上厮杀，像刮起了龙卷风一样飞沙走石。当然我是站在边缘地带，你不可能进入激烈的战场。你看，我的腿上布满了小蛇们的牙齿印。"他挽起裤管，精瘦的小腿上有一片模糊的红色。"它们的毒汁在我的血液里循环，所以我时常觉得胸闷。你难道不怜悯一个垂死的同胞吗？"

我俯下身去，想要看清他的面目，但他机警地跳开了。他选择离我较远的角落坐下，似乎在观察我。他的这种举动使我感到厌倦，于是决心说一句话来打破这种无聊的氛围。

"春风吹绿了大地。"我将首先想到的第一个句子说了出来，声音刺耳而又陌生。我再次明白自己无法保持沉默不语的姿态，一切都太晚了。

　　小人在那边冷笑。

　　有一天，他用凄苦的语调告诉我："你看我有多么小，我还没有长大，就已经到了中年。这都是因为你们这里太炎热了，炎热的气候影响骨骼的发育。"他似乎含着泪。我忍不住想摸摸他的头，但他将脖子一扭，气愤地问："你要干什么？"

　　在晚秋时分，他曾经来向我告别。那一次他是从窗口爬进来的，衣裳不整，背着小小的破旧的旅行包，还有一个捕蝴蝶的网子。他往地板上一跳，摔疼了屁股，呻吟了好久才站起来。

　　"这里实在太热了，已经快到冬天了，还得每天穿短袖衫，我要去伐木，还要捕蝴蝶，你赞不赞成呢？"

　　他并未去伐木什么的。每天他都从我窗前经过，背着破旧的旅行包，我伸出头去，看见他进了邻居的家门，在他那里喝茶聊天。邻居是一位患了鼻癌的老头，最喜欢别人去他家里。老头每天都给我带来关于他的消息，据说他在别人家里并不消沉，简直可以说是兴味盎然。看起来他只是来我家时才诉苦，我对他的这种行径十分厌恶。

　　他的这场戏演了好久，直到第一场大雪降临，房间里冷得像个冰窖，他才出现在我面前。"我避开了炎热，这算是一种幸运，不是吗？那边是温带，我整天在树林里捕蝴蝶，差不多成了野人了。

你发现我的变化了吗？现在我的肚子胀得这么大，里面全是血吸虫。树林里有一片沼泽，里面长满了钉螺，我就是在那里感染了血吸虫，搞得整天瞌睡沉沉的。"

他的脸似乎黄得厉害，肚子肿得像孕妇，但我知道树林里的故事只是一个谎言。

"我快死了，长途跋涉使我的脚指头变得歪七扭八，那片林子里一个人也没有，真没有意思。"他抱怨道，一边低下头去仔细打量自己那小小的手指头。

我不想戳穿他的谎言，但也不愿和他一道说谎，于是我说起了邻居。我像闲聊似的讲起这位老头，说他是一个卖死牛肉的小贩，终生都在与死牛肉打交道，现在这可怜的人患了不治之症。

他沉默着，让我滔滔不绝地说完，然后打了一个哈欠站起身，一边往外走一边回过头来告诉我：

"你在信口开河吧？我并不认识你的邻居。我不是一直在树林里吗？你连这个也忘了，真不应该啊。"

他的肚子肿得越来越大了。他开始在走路时发出哼哼唧唧的声音。他的脸似乎在一天天小下去——那张模糊的脸。

有时候，我不由得产生一种冲动，想将他抱起来，让他坐在我的膝头。然而他是十分机警的，他决不让我过于接近他。

那老头有一次告诉我，小人在他家里说了我的坏话。他说我成天装模作样，庸人自扰，和我在一起别扭得要死。老头说这话时，我的脸变得红一块白一块，最后我睁圆了双眼大喝一声："滚！！"

他吓了一跳，护着他的鼻子往外走，走到外面窗口那里还伸进头来喊了一句："谁在说谎呢？你、我，还是他？"

我放弃了沉默不语的姿态，开始不厌其烦地询问小人的历史，我的口气小心翼翼。

"这个问题很简单，"他爽快地说，"你的历史就是我的历史，看看我的手就明白了。我们有过两小无猜的时光，你都忘了吗？"

"我从前根本不知道你，你是在我想要沉默不语的时候出现的。"

"这一点也不要紧。有些人，不必相互知道就可以生活在一起。你不认识我，因为我长得个子矮小，在人群中几乎可以忽略，而你在年轻时一直站在人群中。其实那时你只要一低头，就可以看见我在人们的腿边钻来钻去。"

他是站在屋角说那些话的，他说完后就跳起一种奇异的舞蹈，他的动作很像在模仿老鼠偷油，也没有什么一定的节奏，但他是聚精会神的。而我，整个身心都被他那种态度迷住了。他并没有跳多久，因为他那肿大的腹部妨碍着他的动作，不久他就坐在地板上大声呻吟起来。这时我便感受到了他的软弱。我看见一颗一颗的泪珠在那张模糊的小脸上闪烁，就误认为最后的关头已经来临。没想到过了几分钟他就若无其事了，撑着站起来，头也不回地走了出去。

我越来越渴望沉默，我的话却越来越多。在小人面前，在各式各样的周围邻居面前，我说着废话。有时我不开口，周围的邻居便逗弄我，骗我吐出那些废话。他们则因为把戏的成功十分高兴。小人还是去他们家，与大家一道喝茶，说我的坏话。他们告诉我，他说我沉默不语是"忸怩作态""可笑之至"什么的。

那一天，我在一位邻居家门外偶然听到他在讲话。他说："我反正是要死的人了，我才不管呢！不像有的人……"下面的话变成了耳语，我越想听越听不清，我伏在门缝那里一动不动。一个声音在我背后响起：

"为什么要偷听呢？这可不好。"回头一看，原来是小人。他脸色可怕，斜倚着墙壁，像要倒下去似的。

"我知道你在门外，特地从后门绕到这里来。现在我每移一步，肚子就像要裂开一样，血吸虫大概已经把肝脏消灭了。不久它们就会将里面所有的器官统统消灭，只剩下薄薄的一张皮。我很欣赏这种不管不顾的风度。"

我说我也想达到一种基本上统一的意境，我无法不管不顾，至少我希望自己安心。

他坐在肮脏的墙根，看着我，摇着头，最后说："你应该杀死一只小白鼠，明天我就给你带一只来，让你练习练习，不至于手软。我还收得有各式各样的刀。这种工作对你一定很有好处。尤其是垂死的老鼠那最后'吱'的一叫，听过那种叫声后你就会明白一切。"

但他只是说说而已，他并没有带老鼠来。我等得烦躁了，就开始砸桌椅。

他来了，看着那些破桌椅，又摇起头来，说道："你又在做作，这一点也不好。"

"而你，总在说谎！"我愤愤地说。

"我说谎？"他用鼻子"哼"了一声，"我说谎？我怎么可能说谎呢？我只是忘记事情而已。"

"那么小白鼠的事呢？也是忘记吗？你几天前才说过的。"

"那只是一种象征而已，你连这也听不懂吗？真可悲啊！还砸破桌椅，像个毛头小伙子。"

"真对不起。"

"这就对了，每个人都应该心平气和，就像我和这些小虫子和平共处一样。我们相处得不错。我右边的肚皮，盲肠所在的地方，快穿洞了，那又怎么样，不久那里就会长出一个疤来，将洞堵上。"

"我时常听到你抱怨。"

"我当然要抱怨，虫子才不抱怨呢！我毕竟还没变成虫子。它们吃掉了我的内脏，但躯壳还留着。它们很讲究吃的艺术，精明得很。一直到我死的那天，躯壳总是留着的。小虫们真是生机勃勃啊。"

他大腹便便，在房里缓慢地移动，说话的口气出奇的自负。

但我无法安心，我走路时总盯着脚下，因为陷阱渐渐多起来了。

他越来越关心他的肚子里的血吸虫了，现在他来我这里只谈一个话题。他用那种爱抚的口吻谈到那些小虫，似乎怜悯，却又充满了自豪。

邻居们说是我把他逼走的。那天下午外面响过三下钟声之后，大家都进了我的屋。他们不说话，对我怒目而视。我赌咒发誓，开始了滔滔的辩解：

"难道可能是我吗？我怎么会干这种事呢？谁都知道我们相处得不错，一切都很正常。我们简直可以说是相互依存，这是你们不知道的。他一来，就对我谈他的心事，每次都直截了当，心心相印，与他和你们谈话的态度全然两样。你们要是在旁边听了一定会吓一大跳。我也承认，我们在一些事情上观点有分歧，他有时爱说一说谎，这是他的个性，我已经习惯了，我们是知心朋友。我怎么也没料到他会离开我们，谁又料得到呢？也许他的血吸虫病到了晚期，不愿死在本地；也许这一回，他真的伐木去了，这有什么奇怪的呢？人人都有些秘密，我无法了解真相，因为他总在说谎……"

"你才时时刻刻说谎呢！你这卑鄙的小人！"邻居老头大喝一声，像炸响了一个闷雷。我开始簌簌发抖。

我膝头一软，扑倒在冰冷的地板上，脸朝下，地板散发出苔藓的气味。

我听见千军万马从我的背上飞驰过去。

1994. 3. 13　望月湖

庭　院

　　年复一年，我总想去访问一个那样的地方。那是一个深深的庭院，院里有银杏树。要在树叶覆盖的小道上走好久好久，才会到达青砖砌成的两层楼房。当我在梦里看到那个庭院时，我就在心里说，哈，又是它！我究竟在哪里见过它呢？每次都是这一式一样的幽深小道，小道两旁长着参天古枫。可是我真的说不出到底是在哪一次见过它们。也许是因为梦醒之后，一切都忘得干干净净。我为不能确定自己的记忆而沮丧不已。

　　星期五，我的同事景兰来了。景兰近几年衰老得很快，先前的一头秀发不见了，露出半个秃顶。景兰属于那类没有体味的人，他坐在我对面，他身上的制服散发出肥皂的味儿。他有好几套各式各样的制服，就是在夏天，他也穿着这种衣服。

　　"这是很正常的，不必为此而焦灼。"他说，"虽不能确定，但能感到事件的连续性，这对你很重要。要是你没改变想法，下个星期我可以带你去那里。"

　　"还是有那么一个地方吗？"我吃惊地问。

"当然有。人不会无缘无故就做梦的。"

景兰的指头枯瘦细长，当他说话时，那些指头在桌面上弹奏着听不见的音乐。从他脸上看不出任何表情。我的这位同事总是神出鬼没，有时一连失踪好些天，班也不上，却没有人追究他。

景兰走了之后，我激动得不能自已，什么事都干不成了。我努力地回忆，想记起庭院里那栋楼房后面的一个天井的样子。我仅仅记得那个天井不大，湿漉漉的墙上长着青苔，其他的我就想不起来了。隔了一会儿，我又觉得那种样式的房子是不可能有天井的，一定是我将另外的记忆插到这个庭院里头来了。说不定那个记忆来自我十年前写下的一本书。那么是我写的哪本书里头有天井呢？我又细细地梳理关于书的记忆。似乎是，我从未写过天井。那院里很阴暗，有些颓败，当你走在长长的小道上时，你没法确定前方究竟有没有那栋两层的青砖小楼，因为它被大片的洋槐密密实实地遮住。我在心里打定主意，如果景兰带我到了那里，我一定要去那楼上坐一坐。我是否去那里头看过了呢？我没有印象，却老是认为客厅的墙上有一幅寿桃的水墨画。

然而景兰来过我家之后就失踪了。他没去上班，公司里也没人问起这件事，他在公司里是一个特殊人物。这一失踪就失踪了半年，多么漫长的半年啊。我都差不多已经快把自己和他之间的约定忘记了。

星期二，景兰突然又出现了。他进屋时天已黑下来，他在屋里站了不到两分钟就催我快走。当我匆匆同他走出门时，我才发现他衣服左边的袖管空空地晃荡着。

"天哪，你怎么搞的？"

"喂了狼了。在树林里，它要来咬我，我就给了它这只胳膊。是一只母狼，眼神比较忧郁的那种。不说了，要快走，不然那里就要关门了！"

"那里到了夜里就会关门吗？"

"是啊，里面住的那家人家有这个习惯。"

"我从未见过里头有人！"

"你不是连去没去过也不能确定么？"他的声音有点嘲弄。

"我？啊，你要带我去的可能是另外一个地方吧。"

"就是那个地方。"他强调说，"你看了就知道了。"

我惴惴不安地跟在他的后面。我们七弯八拐地在小胡同里穿行，一会儿就到了景兰的家。景兰家我只来过两次，最近一次距现在也有五年了。这座房子的式样很怪，先前只盖了两层，后来因为住的人多起来，便又往上盖了三层，而且上面的楼层比下面的还要大，因为怕坠下来又修了几根水泥柱支撑着上面那凸出来的一大块。我不明白景兰为什么要先将我带到他家里来。

楼里头吵得很厉害，似乎正在开舞会。我有个感觉，仿佛那窗口里晃来晃去的不是青年男女们，而是一些巨大的蟒蛇在灯光里头乱舞。实际上，隔着玻璃窗我分辨不出那到底是什么。

景兰的家在这座大房子的东头，是属于后来加盖的那三层中的一套，在四楼。我记得上次来的时候，我走在他家的地板上感觉到有点摇晃，当时他说："习惯了就好了，这房子垮不了的。"我们进了房之后，景兰没有开灯，他说怕吵醒了他老婆。我感觉自己就像在一条大船的甲板上一样。景兰在黑暗中凑近我的耳朵说，等一下就要出发，然后他就进卧室去了。他在里头不断弄出响声，像是在清理行装。

他终于弄完了，但他并没有马上和我走，而是又到另外一个房间去了。我记得他家除了客厅外还有三间房。他进入那间房之后仍然没开灯。忽然，我听到一声奇怪的巨响，那是一张被锈住的大铁门重新开启时发出的声音，既刺耳，又意想不到。接着景兰就在房里大声叫我了。

我同他并排站在铁门的门口，我吃惊得说不出话来。门外是一条无限延伸的地道，但它又不是真正的地道，因为那"地"其实是钢板连接的吊桥，桥上面的三方都是封闭的拱墙，微弱的灯光照着桥面，桥下却是空的，透过钢板的接缝可以看到下面是一片刺眼的白茫茫。

"这是怎么回事啊？"我问景兰。

"时间不早了，你去还是不去啊？"

"我当然要去。"

于是他粗暴地将我用力一推，我就跌倒在铁桥上了。慢慢地，我开始习惯桥上的晃荡了。抬头一看，景兰已经将通往他家的铁门关上了，他自己也进去了。我试着扶住边上的拱墙站起，一会儿就成功了。我往后退到景兰家的铁门那里，用拳头去擂门，又用脚

116

踢。铁门纹丝不动，一点响声都没有。回忆刚才的情形，似乎是，他想让我从这吊桥去我想去的地方。我从来不知道世界上还有这样的桥，然而在这上头走一走又何妨呢？即算走不到我心中的那个地方，退回来再请求景兰开门总是可以的吧？这样一想就决心尝试迈步了。

桥虽是钢铁制成的，可只要我有所动作，它就厉害地晃荡起来，我只能扶着拱墙一点点地移动。这桥像个敏感的、懂得我的心思的家伙，死死抓住我的注意力不放。我不敢从钢板的缝里往下看，我要是看的话，一定会晕过去的。我就这样扶墙走了好久，越走越怀疑自己的举动，而且我的双臂也越来越酸痛得厉害。这时我停下来看了看手表，才一点二十分，还是半夜呢。我想，我还是回去吧，这种没有尽头的铁桥，怎么会通向我梦里的静谧的庭院呢？要是再不回去，我的力气就要用完了。于是我又扶着墙往回走。

不知过了多久，累得头昏眼花之际，听见远处有人惊呼着火了。这种钢铁的桥和水泥的墙怎么会着火呢？不容我多想，滚滚的浓烟已从桥的前方涌过来了。很奇怪，这种烟并不呛人，只是弄得你什么都看不见。我干脆在桥上坐了下来，伏着花格的铁栏杆打瞌睡。反正走不了，心里也就不那么着急了。时梦时醒中听见有人在旁边讲话，是两个女孩子，她们似乎是在我右边的房子里面，一会儿进屋，一会儿又出来，老在那里走呀走的，说话声也老不停止。我挣扎着醒来想看她们一眼，可是我眼里只有那些烟。我摸了摸桥面的钢板，心里明白这种地方不可能有房子。还没容我想清这种问题，我又疲倦地睡着了。一睡着，那两个清脆的声音又在耳边说话，她们说的是我很熟悉的一个案件，那案子拖了好多年，结不了案，后来主要嫌疑人突然失踪了。两个女孩子，居然对这种事有莫大兴趣，分析来分析去的。她们进屋时就将那张木门弄得吱呀一响，出来的时候则轻轻掩上，看来是两个注重细节的女孩子。要不是隔着这些烟的话，说不定我已经同她们认识了呢。

我再一次醒来之际，突然就置身于她俩所在的茅屋了。我知道我的身体还在桥上，因为我的手摸到冰冷的钢板。但我为什么清楚地看见了这间茅屋和这两个女孩呢？现在我知道了，她们已经不是女孩，而是四十多岁的中年妇女，她们只是嗓音像女孩罢了。也不知为什么会有这样的嗓音。她们似乎也看见了我，但她们究竟是看见了我这个人的身体，还是看见了一个什么别的影像呢？两个女人的样子都有点凶，有点目中无人。瘦一点的那个似乎更为警觉，反应特别快。茅屋里只有两把椅子，她们一人坐了一把，我站在门边。坐了一会儿，两个女人都从口袋里掏出小镜子和木梳，对着镜子梳起头来，一边梳头一边聊天。

我一动不动地站在屋里听，她们说的每一个字我都听清了，但我就是不知道那是什么意思。这并不是说我不懂她们的语言，她们用的语言同我用的语言是一样的，而是我的脑子出了毛病，对那些话反应不过来。我眨巴着眼用力听了好久，只记住了几个词，它们分别是："河"，"亭子"，"笔记本"，"雨伞"。这时瘦一点的女人从椅子上弹了起来，机警地推开门，朝门外看了看，然后回转身来朝屋里这个女人做了个手势，于是两个女人一齐出去了。我发了一会愣才意识到应该跟她们走。

门外是山间小路，我远远地跟着那两个人，我听见她们在大声说笑。她俩不好好走路，居然争吵、扭打起来了。胖一点的女人将瘦一点的女人摔倒在地，瘦一点的就坐在地上哭起来。当我走过去到了她们面前时，瘦一点的女人忽然发狠地说：

"这下可全完了！你看这个人多么起劲地跟着我们啊。"

她这句话我倒是听懂了。

天阴了下来，有点要下雨的迹象，胖一点的女人提议到亭子里去躲雨。于是我果然看见前方有一个亭子。那亭子看着很眼熟。待我们快走到亭子前时，雨就下起来了。我们三个人都跑步冲进了亭子。进了亭子我才看清这并不是一个亭子，而是一个同主屋相连的室外的门厅。穿过走廊我们就进了主屋。房子很高，显得空荡荡的，家具上蒙着灰，大概有段时间没住人了。门响了一下，那两个女人走进一间内室就不见了。

我撩开客厅的窗帘看外面，外面雨蒙蒙的，并没有什么山，周围的环境看上去有点像景兰家那一带。我心里有点高兴，但是那种晕眩的感觉又涌上来了。我明白我并不在这个屋子里，我还是在桥上，栏杆那铸铁花格上的毛刺弄痛了我的手背。说老实话，这种晕眩的虚无感太不好受了，我倒宁愿回到桥上去。我用力看，怎么也看不见自己的身体，我也摸不到自己的脸。烦恼之际我看见了旋梯，我就顺着梯子上到二楼。我，一个没有身体的透明的影子，现在正在楼梯上。楼上是一个用玻璃封闭起来的平台，玻璃呈拱形，整个平台亮堂堂的，雨打在玻璃上，发出好听的声音。那两个女人正坐在一张桌子旁喝茶，她们大概上来有一阵了。我虽然没有身体，但她们立刻就看见了我，同时站起来瞪着我。我站在离她们较远的楼梯口。我感到自己是不速之客，就转身下楼。我听见她们在我背后放声大笑。是讥笑我没有身体吗？我愤怒起来了。

外面下着雨，我即使看不见自己的身体也不习惯于走到雨里头去，而且这雨不像会停的样子。我只好在客厅里乏味地游来游去。在客厅的右边，那两个女人刚才进去的内室旁边还有一张小门，我用手推了推它就敞开了。是一间没有窗的房间，黑得很。我正要将门带上，里头就有人说话了。

"我姐姐她们不让你上楼吗？"是景兰在说话。

"谁是你姐姐啊？"我心中一喜，连忙朝他靠近几步。

"就是楼上那两位女士啊。"

我的眼睛已经适应了房里的黑暗，但我并没有看见景兰，他在哪里说话呢？

"哈哈哈！你不要找我了，我同你一样嘛。"

"景兰你告诉我，为什么我觉得这个地方很像你家附近呢？"

"这就是我家附近啊，我们不是刚刚才分手么？"

我想了想，觉得他没说错。我们在他家里时，他说让我去看我想看的那个地方，于是我就来到了这里。这里是哪里？是我梦见无数次的地方吗？也许真的是吧，这房子虽不是青砖瓦屋，也可以算作两层的楼房。那么外面有庭院吗？有银杏树和小路吗？雨下得这么大，什么都看不清。如果不过分挑剔的话，倒的确可以说我已经到过了梦中的庭院。可是我对自己不满，因为我的身体没来，我的身体在铁吊桥上，我已经脱掉了鞋，我的赤脚踢着吊桥边上的栏杆。

"到过一次这种地方，就回不去了。"景兰的声音有点幸灾乐祸。

"那我还不如不来。"

"已经晚了，你早就应该想好的。"

我有点后悔，因为我想访问的不是这种蒙灰的房间，我也没想到自己会失去身体。

"你伸出手来。"景兰在暗处对我说。

我从铁桥的栏杆上缩回我的赤脚，将双手伸向眼前的烟雾。我的两只手立刻被景兰的手捉住了。原来景兰的手已经变成了铁的手铐，我被铐住了。

"这样就好了，你不会胡思乱想了。你听楼上那两位又在说你，她们从早到晚都在说你的事，所以你就以为自己先前到过这里了。"

"我很厌倦！！"我冲口而出。

"瞧，雨停了。这就是生活，一个人的生活。"他的声音变得很严肃，"我的家族里的人全住在这个屋子里，你没想到吧。这个家和我外面那个家只不过是一墙之隔，这件事你十年前就知道了。"

我和景兰边说话边朝台阶上走去——两个没有身体的人在空中

交谈。

我对景兰说没有身体很难受，景兰笑了笑，要我看前面。

雨雾已经散去，一条狭长的小道清晰地显现出来，但是小道的两旁没有古银杏树，只有一些我没见过的红叶灌木，小道的尽头似乎是森林。景兰的姐姐的声音从楼上传来，她们果真是在谈论我。两个人的意见好像相反，说着说着又吵起来，然后其中一个又哭了。我听了之后感到很窘，就扭了扭身体，这时桥上的景兰就将我的手铐得更紧了，我差点发出了尖叫。我感到这是一个让人发狂的地方，我是不是已经发狂了呢？现在我很想躲开景兰，但又躲不开。我的一举一动，包括隐秘的念头，他全都看得清清楚楚。而我的身体，在铁桥上被他紧紧夹住了。正在我打着逃亡的主意的当儿，他一下子伤感起来了。

"你为什么非要到这种地方来呢？"他那带哭腔的声音同他的两个姐姐一模一样。

我立刻感到手腕上的那副手铐去掉了，于是我扶着拱墙站立起来。桥头的那张铁门好像一直就没关过似的敞在那里，我快步走出铁门，景兰正笑容满面地站在他家的客厅里迎接我，他的老婆则在摆桌子准备晚饭。隔壁传来震耳欲聋的摇滚乐，地板像浮桥一样起伏，一只家鼠昏了头，在桌子下面乱窜，最后终于窜进了鼠洞。

"住在这种房子里给人一种紧迫感。"景兰的老婆对我说。

景兰的头发乱糟糟的，目光狂乱，我觉得他冷不防就会从房里冲出去。我坐下来开始吃饭，竭力想回忆起经历的事情，但我只隐隐约约记得一些片断。我不断地瞟着自己手腕上的瘀伤，希望引起他俩的注意，可他们就是不提这件事。

我听见墙壁发出喳喳的破裂声，景兰的老婆眼里掠过一丝吃惊，但她马上又冷静下来了。她站在浮动的地板上镇定地为我们盛汤，盛完汤，她就离开桌旁，走到厨房去。那起伏的地板应和着她的脚步的节奏，我简直看呆了。

"我老婆先前是个美人。"景兰说。

"是啊。"我由衷地赞同她的话。

在炸雷似的轰响声中，主墙上裂开一条宽缝。

女孩和胭脂

因为那个人老在窗外唤她的名字，毛妹只好摸黑爬起来，找到火柴，划一根，又划一根，直到划第四根才点燃了油灯。油灯一亮她就壮了胆。

她的姐姐桔花在对面床上睡得很香，半张着嘴，一副憨相。

毛妹透过玻璃往外看，看见那个人坐在禾坪边上，垂着头。他是个上了年纪的人。毛妹敲敲窗玻璃，那人就站起来了。啊，那么高！他像个巨人。他过来了，于是窗前那一块地方变得一片黑暗。毛妹觉得这个人像一座移动的山。他的脑袋一定比她家房子的屋顶还要高。

他在上面说话，嗡嗡嗡嗡的，完全听不清。毛妹感到有风从上方吹下来，油灯被吹灭了。她立刻颤栗起来。

"毛妹，你在同谁说话？"桔花问。

"没有谁，是我自己。"

毛妹摸回床上，盖上被子。她看见窗前的黑影移开了，月光重又洒到地上。不一会儿，那人又唤她了：

"唐小毛！唐小毛！"

那声音竟有点凄惨。毛妹想，或许那人并不是唤她，他是唤他自己的女儿，或许这个巨人的女儿走失了。她又想，如果是他自己的女儿走失了，他为什么朝着她的房间唤"唐小毛"呢？世上不会有这么巧的事吧。

"毛妹？"桔花又说话了。

"啊？"

"你可不要出去，掉下去就会死。"

"你认识他吗？"

"嗯。他卖胭脂。那么高的桥，下面是浅浅的泉水，谁敢往下跳？他的声音很特别，我早就听出来了。"

桔花好像在床上吃什么东西。她吃完了，就又睡着了。

毛妹鼓起勇气悄悄地溜到屋前的禾坪里，可是巨人已经不在那里了。他坐过的地方扔着一些自制烟卷的烟头，有小黄瓜那么粗。毛妹设想着巨人那忧伤的样子，不由得"啊"了一声。什么鸟儿在啄她的赤脚。她弯下腰一看，原来是自家的公鸡从鸡笼子里跑出来了，真是怪事。公鸡一跳就跳到谷桶上，开始啼鸣。它叫了又叫。毛妹看见自家的两个房间灯都亮了。糟了，爹爹和妈妈都知道自己跑出来了。怎么办？

毛妹躲到自家茅厕后面的青蒿丛中，从那里可以看见家里的两个窗户。灯虽然还亮着，但家里人并没有出来寻她。半空中有人说话了。

"你们这种村子，建在世界的边缘，刮风下雨都要小心。"

她知道那是巨人在说话，可为什么看不到他呢？无论上面还是下面都没有他的踪影，真怪。

自家的那只公鸡还在叫，但是那叫声已经非常遥远，就像从远处的山里传来的一样。她再一看，那两个房间的灯都灭了，大概他们又睡下了。毛妹希望巨人再同她说话，这样她就可以问他一些事。但是周围的一切全沉默了，连远方的鸡叫都变得隐隐约约。毛妹虽然有点害怕，同时也觉得自己没有必要躲藏了。她来到禾坪。

月光很亮了，她在想象中的格子里跳房子。她飞起来又落下，她的赤脚没有弄出一点响声。忽然，她发现巨人又坐在禾坪边上了。

毛妹走近巨人，用清晰的声音问他：

"伯伯，您家里是不是走丢了一个人？"

"是啊，小妹妹，那是好多年以前的事了。你瞧，我在这里哭。我住的那种地方啊，小孩子没法不走丢。"

他垂下了头。但毛妹没听到他的哭声。她想，巨人的哭声是听不见的。

"原来这样。那么，我能去您家里吗？我去了之后会走丢吗？"

她的话还没说完巨人就消失了。周围的空气发出沙沙沙的响声，仿佛他仍在这附近活动一般。毛妹想起了桥，桔花说，巨人从桥上往下跳，这是真的吗？桥在离集市不远的地方，的确很高。他喊"唐小毛"的时候，是喊她还是喊他丢失的女儿？

毛妹很想再同巨人说说话，但他不再出现了。她等了又等，他还是不出现。水塘里倒是有黑影掠过，莫非是他？毛妹觉得很乏味，很沮丧，她要回家去睡觉了。

她从水缸里舀水冲了脚，穿上塑料拖鞋，小心翼翼地溜回卧房。

她在卧房里吃了一惊，因为桔花不在她床上了。啊，原来桔花先前根本就没睡着，她是骗她的。会不会巨人故意喊"唐小毛"，其实是给桔花发信号？桔花不是对他的声音那么熟悉吗？

毛妹躺在床上，想象桔花从那桥上头往下跳的情形。为什么是桔花？桔花是很胆小的，连毛毛虫都怕。可是桔花又胆大包天，敢让水牛踩在自己的背上。

毛妹在焦虑中睡着了。

毛妹睡了一大觉醒来时，看见屋里仍是黑的，桔花的床上仍是没人。多么奇怪啊，夜竟会这么长！毛妹再一次赤着脚溜了出去。她要去找桔花，她感到桔花一定是独自外出冒险去了。虽然桔花是她姐姐，但她很少同毛妹一块去冒险。在毛妹的印象中，桔花总在冒险。所以当她说起巨人要她从桥上往下跳的事，毛妹立刻相信了。有一回，她还从老樟树的树梢跳进了水塘。

她检查了茅厕后面，又检查了那片矮树林，都没有桔花的身影。她会不会到集市那里去了呢？毛妹想象着桔花同巨人在集市见面的情形，心里激动起来。那座桥，两条窄窄的石板，山泉在桥下轰响着。

她决定到集市去。既然这天老不亮，那就是冒险的好时候。有一回，大概是她十岁的时候，天也是这样老不亮，她睡了又醒，醒了又睡，最后起来时，怎么也找不到家里的人了。她到村里走了一圈，到处都静静的，连鸡鸭也不出来了。她越走越胆寒，赶紧回家。后来她在卧室里待了很久很久，饿得昏了过去。再后来是妈妈用米汤将她灌醒的，一边灌一边骂她"蠢"。事后她问桔花天黑时躲到哪里去了，桔花说她同爹爹在山里砍柴，还说山里头并不黑，亮堂堂的。就是那一回，桔花说了一句让她永远忘不了的话。桔花说："你为什么不冲出去呢？黑地里到处是栗子树，吃不完。"

　　毛妹匆匆地走着夜路，她很想碰见一个人，哪怕一个小孩也好，可去集市的路上就是一个人都没有。当然也没有栗子树。那条小河里似乎有人在捞鱼，凑近一看呢又根本没人，是风吹得野草作响。

　　终于来到了那座桥上，现在是枯水季节，所以桥底下也没有水响。她在桥上东张西望了一阵，然后过了桥，往前走，走进了空空的集市。

　　一进集市毛妹就后悔了。这里并不像村里那么黑，只不过是比阴天黑一些而已。那些空空的摊位，那些关了门的铺子，门口搭着油布篷的小酒店，一眼望去都看得清楚。这里哪有什么险可冒？她感到桔花没到这个乏味的地方来，她还感到只有像她这么蠢的人才会跑到这里来。她走累了，于是在百货店的台阶上坐下来休息。她惴惴不安地想，天什么时候才会亮？她这样一想更加后悔，看来只

128

好休息一会儿就回家了。

突然她背后的门吱呀一声开了。一个细细的童声在说话：

"你是谁家的？外面这么黑，你怎么坐在外面？你没有地方睡觉吗？你也像我一样用不着睡觉吗？"

毛妹听出屋里是一个女孩，可是她看不到她。这是一家卖毛巾和拖鞋的百货店，毛妹很喜欢他们出售的小毛巾，尤其是上面印着牵牛花的那种。

门口伸出了女孩的一只穿着凉鞋的脚。

毛妹走进百货店，没想到里面那么黑。她凭记忆用手摸索着往前走了几步。她没有触到里面的柜台。难道这是间空屋？小女孩"咯咯"地笑了。

"你什么都看不见吧？我们这里就这样，外面的人进来什么都看不见。可是我们家的人看起来，屋里是很亮的，外面才黑得厉害。我的名字叫海带。你是山里人，没见过海带吧？小心，不要动！这里有把椅子。"

毛妹在椅子上坐了下来。她看不见海带，但感觉得到她就在附近。

"今天夜里怎么这么长？好像已经过了两天！"毛妹叹息道。

"有人要搞活动嘛，我早就听人说了。集市的人全躲起来了，配合那些搞活动的人。你也是来搞活动的吧？"

"是啊。我想搞活动，可我又不知道怎么开始。海带，你带着我搞活动吧，我待在家里真无聊，我觉得我要死了。"

毛妹说出这几句话后自己也吓了一跳。她怎么会说出这种夸张的话来？在家里的时候，她从来不说死呀活呀的话。

海带沉默了。毛妹听得见她的喘气声，她似乎很激动。过了好一会，毛妹才听到她说话。

"我和我爹再也不能见面了。"

"你爹是巨人伯伯吗？"毛妹心怀希望地问道。

"我是在北方走丢的。我知道自己走丢了的时候，我已经到了南方。南方就是你们这里。我太贪玩了，看见那条木船我就跳了上去。我很喜欢你们这里，尤其是在搞活动的时候。你听，外面有人在笑。"

毛妹也听到了笑声，但不是在外面，而是在这间房的深处，更黑的地方。那很像桔花的笑声，她忍不住喊了一声："桔花？！"

没有人答应。海带也不出声了，莫非她不在屋里了？

毛妹站起来，摸索着往房间的深处迈步。她觉得自己已经走到桔花发出笑声的那个地方了，可为什么周围还是空荡荡黑乎乎的？她又走了十几步，还是没有碰到墙壁。有什么东西响了几下，像是马达。毛妹很害怕，她一抬头，看见空中亮起了一支蜡烛，那蜡烛照着一个楼梯，楼梯尽头有一张小门。屋里的其他地方还是黑得厉害，什么也分辨不出来。声音很像桔花的人又笑起来了。这一回，笑声仍然来自前面更黑的处所。这个屋子到底有多大啊？

"她其实什么都不怕，她到处自寻死路……"

"嗯，有道理。你看这些石头的硬度怎么样？"

"石头的硬度嘛，要根据你的头盖骨的硬度来定。"

毛妹觉得这两个谈话的人故作老成，不由得撇了撇嘴。她摸到了楼梯的扶手，便小心翼翼地往上爬。她注意到自己一开始爬楼，下面那两个人就不说话了，也许她们在屏住气看她如何失足？毛妹想退下来，可是她往下面一看就打消了念头：她每往上爬一级，底下的那一级楼梯就消失了。蜡烛始终只照着她前面那块地方。然而她看到上面的小门打开了。她想，也许那是卧房吧，要不能是什么？

她终于爬到了顶上，一步一挪地走到那张小门那里。啊，根本不是卧房，是黑乎乎的外面，凉风扑面而来。毛妹一转身，看见两个黑影也上楼来了，慢慢地朝她靠近。

"桔花？"她胆战心惊地轻唤。

还是没有人答应她。那两个影子没有实体，停在她的对面了。毛妹死死地盯着在风中晃动的蜡烛，她感到小蜡烛很快就要被吹灭了。她的双腿开始发软，她坐了下去。蜡烛在她坐下去的瞬间熄灭了。

"头盖骨总硬不过岩石吧。"很像桔花的那个声音说道。

"有时也难说。"另一个细细的声音回应道。

毛妹坐在原地吹着凉风，在心里嘀咕道："桔花桔花，你又要看我的笑话了吧？要是那个人喊的不是我，而是你，我又要嫉妒了。可他偏偏叫的是我。他叫了我，我出来了，他又不给我指路……"毛妹就这样在心里抱怨着。现在她既不敢去门那边，也不敢下去，她觉得自己像是坐在半空中的木板上，摔下去可不得了。

有人在推她，她拼死抗拒，紧张得要晕过去了。她听到那人在她耳边说："没事，没事，脑袋还能硬过岩石？"即使快要晕过去了，毛妹还是想弄清这个人话里的意思。难道他把她的脑袋比作岩石？如果不是，那么他说的脑袋又是谁的脑袋？事情变得多么纠结了啊。

那人终于将毛妹猛地推出了门外，毛妹吓出了冷汗。但她并没有掉下去，只不过是滚到了另一个房间，她能看见房间模糊的轮廓。外面要天亮了吗？不，窗外还是黑得厉害。"毛妹啊，毛妹啊！"那个像桔花的声音移到了窗外遥远的地方。毛妹站起来，走到窗户那里，呼唤她的那个声音就消失了。只有风在吹，吹出尖锐的呼哨声。外面那么黑，什么都看不见。难怪海带说屋里比外面亮呢，屋里的确有点亮，是从哪里来的光呢？她四周环顾，一下子觉得光线来自天花板，一下子又觉得是墙壁在发光。

她终于记起了这里是个毛巾店，还卖拖鞋。看来这种店根本就不是什么店，是骗人的。是不是集市上的店都藏着鬼怪？桔花该早就知道了这种事吧？她记得春天里她同桔花来这里买毛巾时，店里坐着一个瞎眼老太。桔花悄悄地对她说："别惊醒她，会有麻烦。"于是把钱放在柜台上，拿了毛巾就拖着她溜走了。她怎么把这事忘了？毛妹有点懊恼，她生活中处处有桔花，她总是抢先，而她蒙在鼓里。现在她还是到了这个麻烦里头了，这会不会是桔花安排的呢，或者竟是巨人安排的？

她刚一想到巨人，窗外的风里头就夹带了巨人的呼喊。

"唐小毛！唐小毛……出来拿你的胭脂吧！"

"等一等，等一等！我就来！"毛妹连忙向着窗外回应。

一股狂风吹向她，她往后倒退了几步。现在毛妹什么都不顾了，她要下去，冒着摔死的危险下去。摸到了楼梯那里，她听见有女孩子在拐弯处恶意地笑着。这笑声给了毛妹勇气，她不再惧怕踏空，扶着扶手往下走去。可是她并没有踏空——步步踏在实处。在楼梯下面的房间里，海带正高举着蜡烛为她照亮！海带真是一个美丽的女孩子，可为什么她只有一只眼睛呢？海带见她下来了就吹灭了蜡烛，她说"屋里够亮的了"。

"你到哪里去？"她机警地抓住毛妹的手腕。

"我买了胭脂，我……"

"不准去！你要闯祸的，你怎么能分得清敌人和朋友？只有一只眼的人才分得清，像我和我奶奶，我们都是一只眼睛。"

"你们另外那只眼睛到哪里去了？"

"藏起来了。外面那么黑，有敌人的时候天就不亮。"

毛妹的手腕被她抓得很疼，就恳求她放松一点。

"谁在那里讲话？"苍老的女声响起来了。

"奶奶，我来了！"

海带立刻丢开毛妹，扑向她奶奶发出声音的方向。那个方向黑洞洞的。

毛妹用力跑，跑到了屋外。她看看背后，并没有人来追她。

集市还是那个样子，既不是夜里也不是白天，到处空空荡荡的，一点也不像藏着什么秘密。毛妹又后悔了。她干吗要出来？待在那百货店不是有意思得多吗？奇怪的是她一出来外面就一丝风都不刮了。她烦闷地走来走去，却一点都不想回家。这种天，回家什么也干不了。

　　什么地方响起了鸡叫声，很像家里的那只公鸡。啊，原来它在那里！它立在卖菜的水泥平台上，叫得正欢呢。果然是家里的大公鸡，要不就是另外一只一模一样的公鸡。毛妹试着唤它，它立刻就从那平台上跳下，跑到她面前。不知怎么，它用力啄她的脚踝，啄得很疼，毛妹叫出了声。可是它居然从她脚踝那里啄出了一条两寸长的虫子。它将虫子三下两下就吃进去了。毛妹吓得哭了起来，大公鸡像安慰她似的蹲在她脚背上。毛妹想，它从家里跑到这里，它怎么会认得路？会不会是桔花将它带来的？毛妹用手摸着脚踝那里的伤口，一点都不疼，也许那只是一条蚂蟥吧。

　　有公鸡陪伴，毛妹的心情平静下来了。她坐在那里有了浓浓的睡意，于是伏在水泥台上睡着了。虽然睡着了，还听得到那人喊她：

　　"唐小毛，唐小毛，出来拿你的胭脂吧!"

　　毛妹醒来时，天还是没亮，但也并不那么黑，就像黄昏日落后的天色。她感觉到自己的衣兜里有硬东西，掏出来一看，是两个精美的小盒子，里头装着胭脂，两个盒子里面还各有一面小镜子。她从未见过这么高级的胭脂，一颗心在胸膛里怦怦直跳。她想要回家了，赶快回去把胭脂藏起来，免得桔花看到了妒忌她。这真的是巨人伯伯奖给她的吗？可她并没有主动去冒险啊！

她不再犹豫了，匆匆地走在回家的路上，她心里满是喜悦。

那座桥出了点问题：两条石板中的一条不见了，另一条也在当中的部位断裂了，裂口可以看得见。毛妹不敢过桥，可是不过桥就回不了家。她只好回到集市去等，希望有一个熟人出现，也希望天亮。她觉得天一亮集市就会有人了。说不定桔花也在集市的某个地方藏着呢，既然自己得到了礼物，桔花那么灵光的女孩，难道会不知道这个奥妙吗？这样一寻思，她低落的情绪又振作起来了。她回到了集市。

她绕着集市走了一圈，还是没碰到一个人。也许有人藏在那几个商店里头，百货店里不就藏着海带和她奶奶吗？毛妹站在文具店的对面发呆，心里打不定主意要不要去敲门，因为那张门紧紧地关着。她正犹豫时，有一位黑大汉挑着一担箩筐过来了。毛妹看见筐里坐着一男一女两个小孩。

黑大汉看见毛妹，就将箩筐放在地上，站在那里休息。

"叔叔，您这是去哪里？"毛妹问。

"去桥上。山泉下来了，这两个小家伙要去沟里捉螃蟹。"

"那石桥断了，我就是从那里来的，没法过桥了。"

"没法过桥？"黑大汉鼓着两只暴眼反问，"莫非你小看我？我告诉你：我是有办法过桥的！"

那两个小孩听了这话就都从箩筐里站起来，朝毛妹吐唾沫。

待他们离开后，毛妹远远地跟在他们后面，她倒要看看这三个人如何样从断桥上过去。她想着这事，紧张得小腿发软。

那座桥已经看得见了。黑大汉走得很快，两个小孩在箩筐里唱着儿歌。

毛妹隐隐地听到了山泉的轰响，她站在路边一个土堆上睁大双眼想看个清楚。但是没有用，天不够亮，她只是看见黑大汉和那副担子在桥上闪了一下就消失了。他们是过去了还是摔下去了呢？毛妹跑到桥边。

桥还是那个样子，是断桥，桥下的山泉咆哮着，冲击着沟里的大石头，单是站在桥边都害怕，那两个小孩居然敢下去捉螃蟹！如果没有去捉螃蟹，他们仨如何过的桥？毛妹翻来覆去想这件事，越想越对自己感到绝望，就哭起来了。她刚一哭，就有人在背后推她。她回头一看，是海带。

"不敢过桥吗？你抓紧我的衣服后摆，我带你过去。"

"可是——"

"快！没时间了！"海带严肃地说。

毛妹羞愧地抓住海带的衣服后摆迈步。她不敢看下面，眼睛死盯着海带的后脑勺。她一步都没踩塌，顺利地过了桥。

"我明明看见……"她说，脸在发烧。

"过桥的时候眼睛不要乱看。"海带不耐烦地说。

毛妹看见她返回石桥，像燕子一样灵活地飞起，跃过了那道缺口。海带跑了好远，忽又转身朝毛妹喊道：

"你要常来集市啊，别忘了老朋友！"

毛妹心中升起一股暖流，她不由得用手摸了摸衣袋，两盒胭脂还在。她激动得脸泛红。

回家的路变得很短了。天还是没有亮，但是路旁的水田里出现了一些人影。那些人一动不动地站在田里，并不像是在干活，倒像是在观察她。她有什么好观察的呢？难道他们看出她衣袋里装了精美的胭脂吗？毛妹加快了脚步，但有一个人令她不知不觉停下来。那人像一棵樟树那么高，立在田里一动不动。毛妹很想看清他的脸，但她的努力全是枉然。他的上半身仿佛裹在雾里。

"巨人伯伯！我是毛妹啊！我是唐小毛啊！！"她喊了起来。

但那人还是一动不动。毛妹怀疑自己喊错了人，就不敢再喊了。

她继续往前走，不再去看那些田里的人，她觉得这些人实在是多管闲事。

她回来了，可是家门前的禾坪上还是静静的，向村里望去，也是一个人都没有。各种迹象令她觉得还是半夜！她一个人去了集市，在集市上经历了那种怪事，有人奖励了她两盒胭脂，她回家了，可家里还是半夜，同她离开时一个样。毛妹实在是想不通。

她溜进卧房，看见桔花睡在那里，于是放下心来。

桔花在黑暗中轻轻地笑。

"桔花，你在笑我吗？"毛妹一边爬上自己的床一边问。

"不是笑你，我是高兴呢。毛妹你想想看，这个夜晚这么长，我去了龙村一趟，来回十多里路，现在我又回家了，可家里这边还是半夜。要是天总不亮，要是一夜就等于好多天，那我们的寿命不就延长了吗？我躺在这里越想越高兴，连瞌睡都没有了。我在龙村那边的山坡上走啊走，到处撒着那些银镯子啊，银戒指啊，还有玉石耳环。我懒得去捡，顾不上，那里太好玩了。"

毛妹摸了摸衣袋里的两盒胭脂，心里想，看来桔花根本不会在乎这两盒胭脂，她连玉石耳环都不要，她的心大着呢。

"桔花，龙村那边天亮了吗？"

"那边亮着呢，要不我怎么能看见地上那些首饰！"

"你冒了几次险？"

"两次。"

毛妹明白了。她不能同桔花比，她俩太不相同了。她有点困了，就盖好肚子，打算睡觉。她巴不得一觉睡到大天亮。可偏偏那人又在外面叫起来了，还敲窗户呢。

"唐小毛！唐小毛！不要忘了取你的胭脂回去啊！"

桔花问毛妹外面那人在喊谁，毛妹回答说：

"我觉得他是在喊你，你为什么不回答呢？"

"如果有人逼你去死，你会跟着他走吗？"桔花反问道。

毛妹觉得桔花提出了一个很严重的问题，她答不出，心里一下子又想起了集市上的百货店。那种惶恐的情绪又开始纠缠着她。她胆怯地，有几分欣慰地想，其实从来没有人逼她去死啊。总是有人出来保护她，比如今晚，海带就保护了她。说不定那巨人伯伯也在暗中保护她？

"我不会跟他走！"桔花激烈地说，"我另走一条路！这些年，我什么地方都去过，那些洞里沟里。世上没有我不敢去的场所！"

毛妹胆战心惊，生怕窗外那人听见。她早已看见那人巨大的身影将窗玻璃遮了个严严实实，一丝光都透不进来。唉，真黑啊，桔花将她的睡意全冲走了。她感到窗外的那巨人将她和桔花的五脏六腑都看得清清楚楚。她不能像桔花一样满不在乎，她做不到。

"桔花？"她颤声唤道。

"我在这里啊。"

"你有胭脂吗？盒子上带有小镜子的那种。"

"有过，后来不见了。我没去找它。"

"为什么不找？"

"不为什么，我从来不找东西。丢了就丢了。"

她俩不再说话了。毛妹紧张地盯着黑乎乎的窗户。禾坪上，她们家的那只公鸡又叫起来了。这种夜里，它一共要叫多少次？它自己去了集市，又自己跑了回来，这只公鸡该有多么聪明啊。

不知过了多久，毛妹发现窗户上出现了一个灰白的圆圈，她以为是巨人的脸。那圆圈逐渐扩大，一会儿，整个窗户都变白了。原来天亮了！

禾坪里公鸡的叫声此起彼伏，一共有四五只。

毛妹看见桔花在对面床上响亮地打鼾。

变 通

一

述遗早上起来时还看见太阳，到街上转了一圈回来。天就阴了，一股冷风将放在桌上的报纸吹到了地上，接着她就听到了滴滴答答的雨声，然后是狂风大作，屋前的泡桐树死命地摇摆。述遗窜过去关窗子，因为雨已经飘进屋了。述遗去关窗子的时候又看见了那张脸，那是一张年轻的、新鲜的脸，可惜没有任何表情，述遗已经熟悉了这张脸。当述遗坐在窗前记录天气概况时，他总是站得远远地朝房里张望，像是要辨认什么人，又像是等什么人从房里出来。今天那人站在雨里头，任凭大雨冲刷着，一动都不动，述遗关好了窗之后，就将黑皮笔记本在桌上摆好，在里面记下"雨，8：35开始"的字样。合上笔记本后抬头一看，那人已不见了，倒是彭姨在外面大喊大叫：

"述遗老太婆哎，水沟又堵住了呀！"

述遗在房里装聋作哑。已经记不得有好多年了，她坚持不懈地记录着天气的变化，这件事成了周围人的笑柄。尤其是彭姨，逢人就介绍她的这个爱好，称之为"思想退化的表现"。黑皮笔记本已经有几大本了，都锁在箱子里，就是拿出来翻一翻她都不好意思。彭姨有一次趁她不注意夺过她的本子就要乱翻，那一次她着实大发脾气，竟然骂出了几句粗话，吓得彭姨手一抖，本子落到了地上。后来彭姨形容她当时的样子"如同青面獠牙的老怪物"。

"不就是记录个天气吗？有什么看不得？"她不解地咕噜道。

述遗住的平房同彭姨的家同属一排房子，所以彭姨不打招呼就可以在她家进进出出的，述遗的事都瞒不过她。奇怪的是彭姨从未看到过站在雨中的那位青年，他们两个总凑不到一块去。彭姨一出现，青年就不见了。述遗也同彭姨谈过这件事，彭姨也纳闷，谈得多了彭姨就开玩笑说："总不会是你儿子吧。"今天那青年又出现了，述遗却不想告诉彭姨了，她在桌前发着呆，顺手又打开了笔记本，目光一瞥，看见上面赫然有一行字："晴转大雨时到达。"那一行字夹在天气概况中十分显目，定睛细细检查，的确是自己的笔迹，是自己于 5 月 15 号无意中写下的，使用的是那种碳素墨水，而平时她总是使用蓝黑墨水。述遗并不迷信，可这件事的确难以解释，有点"心想事成"的味道。述遗想，那青年是不是和她一样思考着同一件事，一件模模糊糊的事呢？是因为那件事的模糊，他脸上才没有表情吧。下雨的黄昏总是让述遗有点不知所措，窗外那些灰黑色的屋檐有时会在一瞬间突然压在她的胸口，令她喘不过气来，然后，她便慢慢地聚拢脑海里的那些金黄色、葵绿色、青紫色，直到最后清晰地听见雨滴从屋檐滴下。这种经验已经有无数次了，述遗称之为"突发事件"。现在她要对付这种事已是不太难了。在暴烈的雨声中述遗心情放松地想着这些往事，心里觉得总要见一见那位青年才好，说不定他有什么难言之隐呢。自己年轻时有好多次，都有过那种难言之隐，后来都一一克服了。见了他就一定要告诉他关于她的天气记录，那也许会对他是一个鼓舞，也许会让他完全绝望。述遗的事施行起来总是这么决绝，很少有模棱两可的时候，同她脑子里的那些念头完全不相同，她还不习惯每天犯错误。是不是将那些笔记本都从箱子里拿出来给他看呢？她自己都不愿看的东西，现在倒觉得可以给一位素不相识的青年翻阅了，人的情绪真是不可思议啊。

述遗老太婆花白头发，是那种有点憔悴暗淡的花白，她穿着随随便便的旧衣服，又瘦又高的个子在菜场熙熙攘攘的人群里倒有点显眼。她的背有点驼，硬邦邦的手臂上挎着个竹篮，步子迈得心不在焉。她在选购蔬菜时不那么讲究，心里想着反正是自己吃，好一点差一点没关系，所以为省事她总是去同一个菜贩那里。那菜贩成了老熟人，总是在她买菜时漂亮话说尽，尽量要赢得她的欢心，菜却不怎么样。述遗一动不动地站着，冷笑着，买了菜就走，回回如此。据说那菜贩常在背后说很多阴损她的话，彭姨也知道，但述遗不在乎，照旧只买他的菜。彭姨却不罢休，一定要将别人的脏话一五一十地学给述遗听，样子像是气愤已极，又像是煽风点火。她还提议说让述遗干脆把买菜的工作交给她算了，免得遭人暗算。述遗细想了好一阵才回答说："难道你要剥夺我的小小的乐趣吗？"一句不同凡响的话就使得彭姨闭嘴了。也许彭姨开始时自以为占了述遗的上风，弄了半天述遗还是高高在上，臭架子十足；也许她认为这世道太不公平了，述遗凭什么高高在上？述遗并不觉得自己就是高高在上，她腰杆挺得笔直，有点心虚地坐在窗前写她的天气概况，一会儿就将彭姨之类的人抛到了脑后。近来她的笔头不那么流利，经常在记下一种天气现象之后就滞涩起来，对自己的观察拿不定主意。这样一些念头会时常来进行干扰：万一她记下的天气状况不真实呢？毕竟她只不过住在城市的一角，她的年纪又老了，很可能做下的记录就不那么精确，就是信手按习惯乱写的情况肯定也是有的。彭姨看过她的记录，她并没有看出那些小破绽（也可能是装的），述遗却为此导致好几个晚上失眠。述遗觉得自己随着年纪的变老，心也越来越虚了。有时忽发奇想，竟想挖个很深的洞，将那些笔记本埋起来，从此搬到乡下去埋名隐姓。但要她停止记录却是不可能的，大自然太奇妙，太有魅力了，单是那些变幻的色块就时常令她泪流满面。黎明和黄昏各有各的奥妙，就是宁静的中午，也暗含着数不清的可能性，怎么能不记录呢？她不就是为这些活着吗？年纪虽老了，一点也不感觉到衰弱，好像还可以恋爱似的。

很快就发生了那件恶劣的事，述遗事先一点预兆都没感到。那天中午，述遗正在做菜，她拿起南瓜一刀切下去，从南瓜里面跑出了一只小老鼠，一眨眼工夫就钻到床脚下去了。因为怕老鼠咬坏东西，述遗整整花了一上午的时间来做清理工作。她疲惫，绝望，眼前一片黑暗。她并没有得罪那菜贩子，那人怎么会下如此毒手呢？也许他和彭姨等人正在合成一股势力，不让她的老年生活有任何安宁吧。那么还买不买他的菜呢？当然要买。述遗想，他做出了这种事，在某种程度上反而又让她放心了，因为其他那些从未打过交道的菜贩子更可怕。隔了一天没去菜市场之后，述遗又去了，菜贩子还是老一套，笑脸相迎，说漂亮话，要她再买一个南瓜回去。而她，真的又提回一只南瓜。新买回的这一只里面当然没有老鼠，述遗也因此觉得生活并没有走到尽头。后来彭姨也来了，一句也没提买菜的事，可见她根本没和菜贩子纠结在一起，纯属自己瞎猜疑。

时间悠悠晃晃地过去，述遗差点将那青年的事都忘记了，直到他走进她的屋里来。他坐在椅子上，述遗看见了他痛苦的神情，他那柔软的头发无精打采。

"我的脑子里空空洞洞，这种事真可怕。您是如何处理这种情况的啊？"

"你安于现状吧，慢慢就会好起来的。"述遗看着他说道。

"您是指像您这样做记录吗？"

"并不一定要。你站在雨里头的时候，完全可以想一想荡秋千的乐趣嘛。"

这样的一问一答还持续了好久，后来述遗完全厌倦了，他还在提问。述遗不由得有点害怕地想：莫非他是个机器人？将这样一些飘忽游荡的念头收进一台机器里，然后如同放留声机一样放出来，给人的感觉就像她现在一样吧。青年将苍白的双手放在膝头上，述遗觉得那双手让她恶心。这是一双完全没有汗毛的手，像戴了乳胶薄膜手套一样。从这双手，述遗猜出青年的心脏有病。他还在问："怎样放松自己的思维？"述遗的回答越来越机械，她的思绪在荒漠中凯旋，无聊而不由自主。青年站起来要走了，述遗这才记起忘了将笔记本拿给他看，现在再拿出来当然不合适了。看着他摇摇晃晃地走出门，述遗在心里替他难受了好一阵。

青年走了之后述遗就将自己的双手放在桌上端详起来，这是一双普通的老年妇女的手，手背上有几根交错的血管，还有一些麻麻点点的斑块，指头的关节略微凸出。阳光已经移到房门那边去了，外面有几个孩童在唱童谣，述遗的幻觉里出现了她四十岁的时候的情景。她一下子就充满了记录的激情，拿起笔来的时候，发现自己的手在颤抖，写出的字全然不像四十岁。

彭姨进来了，问述遗是不是有什么人来过了，不然她脸上的表情为什么会如此恍惚？述遗就告诉她青年来过了，就在她此刻坐的椅子上坐过。彭姨皱着眉头深思起来。"谁家的孩子会像这样游游荡荡啊？"她自言自语道，"如果是刚从这屋里走掉的，我就应该看得到，可是我根本没看到，我一直都坐在门口的。"述遗就告诉彭姨说，她也觉得那孩子不像个真人，那是个病孩，一定是病得没法生活了。接下去两位老年妇女都开始为这有病的青年叹息。述遗偷偷打量着彭姨，在私下里想，毕竟彭姨还是很容易上当的啊。刚好在这时候彭姨向她投来锐利的一瞥。

俗气的彭姨身上有一些古老的东西让述遗感到吃惊，比如刚才，她竟然就一直坐在家门口朝这边看。有好几次，述遗见到她在雨天里哭泣，雨把她的头发打得透湿。彭姨的女邻居告诉述遗说，彭姨有夜间出走的习惯。要跟踪她是非常困难的，她喜欢到那些未竣工的楼房内去游荡，从这一层跑到那一层，从这个单元跑到那个单元，像捉迷藏一样，跑着跑着她就消失在大楼里，邻居只好沮丧地回家。往往在黎明前，她就轻手轻脚地推开门，爬到床上睡下，一会儿就睡着了。回来后她就抱怨别人不该撇下她，说她差点儿找不到从那大楼里出来的通道，她转来转去的，差不多所有的出口全封死了，那种焦急的心情难以形容。述遗常想，大概没有什么彭姨不理解的事吧。所以尽管自己防着她，不让她看笔记本，述遗还是认为她什么都知道了。她和彭姨是同时退休的，述遗还记得几年前的那一天，她们俩汗流浃背地在烈日下步行了好远，假装是到郊外去看风景，其实各自都为的是证明自己体力充沛，各自都对对方不服气，又由这不服气而产生怨毒。在心底里，述遗还是佩服彭姨的过人精力的，述遗想用一种连续性来证明自己根本不亚于她，也许记录天气概况的初衷里头就包含了这种因素吧。每当她在笔记本上写下几个字，她就要推测一番，翻来覆去地琢磨：要是彭姨看见了会怎样想？这时的彭姨，在她想象中是一位古老家族的后裔，连模样都变了，岩石一样粗糙的脸，口里咕噜着含糊的、不赞同的话。

"他什么时候再来呢？"彭姨问道。

"我没有问，因为问不出口。"

述遗很讨厌彭姨的这种唐突，但彭姨就是彭姨，你能指望她说出什么来呢？

"要是换了我，会对他的提问求之不得呢！"彭姨嘲弄地笑起来。

这时述遗又对彭姨身上的勃勃生气感到了那种妒忌。为什么这个女人总爱到这里来炫耀呢？她闭上眼装作沉思的样子，她不想理会彭姨了。多少年来，这个人一直在小心翼翼地保存精力，她那种专注真难以理解，大概她是想在最后同述遗决一雌雄吧。有段时间述遗也躲避过彭姨，后来又还是禁不住她的诱惑。述遗不止一次地想，也许是彭姨在激励着她积极地生活？她在她们俩的关系中所畏惧的到底是什么呢？

黄昏时空气中满载着葡萄的香味，火车的隆隆声隐隐约约，街上盛传着有一位政府要人将到达此地，述遗一时心血来潮就打定了主意要出走一段时间。她觉得"出走"这个词很适合她，有种滑稽意味。她检查过了箱子里的笔记本，又到厨房里将剩饭剩菜全部倒掉，就锁上门，提着一个旅行包上路了。彭姨不在家，很多人在街上围着看挂横幅，是欢迎那位政府要人的。述遗匆匆地走着，闻见葡萄的香味的越来越浓了，熏得她头晕，这时她才恍然大悟：根本不是葡萄，而是一种感冒喷雾剂的气味。到了汽车站她就上了一辆开往城郊的车，然后坐在后排座位上闭目养神。因为城里交通拥挤，车子走走停停的，还没到目的地车子就坏了，乘客口中咒骂着，大家陆续下车，述遗也只好跟着下了车，这时已是晚上十点。

　　眼前的这条街极脏，满地的果皮纸屑，很多地方连下水道也没有，居民就把水往房子外泼，人行道上积着一湾一湾的脏水，臭气令行人掩鼻。走了不远，就看见前方有一块幽幽地发出暗红色光的霓虹灯招牌，述遗知道那是一家旅店。她犹豫了一下，抬脚走了进去。柜台前坐了一个瘦骨伶仃的服务员，正在修理一架钟。他横了述遗一眼，"啪！"的一声将住宿登记本扔到述遗面前。

　　述遗登记好之后，顺着狭窄的过道上到二楼，她感觉到楼梯有点溜溜滑滑的味道，不由得心往下沉。这是一个三人合住的房间，还好，另外两个铺位都空着。她选择了靠窗的那张床，床上的铺盖有股汗味，看来不大干净，这种情形正是她预料的。她将包里的洗漱用具和衣服拿出来，到隔壁洗了个冷水澡。她要竭力将每件事都做得像是出远门旅行似的。她换上了干净内衣，穿着旅馆的拖鞋在窗前坐了一会儿。已是深夜，眼前这座城市还是吵吵闹闹的，小贩在街上叫卖猪血汤，对面游戏室里的赌博机噪声不断，不时有人掀开厚厚的帘子进进出出。述遗决定上床睡觉，闻着被子上的汗臭，她很想尝试一次那种异乡的梦境。她顺利地入睡了，然而睡了一会儿马上被吵醒，房里又有两个人来入住。这两个人也是老太婆，虽然她们压低喉咙讲话，述遗还是被老年人的体味搅得无法再入睡。奇怪的是这两个人一直坐在铺上谈话，一点睡意都没有，后来她们又熄了灯，在一张床上凑在一块"嗡嗡嗡"地说个没完，说着说着还笑成一堆。述遗在迷迷糊糊中无可奈何地挣扎，想听清她们的话是不可能的，想要不听更不可能。就这样挣扎着、挣扎着，居然梦见了她从未见过的柠檬树。那两位老女人就站在柠檬树下谈心，声音热切而又体贴，其中一位还将手搭在另一位的肩头，驼着背凑在一处，像要接吻似的。述遗觉得自己差不多要听清她们的话了，可惜声音又小了下去，变成一些模糊的音节。天刚蒙蒙亮述遗就醒来了，那两位老婆婆已不见了，铺上连她们坐过的痕迹都没有，述遗感到心里直发慌。她一抬头，看见服务员进来了。女孩蓬头散发，眼睛泡肿着，一屁股在空床上坐下，用两只手掩着脸一声不响。

"昨夜来住宿的两位老太婆哪里去了呢？真奇怪啊，她们不停地聊天，也不睡觉，后来就不见了。我还从来没有碰见过精神这么好的人，尤其是老年人。"述遗像是问她又像自言自语。

女孩突然将手从脸上挪开。哈哈一笑。

"她们根本不是房客，您想，会有这样的房客吗？是接待员搞您的鬼呢！"

提起接待员，女孩的脸上仿佛放出了光彩。

"接待员？你是说门口坐的那位小伙子？他为什么搞我的鬼？"

"他根本不是小伙子，他有五十岁了。"女孩鄙夷地看了述遗一眼，"您那么晚才到旅店里来住宿，您心里的事瞒得过接待员吗？说老实话，我恨死了这个地方！"

女孩重新用手蒙住了脸。

"啊，不要这样，这地方不错嘛，我年轻的时候想找这样一份工作都找不到呢。这里的夜晚真宁静，空气也好。"述遗不知所云地乱说起来。

她还要说下去，女孩气鼓鼓地提了两只开水瓶就走了。女孩一走，述遗有点心烦意乱起来。这家旅店对述遗来说并不陌生，她从前常常从店门口路过，她还记得原先它只是四五间平房的小店，后来才变成三层楼的楼房，霓虹灯的招牌也是后来才挂的。挂了招牌后，述遗才注意到店名叫"杏花村"。她昨天不过是因为汽车抛锚才无意中住进来的，怎么会引起接待员的注意呢？看来自己最好马上离开。述遗原先的打算并不是住这家旅店，而是住到郊区的"逍遥山庄"去，因为那边空气好，又便宜。述遗收拾好自己的东西，就走下楼到柜台那里去退房，她想赶早班车去郊区。

柜台前没有人，一只大灰猫睡在桌子上头。喊了半天也没人应，又等了好久才来人，来的还是那女孩。女孩犹犹豫豫地说做不了主，还得等接待员来，又责怪述遗不该只住一夜就走，说她这种行为简直是对旅店方面的侮辱，接待员肯定不会有好脸色给她看的。女孩说了这些威胁的话情绪就好起来了。她绕过柜台，来到述遗身边，压低了嗓子悄悄地对她说，干脆两人一起走掉算了，她也厌倦了这个工作，早就不想待在这里了。述遗站在那里不肯走，女孩就用蛮力扯着她往外走，她的举动任性又带点天真的味道，述遗拿不准里面会不会有什么阴谋，出了旅店，走了好长一段路，女孩才松开了死抓着述遗的手，捂着自己的胸口大声说：

"累死我了！多么烦人啊！这下好了，我们快走吧！"

她提着述遗的旅行包往汽车站那边冲。

"等一等!" 述遗死死地抓住自己的包，"你? 我跟你走?"

"当然啦，您就是那种人嘛!" 她一脸的满不在乎。

"那种人是什么人?"

"哎呀，您真是难缠，您想一想，您一个老太婆深更半夜来住宿，还会是什么样的人呢? 不瞒您说，夜间我去您房间里看过好几次，每次您都在做梦。一个孤身老太婆，找了个店住下，马上就可以做梦，这可不是一般人，一定是那种人。"

女孩说话时皱着眉头，似乎在想别的问题。述遗注意到女孩走路的样子很特别，像在水中用力划动似的，两条手臂一摆一摆，臀部一撅一撅。

汽车已经等在站里了，女孩紧随述遗跨上车，挨她坐下来。

"我是去'逍遥山庄'，你也去吗?" 述遗问。"当然啦，您得跟我走。" 她坐着看窗外的人流。

述遗很痛恨她的装腔作势，可又想，女孩爱怎么就怎么，不关她的事。一会儿售票员来了，她们各自买了自己的票。两人在车上一路无话。述遗觉得自己的乐趣完全被破坏了，心里思忖着到了山庄之后一定要摆脱这个怪女孩。

然而一下车女孩就活跃起来，抢过述遗的包帮她提着，还向述遗作了自我介绍。她说她的小名叫 "梅花"，她是个孤儿，没有父母，只有个哥哥，可是哥哥不久前又失踪了，她满城跑着去找过，最后还是放弃了。她想，这种事不能强求，哥哥失踪一定有他的道理。本来这位哥哥就给她一种奇怪的疏远感，他们兄妹感情虽好，她一直觉得他有很多事瞒着她，他也从不和她谈论那些事。她在旅店里干了好些年，各种各样的人都见过。她观察到有一种人和普通人不同，这种人像深水鱼一样默默地游动，一年里头，她总要碰到一两个这种人，她哥哥一失踪，她马上想到他也是属于那种人，所以现在她要找他就只有去他来往的那类人当中找。昨天夜里述遗来登记住宿时，她正好躲在接待员的身后，她一下子就分辨出她正是那种人，她决定躲在阴影里更好地观察她。半夜里她又去她房里观察了她几次，更加确信了这一点。述遗听了她的话，就忍不住问她她哥哥是长得什么样，是不是很苍白，有心脏病。梅花大声笑了出来，说她真会想象。

"他是一个高个子，很强壮，轻轻巧巧就可以背起一罐煤气，哪里会有心脏病！让我想一想，不过这种事也难说，可能有的时候他就是有病，只是我没发觉。对了，我的确听人说过他有时很苍白，样子可怕，到底是怎么回事呢？"

梅花又拿不定主意了。

述遗就问她打算上哪里去，并说了"逍遥山庄"的地名。梅花告诉她"逍遥山庄"早就因经营不善倒闭了，说得述遗吃了一惊。

"那么我只有马上回家了。"

"您当然只有马上回家。您看，前面就是那旅馆，哪里有一个人影？"梅花得意地说，"您不会马上回家，您要跟我走，现在我们先要吃早饭。"

她们进了路边一家烧饼店，一人买了两个烧饼坐下慢慢吃，梅花又显出神情忧郁的样子来。述遗觉得这女孩太令人捉摸不定了，对她的兴趣渐渐浓起来，她开始将她与那位有病的青年联系起来。在路边阴暗的旅店里干活的妹妹，和那幽灵一般的、无所事事的哥哥，实际上有种十分近似的气质，在茫茫的人海中，这两个人居然先后同她有了联系，这件事假如是事实的话，她应该怎样来做出解释呢？

"我不想回旅馆去了。"梅花忽然说，"您看到的接待员，其实就是老板，他是一个老色鬼，我和他同居五年了，另外还有五个女孩也在旅店和他同居。原来我把希望放在哥哥身上，心里想着总有一天要摆脱现在的生活，我常和他一起策划，可是有一天我发现他从老板手里拿钱，后来他就失踪了。有时我又想，难道不是我自己引诱他消失掉的吗？我老是同他策划未来的生活，想出那么多的鬼点子，他就产生了拿我做试验的想法的吧？我这个人太不安分了。我觉得他一定同您见过面了。"

"也许吧，你要去见他吗？我不能肯定那就是他，但那位青年的确很像你描述的那样。如果你要同他见面，我可以安排。"

述遗最后这句话差点使梅花被烧饼噎住，她瞪着眼看了述遗半天，最后垂下眼冷淡地说：

"这种事还是以后再说吧，您太热心了啊。请问您每天在家干些什么？"

"我记录天气情况，我的生活围着这一件事转。"

"哈，您不觉得您太傲慢了吗？没有人做那种事情。"

153

烧饼店的前面是那条护城河，河很脏，泛黑的河水凝滞不动。两位老妇人沿着河边走过来，她们手里都提着很大的竹篮，里面装了蔬菜。走到面前，述遗才认出是昨夜的那两个人。回转头看梅花，梅花正一边啃烧饼一边暧昧地笑着，用眼光目送着老妇人离去。述遗回忆从昨天夜里出走到今天发生的事，心情渐渐地超脱起来，就像有一只热气球拽着她往半空里飘似的，有一些奇怪的、抓不住的事物在高处等待着她，也许她还有足够的体力和精力来弄清这些事吧。彭姨说她一点都不老成持重，疯疯癫癫的倾向很厉害。比如这次出来，不就是疯疯癫癫的吗？梅花一点都不急着回去，再说她回哪里去呢？她已经说过不回杏花村旅馆了。述遗想，她总不会要自己收留她吧，当然不会，她实际上很看轻自己。她正在逗烧饼店里那只老公鸡，将烧饼掰成一小块一小块放在手心喂它，突然鸡啄痛了她的手，她就气得腮帮子鼓起来，一脚将鸡踢得飞去老远。旁边的一位顾客怒目瞪视着她的恶劣行径。述遗想问她一件事，动了动嘴巴总是说不出来。梅花忽然一下站起来去追那两个老女人，述遗发现女孩奔跑起来姿势矫健，屁股也不撅了。她很快就追上了那两个人，她们三个站在菜地边争吵起来，梅花发起蛮来，将一个老太婆推倒在地，又将她往河里推，还用脚踢。另外那个老太婆大声干号起来。

河边的那一幕闹了很久，述遗饶有兴味地坐在烧饼铺里观看着，不断地回忆起夜里的那棵柠檬树，还有老婆婆的低语。河边有一些挑担子的人来来往往，谁也不给那三个人劝架，述遗判断那被打的老太婆已经奄奄一息了。梅花也累了，站在那里喘气，另一名老太婆则奔跑着去求救。直到这时述遗才往梅花那边走去，由于提着包，她走得很慢。梅花看见她之后快步向她走来，走到面前喊了出来：

"我走不了了，这里出了事！"

述遗问她被打的老太婆是谁，她说是仇人，然后就板着脸沉默了。这时救援的人已经来了，将老婆婆放在门板上，抬起就走，然而没有任何人来找梅花的岔。

老妇人被抬走后，梅花蹲在河边，双手抱着头痛哭起来，口里说着："我杀了人，我杀了人啊！"述遗就对她说，应该去弄清人到底死没死，现在还不能下结论。梅花听到她说话，先是愣了一愣，鼓起眼球，然后又吼起来："我杀了人啊！"

这时河里忽然冒出来一个人，浑身湿淋淋的，手里拿着一个玩具塑料狗，眼睛盯着梅花。述遗心里有种不祥之兆，连忙去扯梅花，梅花只顾哭泣，扯了几下都扯不动，口里还在吼着杀人的事，述遗只好干着急。那人走拢来了，身上的衣服还在滴水。

"杀了人么？那就跟我走一趟吧。"他狞笑着说，露出一口黄色的长牙。

述遗连忙上前来辩解，说根本没杀人，只不过发生了一场争执，有人受了伤，已经送进医院了。再说这周围都是人，要是有人在此地送了命，姑娘还能脱得了干系吗？既然根本没人来找她的麻烦，就是说并没出事，一切都好好的嘛。

"您倒是很会诡辩啊，"那人冷冷地看着述遗，"出事或没出事应该怎样来判断？难道不是应当由肇事者自己来判断吗？您怎么知道没出事呢？"

梅花已停止了哭泣，可怜巴巴地看着那人的嘴，似乎希望从他嘴里说出对她有利的话来。这时那人忽然转向梅花，声色俱厉地问道：

"到底出了事没有？"

梅花饱含着眼泪连连点头，接着又对述遗说，她要跟这个警察走一趟。她让述遗在此地等她，她估计要不了多长时间她就会回来的。

"你怎么能这样呢？随随便便就跟人走？他并没有出示证件，你怎么能相信他？"

述遗难过地说着，一边跟他们走一边伸出手去，像要把梅花抓回来似的。梅花脚不停地跟那人走，不时回过头来朝述遗发出"嘘！嘘！"的声音，要她走开，仿佛她是一条跟脚的老狗。这种声音激怒了述遗，她停住了脚步。她放下旅行包，心里寻思着到汽车站还有多远。这一场折腾有点累，她在河边的草地上坐了下来。河流很难看，但远处有红黄色的云山移动着，很壮观。述遗记起梦里的柠檬树就是在这样的天空下生长着，原来那两个老妇人是这个地方的人。多年以来，她第一次有了被人遗弃的感觉。她对梅花寄予着怎样的希望呢？莫非她还盼望这个古怪的女孩跟她走，走到她所栖身的平房里去，然后她们像母女一样住在那里，两人一道记录天气情况？显然这个想法荒唐至极。对她这个老太婆来说，梅花这样的女孩是太有主见了，凡自己认为不合理的，对梅花来说却是理所当然，她出了杏花村旅馆之后就像进入了一个广阔的舞台，没人能预见她下一分钟要干什么，述遗就是被她身上的这种气质所吸引了。于是述遗开始怀疑梅花关于"逍遥山庄"已经倒闭的话是信口胡说，但她自己现在对住旅馆的事也没有兴趣了，她想现在就回家。又想等梅花，时间一分钟一分钟地过去，看看天空，黄红色的云山已被风吹走，视野里无比纯净，这纯净含着强烈的意志和召唤。终于，述遗站起来往汽车站走去。

汽车上很挤，她站在后排，旅行包就放在脚下，她被经过的人推来推去的，还有人在她的包上踩了几脚。汽车一开，她就跌倒在地，差点跌断了筋骨，周围响起一片咒骂声，因为她跌下去时将另外的两个人也绊倒了。述遗忍着痛站起来，提了包慢慢地往后面的角落里移，移到最后面，抓住了一根栏杆就不松手了。车子的猛烈震动将她晃来晃去，每晃一下，都痛得眼前发黑。听见有人在她身边议论，说如今的老太婆越来越不安分了，没事就出来乱钻，到处走，只想过潇洒生活，有的居然还谈起恋爱来。那人说到"恋爱"两个字故意提高了喉咙，还踢了踢述遗的包，述遗老着脸皮站在那里，顾不上害臊了，因为疼痛使她冷汗直流，她唯一的愿望就是不要倒下去。一定要坚持住。汽车到了一个站，下去了一些人，车上空了许多，她于头昏眼花中瞅见一个座位在眼前，便立即扑到座位上坐下来，一摸脸上，竟发现自己泪流满面了。疼痛减轻了，述遗想起自己泪流满面的样子站在人群中，真是羞得要死。偷眼看了一下谈论自己的两个人，心里吃惊不小，因为那中年妇女正是彭姨的妹妹，长得同彭姨很相像的那一位，而男的则是卖菜给她的菜贩子。他们为什么装作根本不认得她的样子呢？想到这里，述遗也不再害臊了，干脆倚老卖老，抬起头来漠然地看着前面。汽车又走走停停地过了几站，述遗看见这一男一女在城中心下了车，两人手挽手地走在人行道上，她这才恍然大悟，记起这两人是有奸情的，很久以前别人告诉过她（彭姨？），她早就忘了这事。如果这两个人问自己，究竟是为了什么要搞这种莫名其妙的短途旅行，她是答不出的。她这种寒里寒酸的旅行方式实在是令她自己无地自容，然而梅花不这么看！她甚至把自己称作默默游动的深水鱼，那些雍容而气派的鱼，小姑娘实在了不起，可自己为什么扔下她就走了呢？

　　述遗下车的时候痛苦地咧着嘴，旅行包的重量弄得她几乎走不动了。抬头一看，天又黑了，雷声隐隐作响，在前方的树底下，站着那位青年，那张脸在闪电中像鬼一样可怕。述遗手一软，旅行包落到了地上。他们两人之间隔着十几米距离，就这样站在原地不动。一个炸雷在空中炸响了，红色的火苗照亮了半边天。述遗不由自主地闭上了眼睛，到她再张开眼时，那人已经走掉了，步子急匆匆的，身体向一边倾斜。幸好雨总是下不来，述遗一点一点往前挪动着，估计着自己的体力是否够她挪到家里。她终于在离家不远的地方倒在地上，于昏晕中听见那位青年在向她提问，用的还是那种机械的口气，问题多得没完没了。述遗用力挥着手，像赶蚊群一样赶开那些问题。她又觉得他的声音深入到了她的后脑勺，让她恶心，最后她耗尽了气力，就晕过去了。

她醒来时已经在自己家的床上，彭姨正在房里忙来忙去的，桌上放了一碗中药，彭姨见她醒来就让她喝下药。

"是谁把你救起来的呢?"彭姨迷惑不解地说，"你已经睡了一天一夜。我是刚刚得到你生病的消息的，你睡着时口里唠叨个不停，没想到你还会有那么多话说。"

"我都说了些什么呢?"述遗担忧地问。

"听不清楚，一个字都听不清，像什么咒语似的。你走得真好，没有看到那件倒霉的事，真丢脸啊。"

"谁?"

"我没亲眼看到，我估摸着就是你说起过的那青年，一个流浪汉，他将他父亲打倒在地了，就在你的门口，他一边打还一边说自己根本没有父亲，多么卑鄙!"

"也许真的没有?"述遗脱口而出。

"你竟相信这种事!"彭姨吃惊地瞪大了眼睛，"你现在变得这么轻信，这是一件可怕的事，就像我的一个亲戚一样。"

"你的亲戚?"

"是啊，他每天都在外游荡，心里不安。他不信任任何人，反倒相信一些歪门邪道。喂，我问你，那青年是不是眉心有一撮白毛?"

"白毛? 没有。"述遗肯定地说。

"不过我总觉得你说的这人同我这个亲戚有瓜葛。一个不承认自己亲生父亲的家伙，这样的人肯定同你脾气相投。你想想，在我们这里，像你这样提起旅行包就外出的人还找得出第二个来么？"

述遗想笑，又担心肋骨被扯痛，就忍住没笑。她将背后靠的枕头扯了扯，垫起来一些，忽然脸就僵住了——梅花正站在窗外。她的脸上有很大一块青肿，披头散发的，样子很可怜。述遗招手让她进来，她就推门进来了。彭姨看见一个浑身肮脏的人来到屋里，心里很愤怒，她转身就走，将门碰出震耳欲聋的响声。

"请不要介意，她是我的邻居，时常帮我的忙。"述遗解释道。

"我觉得这个人很有趣，我已经注意她好一会儿了，没想到您身边有这样一位老阿姨，您真有福。要是她刚才不走，我的注意力就要完全被她吸引过去了。"

梅花轻飘飘地往述遗腿上坐去，述遗觉得她就像一堆羽毛，她拉住她的手，那手也完全没有重量。述遗瞪着她，眼前就朦胧了，又想起柠檬树。

"不走了吧。"

"马上就要回旅馆，我出来得太久了。我不甘心啊。"姑娘垂下头去。

"那就留在我这里等你兄弟来，会怎么样呢？"

"会怎么样？我会死！现在您明白了吧。我不甘心啊，我真是不甘心！"

她任凭眼泪一串一串地落在述遗盖的毯子上头。

述遗注意到女孩的小手指在不停地抽搐着，就好像那一根手指完全独立于她的手掌一样。她看了好一会，最后伸出手去抓那小指头。指头在她掌心里像小鱼一样扭动，给述遗带来一种全身过电般的感觉。再看姑娘，还在流泪，毯子湿了一大片。

　　述遗陷入了沉思，一会儿就神情恍惚，竟然觉得自己是在旅馆里面，耳边也好像响起了小贩叫卖的声音。迷迷糊糊地，只隐隐约约地看见梅花在房里穿梭，像是在帮她收拾房间。她想让梅花打开装笔记本的木箱，口里却发不出声音，她想，这是不是濒死的状态呢？

二

　　到述遗虚弱的身体挣扎着恢复过来时，时间已是秋天的九月。所有关于气候的印象都从述遗的记忆中消失了，她看着窗外金灿灿的阳光，心里头再也拿不定主意要不要重操旧业，将那天气概况记录下去。病中彭姨一直在照顾她，每天来家里帮她熬药和做吃的。述遗疑疑惑惑地想，这女人对她到底是出于一种什么样的感情呢？她是朋友还是敌人呢？

　　有一天，她坐在门口的槐树下懒懒地看天，那青年又出现了。

　　"我到过杏花村旅社了，承蒙您关照我妹妹，让她的生活大变样。"他说。

　　"她怎样了？难道就不打算脱离那老板？"述遗淡淡地问。

"她快死了。她得了病，老板的两位姐姐要守着她度过最后时光。"青年似乎在笑。

"那两个老太婆？多么可怕！一定是她们要她死吧？"

"也许吧。但妹妹现在离不开那两位，她们三人成天在一起策划一些不可能实现的事。我妹妹嘛，她有她自己的梦，我们不应该去打扰她。"

述遗看着他，他转身的特殊样子使述遗又回忆起了那个比喻：深海的一条鱼。这才是真正的鱼呢，他满载着记忆向述遗游来，不可抵挡。然而他并没有走掉，他转了一个圈子，在离述遗不远的地方站住，用手遮住阳光。行人从他面前走过去了，有一个人还撞得他跌向地面，他用一只手撑着，慢慢地又站了起来。他的全身都在抖，述遗在心里替他暗暗使劲。他是多么虚弱啊，一个夏天不见，他就变成这种样子了。她悄悄移动她坐的椅子，移到自己背对着那青年才坐下。然而没有用，她知道从前的情形又发生了，他一定在看自己家的窗口，从那窗口望进去，她所有的秘密一览无遗。在那阴暗的旅馆的角落里，梅花究竟在策划什么呢？她心里是否焦急？原来那两位老妇人也是她的同谋啊。梅花现在离不开她们，一定是她心里的某个计划要通过她们来实现吧，三个人是异常紧密地纠结在一起的。想到梅花的事，述遗暂时忘了眼前的青年，沉浸在柠檬树的氛围之中。她不由得说出了声："这种事真是招之即来啊。"为了沉得更深，她索性闭上眼来回忆那天夜里两个老婆婆所说的话。奇迹出现了，当时听不清楚的窃窃私语现在居然让她确切地记了起来。

在那个房间里，高一点的老太婆驼着背，用一只手遮住自己的口说：

"这个人到底睡没睡着？"

"实际上，要到明天早上她才真正入梦，现在只是做准备罢了。"矮胖的一个不屑地说。

接下去还说了很多，大概的意思全是议论述遗的体质问题的。每当高一点的老太婆要下结论，矮胖的一个就阻拦她，说为时还早，因为一切都很难看透。说着说着两个又弯下腰去清理一只大包裹，弄出翻动书页的响声。当时房里一片墨黑，她们怎么能够看书呢？但这两个老妇人的确是在争论一本书上的问题，其中一位还不断地引经据典，加以发挥，显得思维异常的活跃。

当这些记忆在述遗的脑子里复活时，八点钟的太阳正好从豆腐房的屋顶上升起来，绵长的光线投到述遗的脸上，给她一种浮在光线里的感觉。她进一步想道，也许在这样的光线里，无论什么样的细节都是可以记起来的吧。她这样想的时候，高一点的老婆婆脸上的老年斑就看得很清楚了，左边的鼻沟处还有一粒瘊子，从她的衣服里，肥皂的气味弥漫出来。她翻着书，打着哈欠，还在纠缠那个自己到底睡没睡着的问题，好像要用书里的某段话来证明似的，她那弓着的背影充满了焦虑。与此同时，述遗听到了街上小贩叫卖猪血汤的吆喝声。当时自己是在哪里呢？似乎是躺在床上做梦，又似乎不在床上，而在房门口，倚着门框站着，旅行包放在脚下，随时准备离开。她想对她们说，自己根本没睡着，可惜无论如何也发不出声音。

发生在几个月前的那天夜里的事肯定是一种预兆，它反复浮现于记忆的表层，有时化为柠檬树，有时又化为某种形状的阴影，有种不屈不挠的劲头。但是在没生病之前，那件事一直是一团模糊，述遗让这一团模糊存在心里，任其自生自灭。而现在呢，细节又过于清晰了，只不过这清晰对她来说没有意义。真是太没有意义了。她竭力捕捉到每一个细节，想了又想，单个的细节还是细节，她的神经却疲乏不堪了。杏花村的老板到底是一位青年，还是一位老年人？假如像梅花的哥哥说的那样，三姐弟开了这样一家路边旅馆，这又意味着什么？由此又想到梅花说过的像鱼一样游来游去的沉默的人，莫非那旅馆的功能就是将人变成鱼？记忆阻塞起来，黑压压的，外面明亮的光也无能为力了。述遗不情愿地睁开双眼，看见那青年又站在了她前面不远的地方，述遗又背转身去，这一次，她拖着椅子进屋了。她看见桌面上落了一层灰，自己坐在桌旁做记录的情况仍然历历在目，而此刻，她已经在考虑处理木箱里的那些笔记本了。

彭姨很快就答应了述遗的要求，快得让述遗有点发窘，而且她看她的眼光也十分锋利，使得述遗有点后悔不该告诉她了。

她不想在白天里干这件事，她要求彭姨等到午夜，她选择的是没有月光的夜晚。彭姨讥讽地看着她，说：

"那小伙子也惦记着这桩事吧？"

黑夜里吹着秋风，笔记本烧起来时，照亮了彭姨变形的脸。她用一把火钳翻动着那些纸页，野蛮地狞笑着，述遗一下子对她充满了憎恨。述遗转过背去面向暗夜，她心里很想远走高飞，然而此刻，她比任何时候都更真切地感到，她和脚下这块地方已连成一体了。她怎么走得开呢？当然走不开。假设她出走到了某个乡村，难道彭姨就会将她忘记吗？反过来说，她也不会将彭姨忘记。她并没有像梅花说的那样变成那些鱼，她每天去菜场买菜，同那里的小贩有着实实在在的联系，这种联系也如同和彭姨的关系一样，是她居住在此地的根。一股浓烟呛得她咳起来，转身一看，彭姨将火弄熄了，那些烧了一半的纸页冒着烟，风将纸灰吹得到处乱飞。述遗连忙用手捂住鼻子。

"这么大的风，很难将它们烧透。你何必那么认真，马马虎虎的，将它们都扫进垃圾箱算了。你记录的这些事，也可能会有某些好事的人寻了去看，不过又有谁看得懂呢？所以不要那么认真。"

彭姨扔了火钳，摇摇晃晃地离开，那样子像喝醉了酒似的。

述遗一个人站在马路边，等那星星点点的红火完全熄灭。等了一会儿她就进了屋，拿出来一只大竹筐，将这些烧成残烬的本子和地上的灰一捧一捧弄进筐里，有好几下，灰烬迷了她的眼，眼泪就流下来了。她只好奔回屋里，在自来水龙头下冲干净，用毛巾揉眼，如此往返了好几次才把箩筐拖进来，放在屋角。当她终于休息下来时，看着屋角的箩筐，觉得这件事只做了半截，但她不愿再做下去了。她也不打算把箩筐里的东西扔到垃圾站去，就让它们搁在那里好了。好多年以前，她学过笛子，后来不学了，那笛子不仍旧挂在墙上么？她甚至有些惊讶自己怎么会一时兴起就烧了这些本子。今年以来她的变化太大了，冷不防就会做出些勇敢的举动来。而且天气也很奇怪，从入秋以来每天都是这金灿灿的太阳天，毫无变化，有时她觉得自己与其去做记录还不如到记忆中去找乐趣。现在她只要一闭上眼，就会有些生动的、没有意义的细节出现，她不再为那些细节的无意义而苦恼了，她冷眼旁观，反而感到了某种乐趣。回忆得最多的仍是杏花村旅社那天夜里的事，那个难忘的夜晚孕育着数不清的细节，只要闭上眼，它们就会绵绵不断地出来。例如昨天，她就想起了一个被忘却了的细节，她从柠檬树的梦里醒来时，看见了旅馆的老板兼接待员，那个瘦骨伶仃的人，当时他走进一楼的开水房，他手里拿着一只大瓷杯，像猫一样灵活，他拧开水龙头，但龙头里并没有水流出来，他拿着杯子对着空空的水龙头站了好久，突然发出短短的一声笑，然后就溜出了开水房，一会儿他就顺着走廊消失了。述遗使劲地想，当时自己是站在哪里呢？一定是站在走廊里吧，不然怎么看得见这个男人呢？述遗当时还闻到了男人身上散发出来的汗气，只是她没料到他消失得这么快。他也许是进了某个房间，也许是到外面去了，总之他没有弄出一点声音。在这之后，男人的两个姐姐还谈论了她一会儿，述遗听见她们称她的生活为"见不得人的生活"，她们还说到她们弟弟的那种"奇怪的意志"，说这种意志非把大家弄死不可。但她们的口气里又没有

166

丝毫的埋怨，不但不埋怨，还显得兴致很高的样子，高一点的将手中的书翻得哗啦作响，矮一点的用一只手电筒照亮那些书页，两个白头发的脑袋凑在一处，用指甲长长的指头在书上的行列间移动，嘴里念念有词。两个老妇人搞这些名堂时，述遗记得自己确实是在床上，她很想起来同她们谈话，但她只要一动就睡着了，而她不想睡着，想发现一点什么，所以她连翻身都不敢。杏花村就如同万米以下的深海区域，那种地方发生的事人类是很难理解的，从那里面出来的梅花，将如何在人间生活呢？

烧完笔记本后的下半夜，述遗睡得出乎意料的香甜。她是被门外响起的爆竹声惊醒的，当时已是上午十点。她一睁开眼就看见窗户上贴着那青年的脸，她连忙起来去开门。青年一声不响地进屋坐下，满脸呈现失眠的痕迹。述遗匆匆整理好床，又去为他倒了一杯水、听见他在背后说道：

"现在我们俩都在回忆同一件事了。"

述遗回转身面对着青年，看见他的目光在屋角的箩筐上扫来扫去的。

"你可以看一看嘛。"她开玩笑地说。

"看什么呢？您以为我还搞不清您都写了些什么吗？有这样一些人，他们心比天高，终生都在搞那种毫无意义的记录。您坐在桌边写，我从您的胳膊的移动方式就看出来您写的是什么了。您挣扎了好多年了吧？"

"但是已经结束了，全成了灰烬。"述遗不服气地反驳他。

"您真是倔强啊。"

述遗到厨房做好早饭，端进房，同青年一起吃。

青年吃饭时露出很大的白牙，吃得心不在焉，似乎对食物没有任何好感，只是在完成任务似的。述遗望着他，想起了一个问题：

"您在外游荡，是怎样解决吃饭问题的呢？"

青年停止了咀嚼，诡诈地一笑，说：

"并不只是游荡，还有一些其他的内容。至于吃饭，当你不去考虑这件事的时候，你自然就失去了食欲。吃饭对我来说根本不成问题，我随便在垃圾堆里捡东西吃。"

他拿着筷子的苍白的手又做出令述遗感到厌恶的动作，她连忙挪开了眼光，心里思忖着这个人的手总是这样令人肉麻么？她想问一问关于他的心脏的事，又觉得这样做太过分了，就将到了口边的话咽回去了。述遗又想要体会一下一个没有食欲的人的感觉，想了好一会儿，还是体会不到那种感觉，于是她再一次感到自己只能是个凡夫俗子。虽然她自己认为同这青年神交已久，但现在他坐在她家里吃饭，述遗并没有产生一丝一毫熟悉的感觉，望着他那双手，她就有点神情恍惚，很多打算问他的问题也记不得了。她想对他说："你总有一个住处吧？"又觉得这句话实在蠢不可耐，当然就没说。饭吃完了，述遗还是觉得两人之间有一道万丈深渊，这既令她沮丧又令她觉得侥幸。她去厨房放碗时，一会儿盼望青年离开，一会儿希望他留下来同她说话，心里七上八下的，又对自己很不满意。回到房里，看见他已经伏在桌上睡着了。述遗没有料到他会这

168

样，打量着他那麻秆似的细腿，她心中掀起了怜悯的波浪。她没有子女，她觉得这位青年有点像她精神上的儿子。假如她有一个这样的儿子，也许就会产生这种又期待又厌倦的心情吧？青年睡着了，可手还在不安分地扭动，述遗偶尔一瞥看见了身上就要起鸡皮疙瘩。他那一头柔软灰白的头发就像多余的东西似的，还给人一种破旧的感觉。述遗站在房里不知如何是好，也许她该将青年叫醒，可那并不符合她的性格。她想了一想，决定还是去菜市场。

她买了一斤肉，模模糊糊地觉得青年应该在她家吃中饭，虽然他的牙齿让她害怕，到了吃饭的时间她总不能赶他走吧？想起那些牙齿每天咀嚼垃圾桶里的东西就恶心，他会不会有传染病呢？等他走了之后那碗筷可得用高温消毒。不知不觉又走到了菜贩子面前，那人见她来了，立刻就忙乱起来。

"家中有贵客，一定要多买些菜好好招待呀。"他选了一大堆菜不由分说地放进篮子。

述遗心里暗暗吃惊，仔细打量菜贩，见他一脸的坦然。

"你怎么知道我有客来？"

"哈！我猜出来的嘛！你的篮子里放了一斤肉，您天天买菜，一个老太太，用得着买这么多肉吗？我看见您买了肉，心里就想：有客人真好啊。"

述遗皱了皱眉头，心想这家伙真是不可小觑，不过他说起话来倒是句句在理。自从述遗发现他和彭姨妹妹的那回事之后，他们之间的关系就倒过来了。他还是老样子，照样多话，卖菜给她时照样搞鬼，述遗自己却改变了，她不再有那种高高在上的优越感，她变得唯唯诺诺，忍气吞声，她也不知道自己怎么会变成这样，心里也恨自己。

她提着那一大篮菜傻乎乎地离开时，菜贩子还冲着她的背影大喊：

"要好好招待客人啊！"

路人都回转身来看她，她的脸都臊红了，觉得自己真不像话。

匆匆赶到家，青年已经走了，地上有一摊他吐的秽物，散发着可怕的臭味。述遗连忙到厨房弄了一撮箕煤灰，捂着鼻子将煤灰倒在秽物上，然后扫干净，立刻就提到垃圾站去倒掉。做完这一切身上已微微出汗了。臭气滞留在房内令人恶心，她又将窗户和门全部打开，自己坐到了街边。稍微想象一下青年的情况，心中对他的怨气就消散了。这可怜的家伙不知在哪个角落里苟延残喘呢，胃里涌出如此奇臭无比的东西，难道不是死到临头了吗？一回忆青年的面貌述遗的心就乱了，她进入了春天那个傍晚的意境。她的鼻孔又一次在空气中分辨，这一次她分辨清楚了，空气里面飘荡着的那种香味是橘子花的清香，但这个时候并不是橘子开花的季节啊，听说街口官员家后院的橘子树开始结果了。她反复地设想，怎么也设想不出那天傍晚自己怎么会灵魂出窍。她并不是爱旅行的人，也就是年轻的时候有过几次吧，以后就再也没有。她爱对彭姨说的一句话是："到处都是这一式一样的风景，实在没什么好看的。"当时彭姨反驳她说，还有另外一种旅行，她从来没经历过的旅行。述遗问她

170

是怎样的旅行，她不愿意告诉她，只说人在那种旅行当中总是要停下来看指南针，再有就是不停地吃酸梅。发生在春天夜间的事算不算"另一种旅行"呢？指南针和酸梅不过是彭姨在夸口吧。彭姨恐怕早已预料到她的遭遇了，再说她妹妹在汽车上看见了她的狼狈相，肯定要去告诉姐姐的。说到底自己还是逃不脱她的手心啊。述遗学不会彭姨那种精明，不论她做了什么异想天开的事，对彭姨来说总是稀松平常的，她还没开口，彭姨就已经有了结论。她时常背着彭姨搞一些事，自以为秘密，但是彭姨根本不感兴趣，只偶尔于谈话间涉及一下，指出那些事是多么的无意义，于是述遗吃惊地反问她从哪里知道的消息。这时彭姨就打着哈欠告诉她，她从不去调查他人的事，没有那份闲心，她活到这个年纪，什么事都经历过了，都记得，稍加推算就可以将别人搞得清清楚楚。"你活得混混沌沌。"她最后讥笑了述遗一句。述遗想，混混沌沌也许是一种优势吧，梅花和她的哥哥很可能是那种弄清了底蕴的类型，这种人必定短命。而她自己，已经活了六十多年，还意犹未尽的样子。说到彭姨，则又是一种类型，彭姨从不去弄清什么，而是几乎有点像一个先知，所以她讥笑她的口气也很可疑。她又善于做作，述遗几乎没办法揣测她的本意。来回行驶的汽车喷发出浓烈的汽油味，将橘子花的香味驱除了，从那官员的府邸走出来的老汉步履蹒跚，像醉汉一样撞到墙上，后又扶墙慢慢前行。述遗脑子里再一次出现"另外一种旅行"这几个字。这个城市里到底有多少像鱼一样的人呢？从梅花那里回来后，述遗的眼光发生了变化，她现在差不多从每个人的身上都能看出"鱼"的姿态来，自己都觉得这种眼光有点可怕了。她不可能搞清梅花心里有着什么样的梦，可现在又在心里开始想念她了。

她就坐在柜台的后面，正在打毛线，她显得比上次精神好了很多，可见她哥哥是在胡说八道。但她的样子令述遗感到蹊跷，感到同她的回忆对不上号。

"又来住店了？想重返梦境吧？"梅花看了她一眼。

"其实只是想来看看你。"

"我现在忙得很，夜里才有空，您就住下吧。"她干脆地说。

随着一声响，钥匙扔了过来。

"您上次还没付款的呢！"

述遗昏头昏脑的，也不知怎么的就走进了上次住过的那间房。坐在床边定下神来之后，才记起刚才根本不是打算来住旅馆的。她不是什么旅行用品都没带吗？又觉得用不着顾忌那么多，既然刚才她说了夜里才有空，那就等到夜里好了，倒要看看她是怎么回事。她从卫生间洗了脸回到房里，就发现夜幕已经降临了。这里似乎天黑得特别早一些。一会儿工夫述遗就有了睡意，但她又不愿脱了外衣睡，因为床上的褥子有一股可疑的臭气。她和衣靠着两只大枕头入睡了。这一觉就睡到了大天亮。醒来后揉揉眼，连自己都觉得不好意思，怎么睡得这么死，万一梅花来过了呢？起身一看，那张床上也有一个人，也是和衣而睡，正是梅花。

172

"梅花！"她唤道。

"啊，您醒得真早啊。"梅花伸了个懒腰坐起，"夜里我同您谈了那么久的话，您的精神还是这么好。"

"可是夜里我并没有醒啊，你怎么可以这样说。"

"您确实同我谈了话。"梅花郑重地说。

她弓着背趴在床上，述遗觉得她很像一头豹子。

"你在这里生活得好吗？"

"我天天盼望离开这个痨病鬼老板和他的两个老处女姐姐。"她的声音里有种撒娇的味道。

"为什么不走呢？"

"为什么不走呢？"她像回音似的应了一句，"您就一点也猜不出来吗？"

"因为恨？因为害怕？因为想报仇，还是因为无可奈何？"述遗费力地转动迟钝的大脑。

"就不能因为爱么？"她高声地嘲弄地说，"几十年如一日，守在这样一个要死不活的地方，还能因为什么？！"

"原来你爱你的老板。你哥哥对我说你病得厉害。"

"他也一样。我们最近开始相互支持了。这地方真可怕，我在夜间只好不停地谈话。自从上次您离开旅馆后，所有的矛盾更加激化了，现在已经有人把我们这里称作'鬼谷'。"

此刻她的脸在晨光中显得神采奕奕，述遗想起自己见过这张脸，就在柠檬树的后面。当时太阳红通通的，天空又高又远，只有地底下传来两位老太婆的窃窃私语，时高时低。窗外已经热闹起来了，卖豆腐的小贩在高声吆喝，可以听见车来车往。述遗觉得自己该走了，她已经明白了某些底细，这就够了。看来当时自己来到这里住宿，绝不是一件偶然的事情，这件事，也许已经被她想了几十年了，只是没有施行而已。

她走出旅馆的时候回头打量了一下这栋房屋，看见三楼的窗口有三个人伸出头在朝她看。没错，是那三姐弟。她连忙低了头快走。一路上，她变得轻佻起来，灵活无比。她将自己想象成在海底沟壑里穿梭的鱼。走了好远才猛然记起忘了付钱给旅社。上一次不是也没付吗？事情已经很明确，这不是一般意义上的住宿，这种事里头有种玩命的风险。述遗又一次感到世界的组成是多么的奇异。有许许多多的事物，一直要待她活到老年才会显出端倪来，在这之前，它们一直隐藏在海底那昏黑的世界里，这些事物她是没法探索出它们的规律的，每一次显现全是出其不意。海底的世界和地上的世界又是如何连接的呢？为什么会出现鱼类似的人种呢？一句话出现在述遗的脑子里："以记录天气概况开始的二重生活将以全面的沦陷持续下去，沦陷其实是本质。"述遗不懂这句话的意思，但她在空气中游动得更快了，她已经用不着顾忌，她被一股看不见的气流携带着向前，身体完全不摆动。

彭姨在自家门口待着，她看见述遗老太婆一阵小跑过来了，她那目中无人的样子惹得她低下头"哧哧"地笑。三十年前，述遗经常这样跑，当时自己还指责她矫揉造作呢。那时的述遗还没有这么自负，而是有些惊慌，有些不顾一切的派头。

她停在彭姨面前，脸上泛出老年人少有的红晕。

"有这样一些人住在一个叫'鬼谷'的地方。"

"那样的地方在城里还很多。"彭姨微笑地看着她，"慢慢地你就认出来了。"

彭姨站起身，热情地挽起述遗的手臂，大声说："我要带你去见一个人！"

后来发生的事就像做梦，她们俩走进街口官员家的庭院。这是一个巨大的庭院，述遗从未进来过。千年古树遮暗了光线，下面是石榴林，还有水竹，鸟儿欢快地叫着。"我们这样闯进来不合适吧？"述遗满腹狐疑地说。彭姨不停步地扯着她在小道上走，一会儿她们就走到了底。尽头是一个凉亭，一只鸟笼挂在凉亭里，两只色彩美丽的不知名的鸟在欢快地叫着。她们俩在凉亭里坐下来，述遗举目望去，发现根本望不见天，参天大树密密匝匝的树叶将园子里弄得阴沉沉的，她甚至有点起鸡皮疙瘩了。

"主人在什么地方啊？"

"主人早几年就消失了，变成了影子一类的东西。我是说他的灵魂。当然他还在屋里。最里面的那间杂屋里，有两个用人服侍他。如果你愿意，我带你去看看他，他不会认得你，他谁也不认得，这不要紧，我们可以和他聊聊。"

她们绕到了主人家的后门，门前的杂草有一人多高，疯长的灌木将门都封死了，彭姨用捡到的木棍开路，然后又用那木棍用劲捣门，述遗看见她脸上都被刺扎出了血痕。捣了半天，无人应声，她只好又折转到窗口处，用棍子砸烂一块玻璃，这时门里就有了动静。一个异常肥胖的、神态昏沉的老妇人将门费力地打开了，她仰着脸站在那里，并不望她们，她的两只手在自己身前摸索着。述遗想，也许她是盲人。彭姨拖着述遗进了门，直冲冲地往里走。她们进了一扇门又进了一扇门，最后走到了底，来到一间十分窄小的房间，房间小得放了一张窄床之后人再进去都得侧着身子。尸布一样的白窗帘从高高的天花板那里直垂到地上，窗外鸟语花香。床上躺的人正是那青年，他脸上木无表情，只有眼珠在骨碌碌地转。他的扁扁的身子被薄薄的丝绸被遮得严严的，有一只脚却伸了出来，那是一只可怕的脚。很像石膏模型。

"他一直处在弥留之际，这不是很奇妙的感觉吗？"彭姨轻轻地说。

"我认得他。"

"瞎说！他从不出门，差不多一生下来就躺在这张床上。你怎么会见过他？"

"也许我见到的是他的魂魄。"

彭姨姨弯下腰去，对着青年的耳朵说：

"蝴蝶飞进屋了！"

青年的眼珠还是骨碌碌地转，无动于衷的样子。述遗偷偷地撩开身边的窗帘。她看见了躲在灌木丛后面的老妇人，她那肥胖的身体迅速地隐蔽起来了。原来她根本不是瞎子。房里的空气渐渐浑浊起来，这间房密封得很好。述遗闻到了自己和彭姨胃里散发出来的气味，她想，她们俩正是属于那种腌臜老婆子的类型，而面前躺的这个青年则已经没有任何体味了。回想起自己原先对他的挂念，述遗倒有点诧异起来。她感到青年伸在被子外的那只脚在动，但她不敢看，她转过脸瞪着空空的墙壁。彭姨为什么还不走呢？彭姨坐在木床的边缘，怔怔地一动不动。述遗吸着鼻子，却再也闻不到刚进来时那股沁人心脾的花香了。她们俩把空气完全弄污浊了。现在她更不想开口讲话了，心里一个劲地厌恶着自己，头也有点发晕了。三个人在沉默中不知过了多久，门外有人走过来了。彭姨跳起来打开门，看见肥胖的老妇人蹲在前面那间大房子的地上。

"您在干什么？"彭姨问。

"捕到三只有毒的蝴蝶，刚才它们闯进房里来产卵。"

胖女人扬了扬手中的小网子。述遗看见网里黑乎乎的一团，立刻感到毛骨悚然。

"外面还有毒蝴蝶吗？"述遗死死瞪着网子，声音在战栗。

胖女人不屑于回答她，却打开了网子。三朵黑云般的东西在房里升腾起来、还可以听到它们的大翅膀扇出的声音。有一刻述遗失口发出一声尖叫，因为她感到自己的脸被蜇了一下，她用双手蒙住脸往前跑，羞愧得要死。一直跑到房子外面，述遗才不住口地对彭姨说："遇见鬼了！遇见鬼了！"

彭姨很讨厌述遗的冲动，她似乎不太情愿离开，她溜到青年躺的那间小房外面的窗前，想从那里朝里看，可惜窗户被遮得严严实实，什么都看不到。她沮丧地走回来，看见述遗的脸红肿起来了，就显出怒气冲冲的样子，跺着脚骂人。虽然她指桑骂槐，述遗也听出她明明是骂自己，她就这样一直骂骂咧咧地跟在述遗身后。往回走的路上述遗既没有注意树，也没有听鸟叫，她捂着一边脸，就好像已到了世界的末日。走出那一片黑压压的树林，她再也不愿往后看一眼了。

官员的府邸内的景象让述遗大开眼界。想到这样一些风马牛的事全扯到一起，述遗完全糊涂了。她已经在此地住了好多年，从未对那张黑色的大门里的事物产生过兴趣，平日里从那里路过，只看见有些小汽车出出进进的，很是威风，怎么也不会估计到会是这样一个荒凉的所在。当天夜里述遗就做了一个梦，在梦里成百上千的黑蝴蝶从参天古树间朝她扑下来，毒粉弄瞎了她的眼睛，她摸索着往外走。耳边响着那胖女人衰老的嗓音："不要紧，瞎眼的其实是我，不是您，您没事。"她的话对述遗有种奇怪的镇定作用，述遗摸到了那双冰凉的老手，一下子就走出了大门。又过了几天彭姨告诉述遗说，那青年被人埋在凉亭边上了，他当时并没有完全死掉，那两个老用人就迫不及待地埋了他。埋他时那两只鸟发疯地在笼子里跳。"这样也好。这样就不留痕迹地消失了。"彭姨宽慰地说道。但他并没有从述遗的印象里消失，下雨的日子或出太阳的日子，她仍然坐在窗前发呆，眼睛死盯着前方。

又过了一段时间，她终于将屋角那一筐笔记本的灰烬倒掉了。她看着镜子里消瘦衰老的身形，感到自己又在跃跃欲试。为什么不做同样的尝试呢？比如说就在家中做？然而她知道老朋友彭姨是摆不脱的，不论她怎样装聋作哑，彭姨总是镇定地提醒她自身的存在，无言地告诉她，住在这种普通平房里的人，同众人有千丝万缕的联系，是不可能做那种尝试的。彭姨有时也同她一起照镜子，批评她不应该把自己弄得这么消瘦，批评的口气里带着讥诮。还有一个摆不脱的人就是那菜贩子，菜贩子还是见了她就说个不停，一会儿阿谀奉承，一会儿讽刺打击，似乎在从中获取无穷的乐趣。在这种时候，述遗往往会暂时忘掉自己的心病，沉浸在这种心理游戏之中。有一天述遗居然在菜贩子的摊子上看见了彭姨的妹妹，那中年妇女冷着脸，对菜贩子清晰地说道："到处都有那种讨厌的人，抬头不见低头见。"述遗不知怎么脸上就发烧了。又由这件小事更确证了彭姨的预见。也许真该有意识地不去痴心妄想，多年的经验告诉她想得过多的事反而难以实现。

　　现在她夜里睡得更沉了。她把自己想象成一株硕大的植物，这个比喻令她安心。睡的时间也在随着延长，就这样醒来又睡着，反复好几次，一次比一次坠入更深的处所，这种夜间的操练渐渐迷住了她。有一天彭姨进屋来，一开口就称赞她"神清气爽"。她却正在痴心地想：扎根于虚空里的植物会开出什么样的花朵来呢？她对彭姨傻笑着，感激之情由衷而起。她也知道彭姨不会接受她的感激，可还是忍不住涌出那些多余的感情。

179

"你不妨将天气情况记录下去。"彭姨仿佛是无意中说起。

是啊，为什么不记录下去呢？大自然的反复无常，难道不是她永久的兴趣的源泉吗？她这干瘪的躯壳里藏着不可思议的冲动，不就是因为大自然吗？她到底已经获得了多少知识呢？述遗的目光从窗口一直延伸到豆腐坊那里，天空在那屋顶上被切断了，就像人的感觉也总被切断一样。她明白了，现在她要搞另一种样式的记录。

"明天我就去买笔记本。"她冲动地说。

"好。"

三

她看着那令她窒息的屋檐，她什么也没有写下，因为她心里有真正的海和波涛，她正从那里进入大自然的本质，一切外部的形式都显得不那么重要了。好多天了，雷声、闪电，狂风和倾盆大雨均不能让她动心，她凝望天空，偶尔写下一个符号，马上又厌弃了。手里握着笔的感觉真好啊，笔如同一把匕首，划开大自然的黑幕，即使给她的感觉仍是黑蒙蒙的也不要紧、这样昏昏地度过一段时光之后，大自然里就出现了很多阴沉沉的隐秘角落，那些角落里都晃动着尖细的、和人相似的影子，她在心里将他们称作"火箭头"。她甚至感到杏花村的梅花也在这些火箭头当中。这些人绝不会从他们的隐身之处跑出来。他们是长期据守在那些角落里的。她随即在笔记本上画下了一些粗糙的人形，画完之后又感到实在同记忆中的风采相距甚远。这样做的时候，她总不忘在旁边写下日期。述遗一直在想，这种奇怪的人形动物离她多么遥远啊。这种特殊的族类都聚在一起。但他们之间又并不交往，他们聚在一起只是偶然的机会使然，实际上单个的人都是独来独往的，这并不是说他们独来独往就感觉不到周围人的存在，他们在这方面其实是十分敏感的，他们不交流是因为交流没有意义。述遗之所以要这样判断是往日的经验给她的影响。看见那些默默无闻的影子她就联想起梅花和她那近于杜撰的哥哥，想起他们兄妹特殊的、不可理解的生活方式。她所看见的他们，以及他们做的那些事，只不过是种表面现象，到底他们是什么样子，在干些什么，述遗能理解到的，只是鲸鱼浮出海面的一小块背脊，扑朔迷离的现象只会把她弄糊涂。她时常想，自己已经活了六十多年了，怎么会仍然这么无知呢？为什么这种无知还有愈演愈烈的趋势呢？

她的眼前出现了菜贩子，菜贩子正微笑着朝她的窗口走过来。

"您好啊，述遗老太婆！今天天气这么好，您不记录下一点什么来吗？"

他的头从窗口伸进来，一只肮脏的大手撑在窗台上。

述遗躲开粗汉的目光，思忖着，莫非他也是那些角落里的人影之一？她同他的买卖关系有十几年了，这种无意中形成的关系恐怕并不真的是完全无意吧，自己怎么从来没发现这一点？抑或是这个人通过同自己的这种关系慢慢变成了那种人？如果那种演化存在的话，述遗连想一想都头晕。她到底是什么样的人呢？居然可以用多年潜移默化的影响将一个好端端的人变成影子？她费力地站起身来，挺直了枯瘦的身体，她很想做出严厉的表情，可做出的却是一个讨好的笑容。

菜贩子还撑在窗台上不走。他那高大的身体遮掉了半边窗户。

"您的房间里的陈设很简单啊，这有点让人扫兴呢。有好多年了吧，您天天来买我的菜，我有时和您开个小小的玩笑，可从来没有看透过您。每次您一走，我就寂寞难熬，跑到河边去哭泣。还有的时候，我用河边的鹅卵石砸自己的脑袋，砸得脑袋鲜血直流。您仔细看看！"他低下自己的头，那头垂到了桌面上。

述遗看见他后脑勺上有很多鸡蛋大小的凸起的肉瘤。

"您用不着把这些全讲出来，"述遗轻轻地说，"才十几年工夫，来日方长……"她糊里糊涂地说不下去了。

菜贩却抬起头仔细地看了看她，似乎在动着脑筋。

"你这个老太婆，怪物，心里到底打的是什么主意?"他低声吼了一句。

述遗吓得倒退几步，一屁股坐到了床上，全身如同筛糠似的抖。这时菜贩子就笑起来，转过身走掉了。述遗看着他宽阔的背影消失在豆腐坊那边，冷汗淋淋，一再地自言自语道："他就是那种人，他就是那种人，真的!"她重新坐回桌边，将那记录本打开，关上，又打开，又关上，弄出"啪啪"的声音。

她将笔记本摊在桌上，走到外面去看天。她怀疑头上这一小片被切割的天空能否反映出整个地区的天气。前不久连续下了一个星期的暴雨，刚从不远的城郊走亲戚回来的彭姨却告诉她，亲戚家种的菜因干旱而减产，那里一滴雨都没下。述遗拿不准是彭姨撒谎还是老天爷捉弄她。她的脚步还是很轻快，她走到街口，再一次看了看那紧紧关闭的黑色大门，记起里头的参天大树。从外面是看不见那些树的，一排办公楼似的建筑挡住了视线。述遗还从未听人讲起过里面有一个庭院，有一回她和一位老邻居聊起这事，邻居摇着头说她肯定是弄错了，还说这闹市中的街上，怎么可能有那么幽深的庭院。那里头他去过不止一次，只有一些旧房子，全都空着，连树的影子都没见到，更不要说参天大树了。接着他又觉得奇怪，说述遗已经这么大年纪了，怎么说话像小孩子一样。往回走时，她又踮起脚看了一回，看完后正要迈步，却撞了一个人，那人恶狠狠地骂着"死老婆子"，慢慢地往地上倒去。述遗定睛一看，是里头的仆役，他之所以倒在地上是因为喝醉了。述遗朝他弯下腰去问道：

"胖老太婆还住在里头吗？"

"狗屎，她早化成灰了，你这人真不识时务。"他朝她翻白眼。

述遗听得害怕起来，就绕过他往家里赶，走了一气回过头看身后，竟发现那老头子摇摇晃晃地跟着她。述遗就停下等他走到面前来。

"您有什么话吗？"她问。

"你逃不脱的，你怎么逃得脱呢？网已经撒好了呀。"

他说了这一句之后就摇摇晃晃地走了开去。

当天夜里述遗在入睡前突然发现了那只黑蝴蝶，蝴蝶有小碗那

183

么大，紧紧地巴在蚊帐顶上一动不动，翅膀闪出阴险的蓝光。述遗喘着气爬下床，手忙脚乱地将帐子塞好，把蝴蝶关在帐子里，还用好几只夹子将开口处夹紧，以免它飞出来。做完这一切之后，她才心有余悸地躺到躺椅上头去。半夜里她还开灯察看了好几次，每次都看见它还停在原来的地方。

彭姨一清早就来了，嗔怪地骂了几句"神经病"之后就去松开那些夹子，述遗的心跳到了喉咙里。蚊帐撩起了，里面什么都没有。

"幻觉真可怕啊！"述遗万分沮丧地咕噜了一句。

她披头散发，夜间不舒服的睡姿弄得她如同病了一场似的，一身痛得不行。她对着镜子梳头时，彭姨站在她的身后沉思。

"发生在庭院里的那些事，那些个黑蝴蝶，难道只是我星期三午睡时幻想出来的场景？那青年到底怎样了啊。"

"什么可能性都有吧。"彭姨安慰她说。

"为什么周围的人和事这些日子全变样了呢？"

"是大自然的规律嘛！"彭姨笑起来，"你怎么变得这么爱抱怨了呀。"

述遗还是想辨别这些日子以来发生的事，她无法做到像彭姨那样坦然。她有点后悔这些日子没有闯进那张铁门里头去探个究竟，她把这归咎于自己一贯的惰性，她这个人，什么事都一拖再拖的。现在已经迟了，那张门好久都不再打开了。她也不愿问彭姨，她估计得出彭姨的回答，至少从她的脸上，丝毫也看不出关于星期三那件事的迹象。要是追溯下去，杏花村旅店的事也不可靠了吧。她已经活了六十多年，其间，每一个阶段都留下了鲜明的记忆，都可以用一些词去形容，那都是些可靠的记忆吧。什么又是不可靠的记忆呢？这一年来，怪事不断出，记忆也开始混淆了。述遗想到，很有可能自己是患了那种常见的老年病了，一种迷幻症。确实，凡是她自认为经历过的这些奇遇，根本没有人和她深入讨论过，似乎是，周围的人都是那种不言自明的样子，而她也就进一步受蒙蔽，以为别人也同自己看法一致。会不会别人都是在敷衍自己呢？彭姨也是不能相信的，述遗什么时候搞清过她的真实想法？有好多次，述遗尝试这样一些假设：假设一开始门口的那位青年就是她的幻觉，又假设后来同彭姨一道去庭院里的事只是她的一个梦。后面的事却又同前面的假设相矛盾了，因为就在她家里，坐在这张桌子旁，她和彭姨多次谈论起那个庭院，那位躺在密室里的青年。而且在谈论时，根本不是她提醒彭姨，而是彭姨提醒她有关的种种细节。她们已经在那种忧伤的回忆里打发了多少时光啊，那种共同的回忆当然不是彭姨对她的迁就。

整整一天，述遗被对自己的怀疑弄得疲惫不堪。她很早就上床睡了，帐子的前襟用很多夹子紧紧夹住。一觉醒来看看身边的闹钟，才凌晨两点。这时她心里涌出一种预感。果然，在她的脚边靠床头的地方，褥子下面，有种可疑的响声，述遗大叫一声赤脚跳到床下，蚊帐都差点被她扯破了。黑蝴蝶在帐子里"沙沙"地飞，有好一会述遗恐怖地坐在地上不能动。后来她找到鞋，趿上鞋逃到门外，反手将门关紧了。她颤抖着去敲彭姨的门，彭姨泡肿着两眼出来同她走。到了她家，彭姨上前一把扯开蚊帐，那家伙呼地一下就飞出了门，消失在明亮的夜空里。那天夜里的月亮发出玫瑰色的光芒，令人遐想联翩。彭姨走了之后，述遗仔细检查褥子和被单，担心蝴蝶在里面产了卵，她将蚊帐也拆了下来。戴上老花镜仔细地看，就这样一直折腾到天亮，脑子里翻来覆去地出现那种恐怖的景象。早上八点彭姨又来了，这时述遗正歪在躺椅上做梦，她的梦里有一盆炭火——因为太阳这时照在她脸上。彭姨看着述遗潦倒的模样不住地摇头，帮她收拾好床铺，挂好蚊帐。述遗在旁边很过意不去地看她忙乎。

蝴蝶的到来再一次证明了那个星期三发生在庭院里的一切，述遗浑身爽快，觉得自己正在走出迷幻症的纠缠。这种感觉维持了几分钟，彭姨那知情者的笑容又让她惶恐起来。彭姨什么都没说，但述遗从她脸上读出了这样的内容，那就是蝴蝶的事不是偶然的。述遗在一闪念之间甚至想过，蝴蝶也许是彭姨放到她房里来的吧。刚刚证实了的事又变得模模糊糊了。

"今天要洗被单和褥子。"述遗说。

"唔，真是好太阳天啊，这样的天气难道不值得记录下来吗？"

那天傍晚，做完了所有的家务之后，述遗在笔记本上撕下了一页画有图案的记录，她为自己的这种方式感到欣喜。她想，每撕掉一页图案，心里的那本笔记本就增加一页空白。睡在被太阳晒得蓬

186

蓬松松的褥子上，昨夜的恐惧已消失得无影无踪。不就一只蝴蝶吗？她怎能断定那就是一只有毒的蝴蝶呢？她和它同床而眠，什么事都没发生。即使是得了迷幻症，如果不去努力分辨，也并没有什么害处啊，也许那是一种对她这样的老太婆有强大吸引力的幻境，将她的余生在那种幻境里发挥，虽违反常情，却也不能说是很坏的选择。述遗此刻竭力要将那次出走到城郊过程中的细节想出来。当时她坐在公共汽车上，旁边坐了一个农民，是那种长年在田间劳作的古板的老农民，穿着廉价汗衫，目光昏暗，老农曾站起身，推开车窗，挥着一只手向外面什么人招呼，他的这个动作还重复了好几次。按理说车在开着，窗外不可能有他招呼的对象，他在干什么呢？也许他在向某个地方发信号？凡是述遗想起来的细节，都生动得令人起疑，她不能确定这种事到底发生过没有。下车的时候有个男孩撞了她一下，她没站稳，差点扑倒在车门外面，手里的提包也掉在地上。那男孩还大声地骂她。述遗看着墙壁，回忆着自己当时手忙脚乱的窘态，仍然止不住要脸红害臊。她现在才记起车上至少还有半数人没下车。既然车子已经抛锚了，为什么那些人坐着不动呢？会不会是驾驶员用诡计将她骗下车的呢？她倒记得她在走向旅社的途中的确有辆公共汽车从她面前开过去了。很可能就是她乘的那辆车吧。她又使劲回忆驾驶员的模样，记起他总是戴一顶小草帽不脱，也不转过脸来，所以述遗自始至终没有看见他那张脸。一想到他也有可能和杏花村旅店有瓜葛，述遗就打了个寒噤。如果这样的话，那天傍晚她的出走就不是心血来潮，而是有某种她意识不到的诱惑存在着了。确实有些东西是永远意识不到的，那些个东西，人身在其中，却又同它们相隔万里。如果推理下去，自己也应该是早就同杏花村旅店这种阴暗的处所有瓜葛了，梅花的哥哥大概不会无缘无故地站在她窗前的吧。还有彭姨，彭姨的妹妹，菜贩子……他们是从什么时候在自己周围形成这样一张网的呢？还是自己本来就在网中浑然不觉？就说街对面的那位豆腐师傅吧，在她生病的日子里一日不下三次到她窗口来探视，有一次还在她桌上放了一碗豆腐脑，里面还加了糖呢。这么多年了，述遗一直独来独往，高傲自负，没想到真实情形同她的自我感觉正好相反。思来想去，只有一个可能，这张具有迷幻色彩的网是她自己在多年里不知不觉织成的，她根本不是独来独往，而是一直就在众目睽睽之下行动，她的自由不过是这些人的默许。好多年以前，她从生活的混乱之中挣脱出来，顺理成章地在这个地方安顿下来，就开始来设想死亡的程序了。有一天。她将邻居们逐个地分析了一遍，觉得还是只有彭姨能成为她最后的搭档，这当然有一个先决条件，就是她一定要死在她后面，不知为什么，述遗一直坚信这一点。每次她设想临终的情形，总是有这个令她讨厌的彭姨在她旁边。那时她力图把自己的生活看得非常单纯，除了彭姨是可以容忍的之外，她排斥所有的人，认为一律与自己无关。但是为什么一定要有彭姨在旁边呢？骨子里头她还是多么害怕孤孤单单一个人啊。开始的时候她以为是一条狭窄的小道通往终点，没想到走着走着情况就复杂起来，常有迷路的绝望感袭来。就说做记录的事吧，同初衷也相距甚远。原来以为按部就班，终将与奇妙无比的大自然合为一体，搞到现在才发现大自然对自己完全是拒斥的，自己无论怎样努力，也只是徘徊在它的外面。前几天她半夜起来，在笔记本上画下一个齿轮状的东西，心里很是激动了一阵，可是临睡前出现在回忆里的美丽的金丝猴又搅得她心灰意冷了，那些金灿灿的毛是如此的炫目。有好长时间了，想象中的天空不再浮动着那些明丽的云堆，空空荡荡的让人心慌。那株柠檬树倒的确出现过一次，不，是并排的两株，不过是两株枯树，光秃秃的，无精打采地伫立在贫瘠的土地上，一副可怜相。她又想搜索梅花哥哥所在的那个庭院，她一次又一次地失败，那地方在记忆中消失得无影无踪了。惨淡的天空底下只有那些尖细的人形在忙来忙去的，令人想起群居的类人猿。在街上，一辆停下的拖拉机的马达响个不停，柴油燃烧的臭味不断传来。看来另一种样式的记录也快坚持不下去了，画齿轮的那回就是一个信号，当然她还要顽抗一阵，她这一生都在搞这种顽抗的伎俩。

由于无所适从，她又去了老地方。黑门紧闭，门上的锁已经生锈了。仔细倾听，里面远远地竟传来打桩机的声音。述遗闭了一会儿眼，设想这个幽深的庭院变成基建工地的情形，身上一阵阵发麻。刚一睁眼就看见梅花的哥哥孤零零地靠在围墙上，丑陋的指头轻轻地抠着墙壁上的石灰，白粉纷纷扬扬地落在他的衣袖上头。

"我恨……"他嚅动着发黑的嘴唇说。

"你没地方可待了么？"述遗满怀同情地问他。

"工地上多的是空房，您啊，不懂得游荡的乐趣。到了夜间，各种类型的人全钻出来了，游戏场似的。当然谁都不会贸然发出声音，这种默默的追逐令人心醉！"

述遗不敢同他那玻璃球似的眼珠对视，她皱起眉头看着马路上的车辆。她觉得这个青年的外貌已经大大地改变了，他的躯体已经完全破败了，如同废弃的老房子，他的声音也很怪，发出嗡嗡的共鸣声，好像他的胸腔里是空的一样。现在他朝她面前走了几步，生气似的说：

"去过杏花村了吧，那种地方是专门为老年人圆梦的，您怎能随便忘记。"

述遗掉头便走，走了好远才回过头去张望，看见青年张开四肢贴在墙上。那种样子给她一种很悲怆的印象。就在昨天，彭姨还向她许愿，要同她再次去庭院里旧事重温呢。她当然不会不了解那里发生的变化，她是了解了变化才来向述遗提议的吧。看来往日的那一幕是真的成为她俩的梦境了，在现实中恐怕是连痕迹都消失了。眼前这个像蜘蛛一样贴在墙上的青年就是一个很好的例子，在某日的一个下午，他是否曾经躺在那幽深的庭院尽头的一间密室里呢？对于黑门里头的变化感到悲哀的只是述遗一个人，彭姨和青年都没有这种感觉，青年还谈到某种乐趣呢！述遗在一刹那间明白了，大自然里有着另外一种不同的气候和风景，同她本人看到的表面现象完全不一样，那种风景是属于另外一种人的，而她，只能在圈子外隐隐约约地感到。黑更半夜空房子里的追逐，蒙上双眼的危险游戏，这一切如果真的发生，会是怎样的情形呢？黑色的大门开了，从里面驶出几辆运渣土的大卡车，定睛一看，巴在墙上的青年已经不见了。一阵风刮来，卡车上扬起的灰尘扑到述遗的脸上，弄得她老泪纵横，连忙掏出手绢擦了又擦的。她安慰自己说：人是走不进自己的梦境的。

　　冬天快来时，几栋高楼的框架在街尾耸立起来，那张大黑门已经拆除了。运材料的车子来来往往，街上到处撒着黄土，风一刮，行人的眼都睁不开。述遗不死心，她夜里好多次去那楼房的框架里查看，她沿着没有扶手的水泥阶梯上去，转了一个弯又一个弯，那些阶梯无穷无尽，每次她爬到半路就爬不动了，于是朝右拐向一个平台。冷冷的月光照着她，她时常被自己的影子吓着了。在寂静中她不止一次地想过，也许梅花和她哥哥正在这些平台上追逐吧，这些青年该是多么的胆大又狂妄啊。下去时她胆战心惊，如果在这种地方滚下去，会给她一种将要落于无底深渊的感觉。她听着自己那犹豫的脚步声，分明感到一个黑影正向她靠近，感到那最为不可知的一刻在下一层的转弯处等着她。走累了坐在阶梯上休息的时候。述遗又想起她所不理解的那些人们，那些人们是从来就住在这个城里的。她恍然大悟，原来城本身就相当于深海的海底，人往往被它表面的喧哗所欺骗，不懂得它那沉默的本质。那个沉默的世界是同述遗的世界并存的，二者平行发展到今天。在她的以前的生活中，也曾几度遇见过自己不能理解的人和事。很可能那就是平行线出现了交叉，短暂的撞击过后，二者重又回到原来的轨道。这一年来情况是大变了，隐藏的世界浮到了表面，把一切全打乱了，混淆了。这到底是老年人的迷幻症还是她本人生理上的自然变化，抑或是大自然施的诡计？述遗被纷乱的思绪烦扰着的时候，就看见她上面那阶梯在浮动，还发出"嘎吱嘎吱"的声音。最高的平台上会是什么景象呢？她之所以上不到那个处所，一方面是体力不支，最主要的原因还是害怕。因为有一天夜里，的确从那高处传来过一种奇怪的声音，当时她以为那不可知的一刻快到了，可后来什么也没发生，那短促的叫声再也没响起过，也许那是一种夜鸟。述遗夜间的活动也并非毫无收获，她在某一层的平台上捡到一个玉石镇纸，形状是一条盘着的蛇，这东西在夜里熠熠闪光，一下子就被她看见了。她揣着它下楼梯时就仿佛怀里揣着一块炭似的。她将镇纸放在家中桌上，它的光芒一下就消失了，只不过是一块粗糙暗淡的玉石罢了，算不算得上玉石还是个问题。到了夜里述遗关了灯，将镇纸拿在手里翻来覆去地看，它还是不发光。后来她终于回忆起来，这块镇纸是她在梅花哥哥的窗台上看到过的，当时她还好奇地将它拿起来看了几看，彭姨也注意到了镇纸的奇特造型。早几天彭姨来的时候，述遗将镇纸伸到她鼻子跟前，彭姨夸张地嗅了几下，说"闻到了墓穴里的怪味"，但她不承认曾见过这件物品。捡到镇纸后，述遗更加注意那些夜间发光的东西，她幻想自己的眼睛已变成了猫眼，锐利无比。果真，她后来又捡到了胖女人捕蝴蝶的网子，那东西在阶梯上磷光闪闪。彭姨讥笑她说，像她这样捡下去，会把整个世界都搬到家中来。述遗听出她说"整个世界"这几个字的时候故意发音含糊。后来就再也没捡到过夜里能发光的东西了，不论她把眼睛睁得多么大也是枉然。

从梯子上下来，她就看见那些工人正在灯光下搅拌水泥和卵石。灯光昏暗，照出一个黄的光晕，那些人在轰响着的搅拌机边上挥动着铁铲，一个个面目凶恶。由于害怕，述遗就小跑起来。他们还是发现了她，关了搅拌机，大声斥责她。她只好停下脚步，像犯了错误的小孩一样走拢去。黑瘦的、矮小的汉子嘶哑着喉咙对她说：

"你不要来这里转悠，这里总出事，差不多每天早上平台上都有一具尸体。他们都是想沿着楼梯爬到顶上去，哪里爬得到呢？下场可想而知。那些个尸体，我们将他们全放进了搅拌机。"

述遗听完这些警告，昏头昏脑地走，忽然触到一面墙，原来自己走到了另一栋未完工的楼底下，这栋楼前也有人在搅拌水泥。她连忙躲到墙的阴影里，悄悄地绕过那些人。但是她绕过这栋楼房之后迷路了。抬头一看，到处都是未完工的楼房，每一栋楼前都有搅拌机，她没想到工地会有这样大，这么多房子。回想自己上一次和彭姨来这里的情景，这个院子并不见得有多大。再说自己在这里住了几十年，难道连这个地区的范围都搞不清？唯一的解释只能是，在她不知晓的情况下，工地正在往西边不断扩张，西边原来是一片农田。但是在这样的黑夜里，她又怎能分得出东南西北呢？述遗的双脚都走累了，没有办法，只好从一栋房的楼梯口上去，上到二楼的平台，靠着一面墙坐下来。对这件荒唐的事她只好在心里苦笑。她，一个老太婆，活得不耐烦了夜间出来猎奇，现在又人老眼花找不到回去的路，只好在平台上等人来谋杀，然后让自己这把老骨头进搅拌机。这样想着时，又感觉到一个黑影沿梯子上来，走进平台了，也许就蹲在她对面的门口，那地方黑乎乎一片。不知过了多久，她竟靠着墙睡着了。在睡梦中恐惧并没消除，看见一只豹张大嘴咬住她的脚，但始终咬不下去。她脑子里出现这样的念头：既然这动物总不松口，自己干脆继续睡吧。就这样时醒时睡的，居然熬到了天亮，只是背痛得像被人打断了似的，想要站起，却扑到了地上，扑下去的一刹那看见前方有个死人，那家伙也扑在地上形成一个"大"字。述遗想，他一定是昨夜的那个黑影，他是被人追杀的吧，这恐怕就是梅花哥哥所说的"游戏"。她在地上躺了一会才努力站起，因为不放心，她又用脚踢了那尸体几下，不见动静，这才慢慢下楼。这时她心里的恐惧已消失了。下了楼梯她就看见街道。

"没想到会在那种地方睡一夜，我真是越老越荒唐，我不知道要怎样解释这件事。我是不是应该谴责自己的所作所为呢？"

"你已经谴责了自己。"彭姨看着她说，"你一点都不脆弱，可以说越老越硬吧。"

"昨天夜里我什么都没捡到，那种地方太恶心了。"

述遗一边说着"恶心"，一边看见自己脑海里波光闪烁，她吃惊地住了嘴。这时彭姨还在看她，看得她很不自在。忽然彭姨努了努嘴，让她看窗口，述遗一抬头，看见豆腐店老板在马路对面向她招手。述遗大声问他有什么事，他就跑过来同她讲话。

"两位老太婆站在一起交谈的样子实在是令人感动啊！"他扶着窗台赞叹道。

他是一个白胖的中年人，两只眼睛有点像猪眼。

"我见过您的儿子了，他在豆腐作坊里晕倒过去，是饿晕的，我让他吃了两块生豆腐。您的儿子真坚强。"

"他不是我儿子，你不要乱说。"述遗生气地说。

"那也是一样。他总站在您房子前面看您，我想那还能是谁呢？说来也怪，有一回他拿了一个玉石的镇纸来要同我交换豆腐，那东西来历不明，我怎么能够要他的。我白白给了他豆腐，他反倒对我做出鄙夷的样子，人心真是难猜透啊。"

听到这里，述遗实在是受不了彭姨的盯视了，就沉着脸，问豆腐店老板到底有什么事。这一问就将他问住了。

"我找您有什么事？当然什么事都没有。原来您根本不关心您儿子，我还以为我在为您搜集他的信息呢，我彻底弄错了。"

他沮丧地掉头走开了。

玉石镇纸放在述遗的桌子上，幸亏刚才那汉子没看见。是不是他也参加了设圈套的勾当呢？世上真有这么凑巧的事吗？这个人并不像梅花的哥哥一样在城里游来游去的，他是一个实实在在的粗人，几十年如一日地在她家对面做豆腐，述遗从未料到他也会讲出这种话来，而且同梅花的哥哥早有过交往了，真吓人。

"你不是告诉过我那青年已经去世了吗?"述遗终于直视彭姨问道。

"我同你说的根本不是一个人。你说的是站在你窗前的那个人,那个人我从来没见过,你把他同我们去看望的生病的青年混为一谈。然后呢,你又从工地上捡回一些东西,说它们同那次访问有关,这都是你单方面的想法。"

述遗越来越踌躇,不知道要怎样来描述天气的变化了。她在大自然的面孔上看出了虚假的表情。冷漠而疏远的表情。这时她才醒悟,觉得自己从前那种种陶醉实在没有什么道理。有时她思忖良久,在笔记本上画下一连串的三角形,如一队士兵在向某地前进。她一边画一边想,这些三角形就是雨,被大地吸收的雨滴流向地心,流向那黑暗无比的、阴谋聚集的场所。而大雨过后的晴天舒展着面孔,好像若无其事。真的,人对大自然到底了解多少啊。她摸了摸自己皱巴巴的脸颊,想起自己为此事徒然耗费掉的那些年华。当她和彭姨都还年轻时,常为出门要不要带伞争得面红耳赤。尽管每次到头来都证明她的直觉是对的,彭姨却并不欣赏她的直觉,时常嘲笑地称她为"预言家",弄得她心里闷了一腔怒火。彭姨还从不认错,如果事实证明她错了,她仍要强词夺理,反过来告诫述遗,要她不要被表面现象迷惑,不要把心思全放到揣测大自然的意图上去了。回想起来,自己后来买笔记本记录天气情况,初衷正是要同彭姨对着干啊。几十年来,她一直极不理解彭姨的顽固的思维方式，总在暗地里尝试要击垮她，至少也要做到不让她来干扰自己，这样努力的结果却是自己终于全盘崩溃，被她牵着鼻子跑了。同她共事多年的彭姨，是通过什么途径掌握了大自然的真谛的呢？她并不属于那种影子一类的人，她身上世俗的气息比自己还浓，但她比自己更能理解某些反常的事物。在邻居们眼里，她是个叫叫嚷嚷的老太婆，最喜欢干的事就是揭别人的丑，目光短浅，思想缺乏逻辑。然而就是这么一个人，促使述遗进入了她目前身处的迷幻世界。也许她茫然度过的那些年华就同一股雨水一样，始终在往那不可知的黑暗深处渗透吧。那是怎样的漫长而蒙昧的过程啊。现在她是更加谦卑了。因为不知道要如何评估自己，她就开始看周围人的脸色，谨小慎微地询问一些边缘性的话题。比如去买菜的时候就问菜贩子，干这一行是出于兴趣呢还是为生活所迫？有没有产生过改行的念头？从豆腐坊旁边经过时她还假装关心地从水里捞起豆腐左看右看，并厚颜无耻地问老板：卖不完的豆腐如何处理？当然她从未得到过回答，对方只是望着她，期待着，看她还有什么话要说。对她来说，这种态度比奚落还要糟糕，她只好讪讪地走开，什么也没捞着。彭姨的态度和他们有点不一样，彭姨对发生在述遗身上的变化似乎是持肯定态度的，可是她又完全否定她的判断力，将她看作患了病的老人。于是述遗的情绪也随她的态度忽上忽下的。有一天她坐车去市中心理发，居然在车上看见了那位老农民，一瞬间她又不能确定自己从前到底是不是真的见过他了，也许他只是同自己虚构出来的形象正好符合吧。她走过去站到他的旁边，老农看了看她，那目光有点轻视，有点不以为然，本来打算开口的述遗咽回了她的话，究竟是否见过他的疑问也就得不到答案了。过了一会儿，那老农竟然离开座位，站到车厢另一头去了。从理发店回来的述遗一路上都好像在梦游，后来走过了自己的家门都不知道。那天晚上回忆就同洪水一样汹涌，五花八门的片断令她目不暇接，她甚至记起了两岁时母亲系在她脚上的一个铃铛，也记起了母亲当时的样子。那模样似乎不太好看，还有点粗俗。她的想象驰骋着，中了魔一样，愿意想什么就可以想出什么。她甚至想起了一种奇异的豌豆，是她四岁时在坡上摘到的，豆荚里的豆子有三种颜色，红、蓝、绿。她剥开那些豆荚时，有一条蝮蛇在她眼前的空中游动，天上黑云重重。她突然觉得要下雨，扔了豆荚就往家里跑，雨还是在半途下来了，将她从头到脚淋了个通透。三色豌豆的事似乎从未留在她的记忆里，现在却想起来了。"述遗，述遗，你将来的路怎么走啊。"年轻时彭姨总做出发愁的样子乱说一气。述遗自己有时也发愁，总的说来还是蒙着头往前闯。很难说出彭姨对她预见事物的能力是厌恶还是欣赏。争吵了几十年之后，这种能力让她看到了另一个世界的蛛丝马迹，这一点肯定要归功于彭姨的坚持不懈。为什么接近了大自然的本质，大自然反而对她疏远了呢？也许那另一个世界并不是隐藏的世界，而是一切，是全部？在黑乎乎的、荒凉的夜里，玉石镇纸是真的发过那种光呀，不然人老眼花的她又怎么会捡得到那玩意儿？

198

豆腐坊的女人们坐成一排，注意地打量着述遗。

"现在除了那种人以外，很少碰到在外面乱走的人了。一般人在外走都有目的。"她们这样说道，都显出不赞成述遗的样子。

述遗惭愧地用手巾包了豆腐准备回家，却被她们拦住，一定要她参观一下她们住的地方，她们说这样会使她这种老太婆大开眼界。她们簇拥着她往前走，在潮湿黑暗的小巷子里转了好几个弯，然后沿一条短短的地下通道进了一间黑屋子，过了一会儿灯才打开。述遗看见这根本不是一间房，而是那个过道的延续，有一张铁床放在墙边，上面躺了一个男人。过道的前方像电影镜头似的出现了模模糊糊的山峦的轮廓，那是夜幕下的山，单调而虚幻。述遗往前方的山峦的方向走了几步，这时她发现豆腐坊的女人全都悄悄离开了。山似乎就在眼前，而且从前看到过的那些形状像子弹头的人影又出现了，排成队，往山里走，一共大约有十几个人。

"看什么呢？"床上的男人忽然讲话了，"那些个人，您看着离得很近，其实离得很远，您怎么走也是到不了他们身边的。"

他坐了起来，一副发呆的、若有所思的模样，述遗的记忆复活了，她曾经在郊外的烧饼铺里见过这个人一面，当时他就坐在自己对面啃烧饼，脚边还放了一篮子新鲜鱼。不过他脚边的一篮子鱼是现在才想起来的，那个时候她似乎没看到。

"到不了他们身边。"他重复说，"我天天都在这里看，我们看见的是夜景，而现在外面却是白天，时间差异太大了。上面那些个女人也对这种事有兴趣，但是她们每天来看一看就走了，只有我一个人是每天留守在这里。您瞧，那些人上山了。他们是一个小社会，您一定是偶然撞上了他们吧？您不要着急，相遇的机会还多的是。有一天，他们当中的一个走到了我面前，这是一个白胡子老汉，比一般人都要矮小，长着土色的皮肤，脸上五官很不对称，如同一团泥巴上随便挖了几个洞。他那双乌黑的手大得出奇，手掌上满是裂口，裂口内凝着暗红的血，像是被用小刀割出来的一样，十分触目。也许他是用这双手在山上的土里寻找植物的块根来充饥吧。"

"您没有试图去加入他们的社会吗？"述遗问，完全被他的话吸引住了。

"啊，我根本走不到他们面前去，他们行踪无定，我和他们之间又隔着时间。有一回我在山里爬了两天两夜！有时他们也去村里，情形也是一样，不但追不上，就是追上了也是认不出。他们做出若无其事的样子，您就会认错了人。他们虽属于另外一个社会，但身上并没有标记。"

"我也碰到过一些人。不，确切地说，不是碰到，而是我逐渐从一个一个周围人身上认出了我不熟悉的那种特征。您刚才说他们属于另一个社会，我也一直这样想。可是我又想，为什么所有的人全显出了那种特征呢？那另一个社会会不会就是我所生活的这个社会呢？啊，我真是混乱极了。"

述遗同那人告别，回到豆腐坊，看见那些女人正在忙忙碌碌，谁也没注意到她。她从柜台上拿了自己的豆腐就走。走到门口又看见老板从外面进来，老板礼节性地同她招呼，一点都看不出什么异样。一个念头在述遗脑海里一闪：也许他们就是山那边那个社会里的人？他们会不会装出忙碌的样子，一转背就钻到那个地下过道，然后就加入那一伙去了呢？难道真有那么些住在山里的原始人吗？刚才的这一场转换搞得她有点头重脚轻，她赶紧回到家在躺椅上躺下了。

"豆腐坊旁边有个黑暗的通道，那里的风景美不胜收。"述遗痛苦地在彭姨面前回忆着当天的遭遇。

"啊，不要经常往那种地方去，那是个鬼门关，除了那个痴心妄想的男人，谁会坚守在那种地方？"

"你认识他？"

"好多年以前，他是我丈夫。一个丧失了生活能力的人。"

两个老女人神经质地对视着，目光里慢慢显出些苍凉的味道。过了一会儿，彭姨突然笑了起来，拍着述遗的肩大声说：

"那些弯弯角角的地方，你都已经钻遍了嘛，你的好奇心真不小哇！怎么会越老还越不肯罢休，快入土的人了。"

述遗的肩胛骨被她的胖手拍得很痛，不由得怜惜起自己这把老骨头来。她想，彭姨真是个大冤家，连自己的丈夫都离她而去，这种日子是怎么过的呀。不过她并不了解实情，这对夫妇说不定时常暗中见面，就像一个秘密组织成员似的进行那种地下联络。

夜幕就要降临，豆腐坊那边变得静悄悄的，那中年女人正低着头往外走。述遗的心颤抖了一下，回过头去问彭姨说：

"她们是怎样知道那种秘密的呢？"

"那根本就不是秘密，谁都想要往那种地方跑，人的天性嘛。"

尾　声

这一回她不是去工地上，而是去了那黑洞洞的地道里。像瞎子一样摸了一段路，脚踩在潮湿的水泥地上，有些惊惶，又有些疯狂，她诧异地站住了。外面的天是深蓝色的，虽是夜色，但有亮堂堂的月光照着群山，那些山头都在冒烟，烟是白色的，袅袅地升上夜空。突然，就在近处，述遗发现了她去过的工地，一栋栋楼房矗立着，楼房已全部竣工，里面住了人。述遗用力往前看，距离混淆了。到底是山离她更近还是楼房离她更近啊？一阵一阵地，她能看见山上的树叶，看见一枚一枚的松针，她还看见了一些不能说的，同她的心病有关的事。她的瞬间视觉向她证明，的确有一群人住在山里，他们忙忙碌碌，时隐时现。彭姨的丈夫到哪里去了呢？述遗记起他说过眼前出现的这些景致是不可接近的。地道里弥漫着那种阴湿处所的怪味，述遗猛地向出口走了几步，然后张开口呼吸外面的空气。这时地道里传来了脚步声，述遗知道那是谁，她没有转过身去，只是轻轻地，仿佛很随便地问道：

"你丈夫终于走了吗？"

"他本来就和山里那些人是一伙的，只是偶尔在这地道里待一待。比如上一次，他是知道你会来，这才有意待在这里等你的。"

彭姨说道，停住了脚步。

"那么你呢？你也同那些人是一伙的吧？我一直在这里纳闷：一个人怎能伪装几十年呢？你告诉我，你到底是不是那一伙的。"

"这是个秘密。"彭姨"扑哧"一笑。

仿佛约好了似的，彭姨挽着述遗的手往前走去。她们走了好久，可就是走不到楼房面前去，更不用说那些山峦了。树的形状成了模糊的一片，如同平面的油画布景，不断地往后面倒退。

"彭姨啊彭姨。"述遗感叹道。

"什么？"彭姨一怔。

"彭姨啊彭姨。"她又说。

她的老眼里一下子盈满了泪水，她想倾诉，但她脑子里没有语言，她此刻接近了痴呆的状态。"彭姨啊彭姨。"她只会说这几个字了。彭姨还在拖着她前行，夜空更明亮了，周围如同白昼，楼房里有人用二胡拉出哽哽咽咽的声音。述遗一下子感到了脚下的土地在移动，那便是她们为什么走不到目的地的原因。

"有一个人从山里出来了，看！"彭姨说。

述遗也看见了那个熟悉的身影，姑娘的身影。姑娘正在溪边用水桶打水，那条小溪如同横在画面上的一条白布，老远就看得清清楚楚。姑娘的周身发出光晕，随着她的运动一闪一闪。她不是朝山里走，却是径直朝两位老太婆走过来了。

"梅花！梅花！"述遗和彭姨异口同声地喊道。

她们向她走过去，她也提着水桶向她们走过来，但她们之间的距离却越来越大了。述遗瞥见了那只坐标一般的老猫。最后，梅花隐退到了山脚下，很快消失在树丛中。

彭姨紧紧地挽着述遗站在原地，述遗感到脚下的大地移动得更快了，简直令她头晕，而且她身上开始发热，那是种新奇的感觉，就像很多蚂蚁从体内向外涌似的。

"你终于也发光了。"彭姨似乎是在很远的地方说话。

述遗根本看不见自己发出的光，她认为彭姨是在哄骗她，她又觉得彭姨完全没必要哄骗她，那么她说的是真的？多么热啊，有成千上万的蚂蚁在向外涌呢。高楼里的那个人探出身来朝她们张望了，述遗想，他看见了什么呢？

这真是一个温暖的夜晚，这样的夜晚即使在野外也可安然入睡，难怪有人要住在野外。述遗的心还从未像今天这样同大自然这么贴近过，她看着那些山，简直看呆了。当她停住不动时，彭姨也停住了。

"山里的人们也看见了我们。"彭姨说。

有点点雨丝飘到述遗脸上，她贪婪地伸出舌头舔着，舔着，忘乎所以起来。不可捉摸的大自然，她追寻了一辈子的，同她若即若离的大自然，原来就在她身体里，这就是事情的真相。所有那些个焦虑，那些个怨恨，那些个疑心，全消失了。山里头的那些人燃起了星星点点的火把，像缀在山间的明星。述遗感动地看着，第一次感到自己同他们是平等的。从他们那边朝她看，她不也是一颗星吗？她久久地伫立在原地，后来她用手往旁边一摸，发现彭姨已经早就不在了。这空旷的处所只有她一个人，她在静谧的天空下悄悄地变成了那颗星。"明天……"她嚅动嘴唇，努力要说出她说不出的那个词。

1998. 10. 10　英才园

人　物

　　蒲三在这些人当中算是个人物。"这些人"指散居于城市水泥森林中的失眠者。失眠者在京城是一个很大的群体，由于无数夜间活动的经验积累，使得他们可以辨认出这个群体中的成员。比如在电梯间，或者在车库里，有两位失眠相遇了，他们便会微微向对方点头示意。至于他们据以辨认的标志，据说只能靠心领神会。那么存在着大规模的夜间活动吗？有人说这事很难判断。活动肯定是有的，外界关于这事传说得很多。失眠虽没成为一个社会问题，影响到城市的发展，但这种难以描述的夜间活动毕竟是有点特殊的事。又由于这个人群在逐渐扩大，所以议论总是有的。

　　蒲三的出类拔萃之处在于不把失眠当失眠。他在早年当锅炉工时就开始失眠了。一开始夜里还能睡四五个小时，到后来就只能睡一两个小时了。而且天天如此。失眠影响了他的健康，他只好辞去了锅炉工的工作，做了薪水很低的金融大楼的保安。做保安那一年他 45 岁。保安的工作就是在楼里面巡视，遇到纠纷去处理一下，没事时也可躲在某个角落里休息一阵。蒲三觉得这个工作很适合于他做。做了一年多保安后，蒲三就发现了自己的睡眠规律，而且懂

206

得了自己的失眠并不是疾病，只是睡眠异于常人罢了。保安工作事情并不多，蒲三只要一歇下来就躲进清洁工放工具的小房间，坐在小板凳上打个盹。他几乎在 5 分钟内就可以入眠，并随时可以恢复清醒。有时候工具室锁上了门，他居然可以在大门旁站着入眠，连双眼也不闭上。如果这种时候有人叫他，他便微微一怔，立刻回应那人。因为他的工作的性质，他这手绝活并没有人发现。他在失眠者当中也不是因为这个出名的。

蒲三既然练就了随时可以入睡的本事，在他的生活中也就不再存在失眠的问题了。从此他并不认为自己到夜里就一定要睡觉，他成了个喜欢搞夜间活动的人。他的活动范围一般是在老城墙下面的护城河一带。那块地方是像他这样的夜猫子的聚焦之地。

蒲三从小在京城生活，对老城墙这一块比较熟悉，而且他的家离这里也很近。所以他深夜出来散步时，往往一走就走到这边来了。刚开始的时候，他在这个幽静的处所待得很惬意，也并没发现其他的人。蒲三走累了就在河边的石凳上歇一下。他在河边休息其实就是在睡觉，只是外人看不出来罢了。再说那么晚了哪里会有人守在那河边观察他？

人们是慢慢出现的。有一天，蒲三在休息时被河里的水响惊醒了。他看过去，那条窄窄的河当中好像有个女人。她喊："救命！"蒲三正在脱衣下河，女人却又飞快地蹚着水上岸了。蒲三尴尬地站在原地。

"这个时分还来河里戏水啊。"蒲三说。

"我活得不耐烦了嘛。可是你怎么在这里？这里原先是没有人的，我从来没遇到过人……你是人还是鬼？你这该死的！"

她气愤地离开了。蒲三想，为什么她和自己都认为这里没人？女人是去投水的，看到有人就后悔了，她不愿死在别人眼前。蒲三觉得自己特别能理解她的情绪。他为自己的在场感到歉疚。

又过了些日子，蒲三从高高的城墙走下来时，看到黑乎乎的树丛里有两个影子。两个影子缠在一起，分不出男女。蒲三尽量不看他们，一直走下去，下到了河边才停下来。这时候那上边的人发话了。

"我们看到你天天来这里，你是如何解决失眠问题的？"

"你同我们一样天天来，其实你何苦要天天来，像有人给你布置了任务一样。"

蒲三听清了，这两个说话的都是男人。他心里有点激动，这种死寂的夜，却原来是一场骗局。就像人看景色看久了，景色中就会出现杂七杂八的东西一样。

"我没有失眠的问题。我是来这里搞活动的。"蒲三说。

他说了这句话之后，那上面的那两个人就开始笑。蒲三看见他俩像两条蛇一样舞动着。难道他的话真的那么好笑？

"他没有失眠的问题，可是天天来这河边占着我们的位子。"

蒲三感到惭愧，因为他说的是事实。他能感到这两个男子的痛苦。可他自己呢，一点儿也不痛苦。他早就忘记失眠会有痛苦了。

他沿着护城河往东走去。走了没多远，他就感到了那两个人在尾随他。蒲三想，他俩大概想向他取经吧。谁不想战胜失眠？

可是他估计错了。那两人中的一个将他用大棒打倒在地，使他在深夜领教了真实的睡眠是怎么回事——他昏睡到天快亮才醒过来。

这个事件使蒲三明白了，此地并非无人之地，有各式各样的失眠者躲藏在树丛里，甚至河里。那么，是他加入了他们，还是他们跟在他后面而来？应该是前者，可他怎么又老觉得是后者？他还没把这个问题想清，又遇到了新人。

新人坐在他常坐的河边石凳上。是一男一女，一人占一个石凳。

那么多日子，这石凳都空着，这两个人就像地下长出来的一样。他们在看河水，听到脚步声，立刻一齐转过身来。

"户外空气新鲜，比起室内来舒服多了吧？"蒲三和他俩搭讪地说。

"一点也不舒服。"中年男子阴沉地说。

"在失眠的时候，至少没有屋里那么烦闷吧。"蒲三又讨好地说。

"比屋里更烦闷。"还是男子答话。

"那你们还到这里来干什么？"

"我已经告诉你理由了。"

即使是在黑暗中，蒲三也隐约看到了他俩警惕的目光。他担心木棒事件重演，就加快了脚步。可是那女孩叫起来了。

"你停下，我有话要问你！你，我看出来你精神抖擞。我想问你，你是如何样处理好那件事的？"

"我告诉你答案吧：对我来说，根本就不存在那件事。好多年以前，我就将睡眠取消了。你们瞧，我多么洒脱！"

蒲三说话之际瞟见那两个黑影从城墙上冲下来了。他果断地跳进那艘小船，将船划到河心，又划到了河对岸。他听到那两个青年在说：

"你们怎么放走了这个人，他可是个人物啊！"

于是蒲三就从别人的话里得知了自己是个人物。

他还陆陆续续地在老城墙下面遇见了一些别的人。他的夜间活动只限于这块地方，不光是因为只有在这里他才是个"人物"，也因为此地让他产生信心。

黑暗中，那些人对他的存在感到好奇和爱慕，口中发出"咦，咦……"的惊讶声。是的，正是爱慕。包括用木棒击倒他的举动。那是他们想要知道他是不是真的同失眠告别了。年轻人真顽皮。

夜间的病友之一追随蒲三到了金融大楼。他是一名二十来岁的青年，他要亲自证实蒲三取消睡眠这件事。小青年姓郭，是一名司机。

"蒲叔，我对您很崇拜。在土城墙那里遇见您以后，我就决定了要做您这样的人。您一定会问我为什么，我告诉您吧：因为我要摆脱痛苦。我现在太阳穴这里就疼得厉害，所以我就来找您了，我班也不上了。”

蒲三斜眼看了看他，板着一副脸，说：

“没有用的。我的太阳穴比你的疼得还厉害呢。你离远一点吧，影响不好，我正在上班呢。老黄！老黄！有情况吗？”

小郭羞愧地躲到了圆柱后面。他一直站在那里，远远地看着蒲三，一直熬到了吃中饭时分。

送盒饭的车来了，小郭也要了一盒饭，他看着蒲三，满心都是困惑。

“你还没走啊，和我到工具房里来吧。”蒲三招呼小郭说。

小郭进来后，蒲三就把工具房的门关上了。

里面很昏暗，两人站着吃饭，很快吃完了。

“蒲叔，您的精神真好。”

“嘘，别说话，我在睡觉呢。我来教你，背贴着墙，双手放在肚子上。好！关键是要专心。你往哪里去？好，去吧。”

小郭贴墙站着，他并没打算动。他在想，蒲叔说自己要往一个地方去，那么，他想往哪里去？他不知道。但蒲叔说他已经上路了，他就权当自己正在旅游吧。忽然，大楼里响起了非同寻常的喧闹声，如潮水一样，越来越近了。他又听到面前的蒲叔仿佛在墙缝里讲话，声音嗡嗡嗡的听不清。

小郭感到欣慰，因为他们将嘈杂的噪音关在门外了。他虽然没有目的地，但他是在同蒲叔旅游，他要放松自己，轻装出行。蒲叔的声音终于在房里响起了。

"小郭，你走到了吗？"

"还没有呢，蒲叔。这里有团阴影，我该绕过去吗？"

"你怎么问我？要自己决定！"

小郭本来是随便说说好玩的，但是蒲叔一开口，他就真的看见了树林和深沟，还有在云中昏睡的满月。他的情绪变得激动起来。他要不要跳过那条沟？跳吧跳吧，别让蒲叔笑话。他做了个起跳的动作，从墙上的金属杆掉下好几个拖把，弄得他裤腿上尽是水。

房门一下大开，清洁工老头进来了。

"你这个该死的家伙，在里头搞破坏啊！"

小郭看见房里只有自己一个人，蒲叔根本不在那里。他狼狈地走出去，屁股上挨了老头一扫帚。老头教训他说：

"不要以为可以从蒲三那里学到什么，跟着他走，路只会越走越艰难。他啊，从来不走正道，属于那种来去无踪的人。"

小郭来到大堂里，看见蒲三站在大门旁边。蒲三那浑浊的目光引起了小郭的兴趣，他想，他是在工作还是在睡觉？他走到蒲三右边，隔得很近地去观察他，可是蒲三连眼珠也不向他转过来。小郭心里对蒲三生出了深深的敬意。他不再犹豫了，抬脚向大门外走去。

清洁工追了出来，拍拍小郭的背说：

"这就对了，要远远地离开这个人，只有这样才会有出息。你不是想捞个行政干部的工作干干吗？心里头要有主心骨。"

"我并不想当行政干部，我是个司机。"小郭说，心里直想笑。

"那也差不多吧。来找蒲三的人都有野心。你走了就不要再来了。"

小郭仔细打量了一下白发苍苍的老头。他看上去大约快八十岁了，但那两只眼睛却亮得出奇，像锥子一样刺人。金融大楼里面怎么会藏着这等人？小郭慌张起来，他在老头目光的逼迫下匆匆离开了。

走到护城河那里时，小郭看见了女病友阿忙。阿忙坐在蒲三常坐的石凳上。小郭感到奇怪：阿忙怎么白天也在这里？难道她从昨天夜里起就一直没离开这个地方？

"阿忙，你心里还害怕吗？"

"害怕。可是我看着你，我觉得你已经不害怕了。你是如何做的？"

"我们一起走过河去吧！"

小郭说着就脱鞋，阿忙也脱掉皮鞋。他俩一块下了水。到了河中水深的地方，因为两人都不会水，就挣扎起来了。阿忙喊："救命！"

那只木船过来了，两人从两边分别攀缘着上去了。

小郭离开了阿忙，走在回家的路上。他的家是在单身公寓 16 层，他进了房门，心里还在欢唱着。多么不寻常的一天啊。他叫了外卖，吃了一碗面，迫不及待地等着天黑下来。

小郭在人行道上追着蒲三喊：

"蒲叔！我到过那里了！！"

蒲三回过头，阴沉地问：

"双手紧紧地抓住树丫了吗？"

"抓住了！抓住了！下面有成群的恶狼！我可以悬空吊一整天。现在我全身都轻松了，哪里都不疼。"

小郭的心在怦怦地跳，他俩已经走到了古城墙的缺口那里。

那两个男的从树林里窜出来，其中一个一拳将小郭打倒。

"我，我是小郭啊。"他绝望地说。

他的肚子上又挨了一棍，他在晕过去之前听见那人说：

"艺芳，我们还要干掉多少个这种货色？"

蒲三镇静地绕过面前的骚乱，头也不回地向河边走去。

他朝着空空的河面说：

"都出来吧，待的时间够长了。"

河里一阵水响，有六七个人上岸了。他们朝市中心的方向走去，各走各的，默默无声，很快就走散了。

小郭在晚风中苏醒过来，他想起了蒲叔。他是同他一块来这里的，他到哪里去了呢？他站起身来，看见阿忙满腹心事地走过来了。

"阿忙！"他热切地呼唤她。

"你是谁？"阿忙说话时用一只手遮住眼，仿佛在挡住强光的照射，"我是到那里去的，你不要叫我，我要悄悄地。"

小郭明白了，女孩已经见过了蒲叔。

"我是司机小郭啊，是你的好友！"

"我要上路了，那边在等我，再见。"

小郭听到了水响，河里驶来了两只船，船上站了不少人。

小郭朝那些人大声说：

"你们和蒲叔约好了吗？"

没有人回答他。他很羞愧，他不该问这么傻的问题。

那两只船驶到东边去了，又有两只船过来了，船上也站了不少人。

小郭感到所发生的情况对自己有威胁。怎么河里会有这么多人都往东边去，只有他一个人孤单地待在岸边？不是连阿忙也往东边去了吗？蒲叔啊蒲叔，你到底耍的什么阴谋？你去掉了我的痛苦，可我现在不知道该干什么才好了啊。白天里我可以开出租车打发时间，夜间时间这么长，我总不能整夜在这里走来走去吧？到城里面去闲荡是危险的，三个病友都被谋杀了。只有古城墙这一块地方是安全的，这是大家的共识。可今天是怎么回事？瞧，又来了两只船，又往东边去了！这些病友，要抛弃此地了吗？

小郭在绝望中叹息着，看着昔日的病友一拨一拨地往东边去。忽然，他想起了清洁工对他说过的话："……跟着他走，路只会越来越艰难。"

这句话给了小郭某种暗示。他信步乱走，走到了"白夜"酒吧那一带。那里是谋杀发生频繁的场所，街道亮得像白天一样。他豁出去了，可是他不愿进酒吧，他只想在这些酒吧外转一转，要是能碰到一名失眠者就更好。

有一排出租车停在酒吧外，一个同行伸出头来看见了小郭。

"上车吧，我把你送回家。"

小郭不愿和同行聊天，就钻进了车子的后座。

后座有一个人坐在那里，很面熟。

"蒲叔，我又到过那里了。"小郭说，心里无比舒畅。

"你闭一会儿眼吧，夜还长着呢。"蒲三说。

小郭闭上眼，他闻到了蒲叔的气息。蒲叔在河边用一只瓢舀那些蝌蚪。他将那些小动物舀上来又撒下去，小黑点们在阳光下活跳跳的。蒲叔折腾些什么呢？小郭想到这里时，车子猛的一下停了。车里头只有他自己。

他下了车，感到阳光有点刺眼。单身公寓的邻居对他说："早上好！"

他自己那辆橘红色的出租车停在对面了，那上面积了些灰。难道他已经几天没出车了吗？

蒲三夜里过得很快乐，因为大家都行动起来了。古城墙这一块是如此地沸腾着活力，令他有点吃惊。他仿佛听到这些男男女女们全都在压低了嗓门说着："蒲三，蒲三……"当然这是不可能的。但每次夜风将那些悄悄话送过来，他听到的都是这两个字。白天里，他在金融大楼被人认出时，那人走拢来对他说：

"蒲三叔，您真是个人物。"

当时他还愣了一下呢。后来他心里冒出一个近乎无赖的念头：

216

就算全城的人都记住了他的模样，也没有关系。他要让这些人都知道，失眠并不是一种病，反而是一种延长生命的技巧。也许，他们全都心领神会了。比如司机小郭就明白了。昨天他看到他满面红光地站在自己的出租车旁。现在这些人都从树丛里走出来了，有好几十人呢。他们都要往东边去，蒲三站在那里挡了他们的路，所以他们擦身而过时就不断地撞击着他。蒲三每被撞一下，脑袋里就亮起一朵火花，这火花令他浑身感到惬意。他又一次回想起从前的那个日子。他无意中发现了这个团体，这个团体就把他造就为一名"人物"了。如果没有这些病友，如果他们都不从树林里和河里出来，他也就不是今天的蒲三了。所以不是他在传播知识，反而是这些人将知识传播给他，只除了小郭……但他果真是小郭的老师，而不是相反??

眼看着病友们快走完了，蒲三也想跟过去看看。但他被一老头拦下了。

"不，你不能去。那边的空气不适合你的肺。"

"我的肺?"蒲三吃了一惊，"我的肺出问题了吗?"

"我没有说出问题，我的意思是，到了那边，空气就变了。"

"那么我还是留在这里吧。"

"你最好留在这里，你不适合那边。再说这里也需要你嘛。"

老头去追那群人去了。

蒲三钻进树丛，想隐蔽起来，奇怪的是树林里头并不安静，各式各样的人都在里面交谈着，还有人唱戏。他钻来钻去的，却又没碰到一个人。仔细一听，似乎有两个人都在说同一件事，即，他们能够留下来是多么幸运，现在他们爱留多久就留多久，而那些走掉的人可就一去不复返了。蒲三觉得这两个人说话的口气有问题，他们听起来不像是多么幸运的样子，反倒是像在嫉妒那些走掉的人。大概他们也很想"一去不复返"吧。

"那边的空气到底如何？"蒲三冲着那两人的方向高声说，"有人说那边空气不同，可那边也是京城，会有什么大的不同呢？"

蒲三一讲话，那两个声音就沉默了。而且所有的声音都沉默了，只有风在吹树枝——沙沙，沙沙。他在心里暗暗掂量：是留在这里好呢，还是一去不复返好？当然还是这里好，这里是他经营多年的老巢，要什么有什么，差不多可以心想事成。他不嫉妒那些走了的，他们走了，又有人来，一拨一拨的，古城墙下是块宝地。那老头不是说这里需要自己吗？可见自己是个老资格，是个人物，是这些人的主心骨。

蒲三从树丛里钻出来，走到护城河边，坐在他惯常坐的石凳上。因为内心很舒坦，他的大脑一会儿就进入了休眠状态。远远看去，他很像一个钓鱼的老翁。

月亮突然就出来了，在水面闪着银光。蒲三在似梦非梦的地方想起了他的家人，他知道这个时候他的妻子和儿子正在酣睡。他轻轻地对妻子说："你受累了啊。"可他妻子的模样并不像因他而受累。他分明听到她在那间房里回答说："我成了一位人物的老婆，这事真蹊跷！"蒲三脸上浮起笑容。

一阵响动惊醒了蒲三，有人坐在同他并排的那张石凳上了，是位女孩。

"是阿忙啊。"

"我从那边回来了，只有我一个人回来了，因为我惦记着您。蒲叔，我总拿不定主意，您认为这对我的病有好处吗？这是个弱点吗？"

"可能这是个弱点吧，一个对你的病有好处的弱点。你到了那边，可又想着这边的好处（并不是惦记我），你要把好处都占全。我们这种病就是一种要把好处占全的病，大富大贵的病，对吧？不过呢，我们也还是做了些好事吧，我们使京城变得美丽了一点。你同意吗？"

"我同意。我崇拜您，蒲叔。您为什么不肯上我家来呢？我想让我父母看看我所崇拜的人。"

"我不愿去。我可不愿在你家睡着了，那真丢丑。"

女孩站起来要走了，她说自己和蒲叔说了话，心满意足了。

蒲三还是坐在那里，他在等小郭。

小郭天快亮时才来。他说：

"早晨的空气多么好啊！我是从东边来的，东边的空气比这里还要好！他们将那边改造成了一个大湖，满湖都是野鸭子。"

"可你为什么要赶回来？"

"因为蒲叔在这里嘛。我应该将城市的变化告诉您。我着急地往回赶，我怕您提前回家了。"

小郭开着他的橘红色的出租车消失在马路尽头。蒲三在心里说："小郭正在开始他快乐的一天。"

蒲三沐浴着早晨的阳光，他在人行道上走得很快。尽管城市已经喧闹起来，他的耳边却仍然响着夜间的低语："蒲三，蒲三……"

他从饮食店买了大饼和油条，站在路边吃完了，又掏出手巾擦了嘴和手，这才朝马路对面的金融大楼走去。

他到得太早，交班的小伙子很高兴，因为他可以提早回家了。

"蒲伯，夜里有人来找过您了，是一个蒙着面的汉子。他说您不在家里，他问我您到底在哪里。我心里一急，就说您大概在古城墙那一带。其实我也是瞎猜的，我隐隐约约听人说过。他找您会有什么事？为什么要蒙着面？见不得人吗？"小伙子迷惑不解。

蒲三严肃地板着脸没有回答，这是他一贯的表情，年轻的保安并不见怪。他收拾好自己的东西就回家去了。

蒲三走进空无一人的值班室，给自己泡了一大杯茶，慢慢地喝着。那人推门进来时，蒲三连眼皮也没抬一下。

"我知道您埋伏在这里，这楼里并没有情况，我不过在这里混饭吃罢了。到了下午，从这扇窗望出去，您可以看到太阳一天比一天早地落下。这里面这些年轻人越来越没有耐心了。"蒲三听见自己的语气有点急躁。

"蒲叔，您这么一说我就放心了。您到过了古城墙那边，现在又回到了这里。这栋大楼就是为您盖起来的，我一直这样想。您站在大门那里的时候，我看见那根圆柱微微地向您倾斜。"

蒲三抬起头来时，那人已经不见了。走廊里竟没有响起脚步声。

他站起身来，从那扇窗户望出去，看见那轮红日正在冉冉上升。低头再看茶杯，水里的茶叶正飞速旋转，发出咝咝的声音。

到果园去！

他不记得他在那下面已坐了多久了，水汽都已经将他的衣服沤烂了。有一天他站起来又蹲下去，便听到裤腿的线缝胀开的声音。有一件事在记忆中是很清晰的。那时风很大，他顶风而行，有人老在他耳边提问，他努力提高了嗓音说："我要到果园去！"但是那个人还不罢休，和着风声，他提问的语调越来越紧迫，令他害怕。于是他喊叫起来："我要到果园去！"那就像给自己壮胆似的。

果园是什么样的呢？就是一株枯瘦的苹果树，周围稀稀拉拉的有一些金刚刺，还有一个蚂蚁窝，里面住着一些体型巨大的山蚂蚁。他想不通山蚂蚁怎么会住在平原上。也许这里从前发生过什么事。当他抬起头来打量苹果树的叶子时，父亲就来了。父亲一边走一边弯下腰去捡那些小石子。不知为什么，他固执地认为是那些小石子影响了土质，使得苹果树发育不良。地里总是一轮一轮地长出那些小石子来。父亲穿着短裤，细细的腿杆子颤抖着，好像支撑不住他的身体一样。眼看要跌倒，却又没有跌倒。他怎么还有力气弯腰又起来？

222

"爹爹，你怎么来了？我以为……"他的声音被什么东西蒙着。

父亲直起身子，歉疚似的对他说：

"我先前种了十棵，现在只剩这一棵了。我总不放心，要回来看一看它。你看，该死的老鸦！"

老鸦发出"哇"的一声惨叫飞走了，落下一只小小的苹果。

父亲捡起枯苹果放进他上衣的口袋里，抚爱地摸了摸树干。他的身影在夕阳里变得模糊起来。

"父亲！父亲！！"他焦急地喊道。

他靠近父亲，一把抓住他的衣服的后襟。

"叫什么呢？"父亲责备他说，"不都好好的吗？山里头有点小火，已经被扑灭了。你要沉着。"

他们俩。他，和一个影子似的父亲，站在苹果树下面聆听。

他想起了掉下去之前的事。他走在沙地上，周围有很多半人高的仙人掌。黑夜一降临他就感到冷气森森。他的那些朋友啦，亲戚啦，像从地底钻出来的一样，他们身上都沐浴着月光。他们在对他讲话，好像在为他着急，每一个人都伸长了脖子看着他这边。忽然，他明白了。原来是在他的右前方有一块很明亮的地方，那里像是被月光照着又像是白昼，一些少男少女在嬉戏，发出尖叫。他们，这些成年人，是希望他往那边走还是希望他不要往那边走？但是他，情不自禁地往那亮处迈步了，途中还被仙人掌狠狠地扎了一下手。他将流出的血胡乱擦到了衣服上。朋友们和亲戚们一下子就远离了他，还可以隐约听到他们说话的余音："新纪元在悄悄开始，对吧？""激动人心……"

他来到他们嬉戏场所的边缘，炫目的绿光令他头晕。一个男孩举着一块标牌向他招手，那标牌上有一个黑色的箭头。后来他就掉下去了。他落在浅浅的水洼里，身子下面是柔软的淤泥。他确信他周围有人。水从上面的两个地方滴下来，滴水声持续不断。经过长久的黑暗中的摸索，他找到了干地。很小的一块，五平方米左右，中间有一块突出地面的石板。洞里很温暖，但水洼里升腾上来的湿气令他不安。会不会得瘟疫死在这种地方？周围的确有人，他们好像是被埋在水洼下面的淤泥里，只有头部伸出水面。他听到了他们抱怨的声音。也许他们不愿待在这个洞里；也许他们盼望出洞，可他们又动不了。再仔细地一听呢，又不像抱怨，低沉含糊的声音里竟压抑着一种喜悦似的。"喂！"他说。他一开口，那些人就沉默了，是可怕的沉默，要出事一般的沉默。只有滴水声。啊，他后悔开口。这之后，他时睡时醒，等了很长时间，估计有一天多，水中的低语才又重新响起。那种声音对他来说就像最好的音乐。

他感到他的希望在那些人当中。他赤着脚往水里头走去，一双脚踩在柔软的淤泥上。那些人好玩似的喊痛，但是他触不到他们的身体。他忙乱了一阵，终于放弃自己的企图，回到了干地上。

洞口所在的方向为什么一丝光也不透下来呢？那里是不是洞口？如果不是，他又是如何掉下来的呢？饥饿和干渴的感觉已经消失了。刚掉下来的时候是有那种感觉的，不过那种感觉里面掺杂了一些他不熟悉的因素，好像并不是真正的饥饿和干渴，而是一种回忆，一种比真实的体验还要强烈的回忆。所以他生理上并不那么难受。

那双鞋已经被晾干了，他将它们拿起来敲掉泥巴。在"啪、啪！啪……"的响声的间歇中，他听到水洼里有人在笑，恶意的畅快的笑。"会有人去打理我的果园的！"他向着那些人说。他们立刻就沉默了。于是他那黑暗的脑海里荡漾着一片阳光。

父亲每一次来果园对于他来说都是一次意外。也不知他从哪里钻出来的，忽然就出现了。那株苹果树在瘠薄多石的地里苟延残喘。每一年他都以为它要死了，可是春天里它又活过来。它那稀稀拉拉的枝叶竟然还可以招来小鸟呢。父亲将地上的小石子放进他带来的麻袋里，老眼里发出奇异的亮光。

"我和你的妈妈，我们俩种下了这些苹果树。那是春天里还是冬天？万物欣欣向荣！"

父亲做了一个含糊的手势。

"爹爹，你现在住在哪里？"他胆战心惊地问道。

"我四海为家。别的地方也有我的果园。不要以为……"

那一次，父亲似乎想炫耀什么，可是又没有说下去。两只乌鸦在周围吵吵闹闹，转移着父亲的注意力。不知为什么，只要父亲的注意力一分散，他的身体就失去了厚度，化为一个影子。他想说些什么来引起父亲的注意，可又想不起那句关键的话，只有暗暗着急。

"我，夜里很寂寞。"他说出的是这样一句莫名其妙的话。

父亲是被熊咬死的。那时他还很小，只记得父亲背着猎枪欢欢喜喜地出门的样子。后来他也没有见到尸体。所以他十五岁那年在果园见到父亲时，并不那么诧异，就好像是他刚刚旅行回来了一样。

"嗯。我也是。"父亲回应他说。

他觉得眼前的父亲同他差不多年纪。那么，父亲是生活在一个时间停滞了的地方。他凝视着父亲默默地走开去的身影，心里有些遗憾。遗憾什么呢？每次他都是那样默默地走开，也不知走到哪里去了。

母亲在世的时候，他问过她关于父亲的事。他说，父亲带着枪，怎么一枪未发就被熊咬死了呢？母亲沉思了一会儿，突然发出笑声。当时他吓得落荒而逃。后来母亲说："你不是刚见到过他吗？你可以问他自己嘛。我觉得，一个人有很多条命。"她说这话的时候镇静地坐在那里纺棉线。而他，心里很惭愧。

他是多么想参加同龄人的嬉戏啊。可是村里的年轻人都躲着他，仿佛他是瘟疫。

在这黑乎乎的下面最大的好处就是可以细想果园的那些片段。有时候，他摸着黏糊糊的手臂，感到那上面有阳光。那时天是很蓝的，一共有七种鸟到果园里来。山蚂蚁的巢被暴雨摧毁过一次，但是它们很快又在原地修复了它们的家。

当他假寐之际，水洼居然沸腾了，他听到泥浆中鼓出水泡的声音，泥浆中的人们惊惶地尖叫。泥水溅到他所在的干地上，溅到他身上，很烫。真奇怪，难道这底下有火山吗？人们好像是绝望了，他听出来大约有七八个人，他们都发出痛彻肺腑的哀声。不过即使是这样的哀声，里头仍然隐含了喜悦。再仔细倾听下去，竟然有点像颂歌。他躲避着滚水的浪头，思维紧张地运转着。有一件忘记了的事，几乎是生死攸关的大事，他一定要将它记起来。他又不知不觉地开口了，他说出来的却是：

"你们——还有我！我在岸上！"

浪头小了下去，水在退回地底，喧闹也慢慢平静了。传来长长的叹息声，所有的人都在叹息。他暗自思忖：可以在滚水里头生存的人，该具有什么样的皮肤呢？经历了刚才的紧张，他也情不自禁地发出了一声叹息。下面的人们就笑起来了，是嘲笑。他惭愧得想躲起来。就在这个瞬间，他记起了那件事：这个洞的洞壁上的一个凹口里面放着一盒火柴！谁告诉他的？谁也没有，他本来就知道这件事，从很小的时候就知道。那么，他应该一寸一寸地摸索洞壁。既然有人将火柴放上去，那个地方就一定可以摸得到。这些日子，他已经在这干地上找到了一些枯枝，有些是埋在地里，要用手慢慢撬出来。

火柴，火柴！他多么想使用自己的眼力啊！他都怀疑他的眼力已经被废掉了呢。也许洞口就在他的头顶上方，是他自己看不见?!

那太可怕了！小的时候他掉进土沟里，也是什么都看不见了。他恐慌地喊着"爹爹"。父亲在上头搓草绳援救他，一边大声对他说："不要烦躁，那下面有好玩的东西，先玩玩再说嘛！"他哪里有心思玩呢？他吓得都快晕过去了。从那底下上来之后，他的眼睛过了好久才适应有光亮的世界。那是一次宝贵的经验，大概因为有过那次经验，这次掉下来之后他才并没有特别慌张吧。是坐在土沟里时，父亲从上面告诉了他关于火柴的事的吗？他不记得了，好像并没有。

然而在水洼的那边闪现出了蓝色的亮光，一闪，又一闪。啊，原来是有两个人在相互碰撞自己的头部。那两个头颅就像瓷器一样发出炸裂的声音，蓝火星飞向空中。这两个长着大头的人的身躯又细又柔软。他们很快又沉到水下去了，"呜呜呜……"的哭声传来。他也想哭，可他心里却很高兴：既然他可以看见火星，那就说明他的视力没有丧失。有人在离他不远的地方说："我看他就是他父亲那个样子。"这句话又令他心潮澎湃了好一阵子。

父亲是什么样子呢？不就是背猎枪，戴斗笠，终日在外游荡的那副样子吗？的确，父亲的这副打扮在平原上是很显眼的。他要走一天一夜才能到达山区，不过他每次都是那么兴致勃勃地去打猎。他自己是个胆小的人，不要说打猎，摸一摸枪都胆战心惊的。刚才那人怎么会觉得他像父亲。当然话又说回来，他一次也没有亲眼看到父亲带回打死的野兽。据说有个地方收购野物，他将它们都卖掉了，但是也没有带回来钱。

"他正是那个样子，走路轻飘飘的。所以过水洼的时候也不会像我们一样沉下来，他顺顺溜溜地就过去了。从前他父亲就是这样的。比如说去果园时……"

水里面的那人将他描述成轻飘飘的样子，这令他很不自在。他可不是个影子，只有父亲死后才成了影子。"你胡说！"他冲口而出。水里面一阵骚乱，好像是有两三个人在那里扑打。他站起来去摸索洞壁，他想找到那盒火柴。很奇怪，原先洞壁所在的地方已后退了。他向前，再向前，还是摸不到。他鼓足了勇气继续走，估计走了十几米远！怎么回事？身边还是水洼，干地怎么会延伸到这么远的？莫非快要出洞了？水里头那些人发出轻笑，是在笑他呢。有一个人在说他："你就是走得再远，也还是在这里头。"他听了这句话身子就一倾斜，掉到水里去了。

同时有好几只手伸出来，将他接住，推上干地。他们这些人刻意要同他保持距离。他想起来在村里，人们也是要同他保持距离。他的鞋和裤子又弄湿了，现在他也懒得去脱它们了，因为他已适应了这洞里的潮湿和温暖。他觉得自己最好是一动不动，只除了他的思想。他将自己想象成如同父亲那样的影子，在村里的菜土之上飘来飘去。然后又飘到那些茅屋上方。他看见了茅屋里的几个秘密。比如那姓翁的老头，居然穿着一双登山鞋在房里走来走去。翁老头天天都在家里，他从未见他走出过平原，难道他从前是登山队员？他从翁老头家转过去，来到小梅家的厨房，从窗口望进去，看见小梅和她母亲正在将她们的脸形印到一个很大的沙盘里。她们印了又印,弄得鼻孔和嘴里全是沙,又大声地"呸"个不停。他觉得这两个女人对自己的容貌过分着迷了。再转过去来到辜婆婆家,他吃惊地看到辜婆婆手里拿着他自己的照片,正在端详。他不敢看下去,就又飘到菜园那边去了。他的影子在菜园的上空停留了一会儿,就也像父亲的影子一样变得稀薄了,慢慢消失了。他摸了摸自己的脸颊,脸颊很烫。现在,不论他如何用力,果园也不出现了。他总是绕着他那个村子转。村里的人都待在家里不出来,他们都有自己的隐秘生活。他们的态度就好像在说,如果他想观察,尽管观察好了。他们关在家中所进行的那种活动一律给他同一种印象,一种凶兆的印象。好像某种危险已经逼近了,他们要尽快做完该做的事似的。他不忍再看下去,就停止思维的运动,站起身来踱步。

他听到他的同龄人姜果在水里说:

"我们永远见不到天日了。"

"姜果!!"他激动地喊道。

姜果接着又说:"不过这样对于我们的皮肤却很好。"

他觉得姜果的话很有道理。这么久了,他一直处在湿漉漉的环境里,他的皮肤却并没有什么不舒服。他又喊了几声姜果,姜果不理不睬的,也可能他听不到他的声音。从前姜果可不是这样,他是个神经过敏的家伙,只要他从他身边走过,他就要质问他:"刚才你是不是在朝我瞪眼?"他怕潮湿怕到了极点,从来不肯下田,只愿在菜土里干点活。在这个洞里,姜果却一直待在水里!而且他变得这样随遇而安了。

　　他终于又一次在睡眠中到达了果园。那是个阴天，父亲没有出现。他看到那些巨型山蚂蚁正在搬家，将它们储藏的粮食搬到一个土洞里去。他怀疑果园里已经发生了变故，可从表面又看不出来。不知怎么搞的，他走在平地上就跌了一跤，他扑下去时拍死了两只蚂蚁。他闻闻自己的手掌，奇臭无比。世界上怎么会有这么臭的蚂蚁？他还在思考这个问题时，就发现黑压压的一大群正朝他奔来，恐怕有几百万，几千万，几亿！！他拔腿便跑，口中像兽一样吼出奇怪的声音。当然，他冲不破它们的封锁，他在心里哀求："离开吧，离开吧……"他就醒来了。

　　他醒了，可是还在果园里。他看见有一个老头，一个很老的瘦老头坐在果园篱笆的那张门口的地上，他正在脱自己的鞋，那双鞋湿漉漉的，就好像他刚刚蹚水过来一样。
　　"您，也从那里来吗？"他问老头。
　　"你说对了，孩子。到这里最近的路就是那里的那条路。已经有好多年了，这片果园里啊，一到夜间树上就停满了巨型的山鹰。"
　　老头将手臂一扬，好像是给他指路，又好像是赶他走。
　　他若无其事地回到了村里，进了自家的家门在厅屋里坐下了。
　　他想，竟然会有那么多人惦记着他和父亲的果园啊。他和父亲不在的时候，肯定已经有不少人拜访过那里了，比如那些水里头的人，比如姜果，姜果没有敲门就进来了，疑神疑鬼地四处张望。

"我看见你掉下去的。只有你一个人是掉下去的。我们，我们有另外一条小路，顺顺当当地就到了那洞里。你可不要小看我们村。"

他说这话时脸上漾开了明媚的笑容。斑鸠啦，黄鹂啦，喜鹊啦，都在窗外叫个不停。两个明眸皓齿的村姑从窗口探进她们的头来看他，但很快又缩回去了，"咯咯"地笑着。

他感到今天村里有节日的气氛。这种气氛同父亲的葬礼的气氛又有点相似。葬礼那天全村人大吃大喝，就连母亲也没掉半滴眼泪。姜果怂恿他到门口去看外面，他走到门口，没有发现什么异常。

姜果口里说着："好嘛好嘛！"就离开他回自己家去了。

道　具

　　轮船的汽笛声响过之后，坐在陋室里的古树生已经打定了离家的主意。儿子古格坐在家中唯一的一盏 15 瓦小电灯下面写作业。汽笛一响，古格就蹦了起来，仿佛遭遇追杀一般慌张。

　　"慌什么呢，是轮船。"古叔和蔼地说。

　　"我知道是轮船，可是你又要走了……"古格的声音带哭腔。

　　"我从前不也是这样吗？我已经托好了人来照料你。"

　　"我不需要人照料。我想，是不是和爹爹一起走？"

　　"路上是很无聊的，也没有玩伴，你可要想仔细了。我出去买点东西，你坐在这里想吧。"

　　古叔穿过没有路灯的小马路，到了对面的便民商店。他买了两条毛巾，两个水壶，三双袜子。

　　"老古啊，这回要带上儿子了吧？"老板问他。

　　"嗯。这下麻烦大了。"

　　"古格不是一般的小孩。"老板说这话时在笑。

　　古叔将物品放进人造革的提包里，一边走一边想儿子的事。黑咕隆咚的路边护墙那里冒出两个青年，重重地撞了古叔一下。古叔

233

眼冒金星，想要发作，一转念又忍住了。

"你看他是不是蒙古狼？"其中一个说。

走远了的青年的调笑声回荡在夜空。

古叔进屋时，看见古格坐在窗旁的阴影中发呆。古叔想，他既然没有要准备行装的样子，可能已经决定要留下来了。

"爹爹，"古格轻声说，"我们动身吧。"

古叔吃了一惊，盯着儿子大声问：

"你什么都不带吗？你这是要到哪里去？"

"我不知道啊。我从来都不知道……就算带了东西，会用得上吗？还不如就这样，到时再说。"古格歉疚地垂下眼睛。

"好啊，好啊。"古叔茫然地说，一边清点行李。

他命令古格将他自己的换洗衣服塞进大旅行包。他还命令他带上一双结实的跑鞋。他说：

"有时候，如果不穿跑鞋就会丧命。"

行李还没清点完，忽然停电了。家里只有一根细小的蜡烛，是古格从学校带回来的，点上了也等于没点。

古叔不耐烦了，背上大旅行包，让古格背上小一点的那个包。然后他一口气吹灭了蜡烛。

古叔站在门外锁门的时候，又看见了那两个青年。他想，这是两个贼，不过没关系，他家没什么东西可偷。古叔同儿子上路时，那两个人躲在阴影里头没有出来。

一开始他们走熟悉的路，父亲在前面走，古格紧紧地跟在后面。这是个毫无特色的中等城市，加上又停电，给晚间出行的人一个特别坏的印象。不过古格心里有准备，也就不那么沮丧。他在心里嘀咕道：总不会走一通夜吧，总有停下来休息的时候吧。

由于古格是盲目追随，他就没注意到是不是已经离开了市中心，是不是正朝市郊走。黑暗中那些大马路和小马路全差不多。但是父亲进入了一座陌生的大楼，他带着古格进了电梯。电梯里居然有盏小灯，红色的阿拉伯数字标示着 28 楼。奇怪的是，古格感到电梯在下降。难道他们是降到地底下去？古叔悠闲地点燃了一根纸烟，享受这短暂的休息。

电梯门打开时，古格惶惑地看到了清晨的田野。

古叔背起背包走上那条小路，古格紧跟。清晨的风吹在他们脸上，古格感到自己格外清醒。他在心中打定主意什么也不问，免得父亲烦自己。可是这稻田，这光秃秃的小山包，是引不起他什么兴趣的。只要走下去，总会有些什么变化吧。古格想到这里就回头一望。他们坐电梯出来的那栋高楼连影子没有了，几分钟前还在身后呢。

"古格，我忘了告诉你了，你最好别回头望。"

奇怪，爹爹没有回头看他，怎么知道自己在回头望那楼房？古格开始紧张地思考。当然，也可以说他什么都没想，他只是将神经绷得紧紧的在赶路。他又朝前看。前方一个人都没有，这条红黄色的泥巴路似乎是通向右边那个小山包的。那山包被人们劈开了，就那样裸露着，黄不黄，黑不黑的，要多难看有多难看。这条小路是人踩出来的，要是下雨可就难走了。古格心里七上八下的，猜测着爹爹会不会在那小山包脚下停下来休息。那可还有好长一段路啊。他去过乡下，知道乡下的路看起来很近，走起来没完没了。

天渐渐亮起来，越来越亮，要出大太阳了。古格希望在阳光的曝晒到来之前到达山脚下，这样，他和爹爹至少可以在山的阴面避一避炎热。他看见爹爹的背上已经湿透了，爹爹爱出汗。忽然，古格看见离得远远的右边有两个人影在移动。那边没有路，难道他们在田塍上走？古格怕爹爹说他东张西望，赶紧垂下头不看他们了。

"他们是那两个贼。"古叔头也不回地说。

"他们朝我们走来了。"

"那是因为我们太显眼了。如今这个时代，愿意长途跋涉的人越来越少了，他们对我们好奇呢。"

"一定是这样。"古格显出一本正经的表情。

"古格，我们得快一点。要是他们抢先到达了小山包，恐怕会有麻烦。这两个催命鬼，真是一丝一毫都不放松啊。"

古叔加快了脚步，古格紧紧地跟上。他们早已走出了田野，现在是在棉花地里穿行了。古格看见那两个人影也进了棉花地，现在看得清楚些了，一个穿黄色的上衣，一个穿深绿色的套装，衣服的式样很怪，古格很少看见那种式样。他们离得还有一段距离，但假若他们飞跑的话就可以追上父子俩。古格估计了一下，认为还得两个小时才能走到小山包。因为还要转一个弯，转了弯之后还有好长一段路。

就在父子俩埋头行路的时候，从棉花地里窜出来一个小老头。他扑通一声在古叔面前跪下，抱着古叔的两腿说："救命！"

古叔只好停住，将背上的大旅行包卸下来。

"您遇到危险了吗？"古叔问。

"比死还可怕。是我儿子要自杀，我害怕看见这种事。"

古格打量着小老头，他并不太老，肯定不到六十，只是满脸胡须而已。古格又朝棉花地里看了看，并没有看见这人的儿子。

"您的儿子打定主意了吗？"古叔又问。

"看起来是这样。应该是。"

小老头松开古叔，慢慢地站了起来。古格发现他的眼睛溜来溜去的，他要干什么？

"那么，您就跟我们走吧！"古叔大声说，手一挥。

"跟您走？那怎么行！我可受不了长途跋涉，我一受累就会病倒，我宁愿……"

他话还没说完就钻进棉花地，一会儿就看不见他了。

他们耽搁的这一会儿，那两个贼离他们很近了。古叔背起背包大踏步地赶路，古格则喘着气说：

"爹爹，我们跑吧，我们跑吧。"

父子俩开始小跑起来。跑了好一会，古格的心都跳到了喉咙里，他觉得自己要死了，就停了下来。古叔也停下来了，将大背包放在脚边。但那两个人并没有追上来，他们已经离得很远，成了两个小点，不仔细辨认还真以为他们消失了。古格很不好意思，他没想到自己这么不能吃苦耐劳，他以为自己可以一口气跑到小山脚下去呢。幸亏那两个家伙没追上来，他们好像早就停在原地了。

太阳很毒，父子俩都是汗如雨下。他们用毛巾揩汗，喝着水壶里的水。古格感到自己要虚脱了，他很羡慕爹爹。

"古格，你不打算上学了吗？"

"我们要外出很久吗？"古格终于问了这个问题。

"不知道。要看我那个老战友的安排。"

"他在哪里？"

"很远。"

他们又开始走了。古格担心着，又回头看了一下，没看到那两个人，也许他们在棉花地里休息。

终于来到了小山包背阴的那一面，这时已经是下午了。古叔拿出饼子，两人大口地吃着。古格想，他是昨天夜里出的门，在外面走了一个多小时，坐电梯，从电梯里一出来就到了清晨，他和爹爹两人都没睡觉，现在怎么一点也不困呢？他想问一下爹爹，但看见爹爹正在思考问题，眉间的竖纹堆起了一个三角形，他就没有开口。

"古格快闪开！！"

古叔用力推了儿子一把，古格跌倒在一个浅坑里，一块大石头狠狠地砸在地上，发出巨响。古格吓呆了，站都站不起来。他的脸紧紧地贴着潮湿的坑底。过了好一会古格才敢抬起头向外看。他看到了飞沙走石，都是从山上倾倒下来的。他连忙又将脸贴着坑底。心里想着自己一定会被砸中，不由得悲从中来。他觉得自己在哭，可又发不出声音。四周的轰响声太强烈，简直震耳欲聋。

正当古格焦急地转动着思维之际，四周忽又静下来了。

他站在坑里，看见了那一大堆泥土和石头，但是没看到爹爹。

"爹爹！爹爹啊！"他拼足了力大喊。

没有任何回应。难道爹爹被埋到那下面去了？古格的腿软了。他无意中看到了山上的那两个人，穿黄色上衣的那个家伙正在朝他看呢。古格想，这一堆泥土大得出奇，肯定不是那两个人弄得下来的。有可能是他们扳动了一个什么机关，制造了这一堆泥石流。古格看见自己的旅行包在那一堆的旁边，他的水壶已经从包里滚出来了。他走过去捡起旅行包和水壶，拧开水壶的盖子喝水。幸亏爹爹在他的包里放了干粮和水壶，要不，即使他记得回去的路，现在走回去也会要饿坏。古格对自己说："我可不是胆小鬼，我不愿回家。"

在这个地方，除了山上的那两个贼，谁也不能给他任何指导。他想知道的是：爹爹有没有出事？他该去哪里找他？按往常的经验，爹爹倒不一定就出事了。有那么几次，他的确突然丢下古格，从地面完全消失。每一次古格都是拼命寻找，然后他又从意想不到的地方出来了。

古叔坐了一天一夜的火车来到了京城。在火车上，他一次也没想到古格。这是因为他认为自己已经将古格带到了一个让他放心的地方，暂时用不着去管他了。古格这小孩的独立性是很强的，虽然很早失去了母亲，他倒是很会为自己打算的。就是说，他很少亏待自己。古叔透过火车的车窗看着那些熟悉的异乡景色，心中涌出欣慰之情。有多少年了啊，他在这条铁路线上来来去去，这是一趟给他带来生活兴趣的列车。虽然他不怎么爱同列车员和餐厅的服务员说话，但他一直在心中将这趟车当作他的第二个家。尤其是在夜半时分从卧铺车厢的窗口伸出头去，看见黑乎乎的平原的土地，有点点火光在土地上闪现时，古叔便会眯缝着眼，仿佛进入了希望的王国。

天亮时，列车员来收拾卧铺了。

"京城居然下大雨了。往年这个时候雨水是很少的。"小伙子突然说。

"啊，的确很少。"古叔困惑地应道。

后来青年就没有再说话。古叔闻到青年身上散发出来的干爽的气息，一种阳光下的槐树叶的气息，这是古叔所熟悉的。这位青年就代表了京城。他是不是在向他提示，京城正经历着某种大的变化？古叔瞭着窗外的蓝天白云，仍然止不住心跳。都这么多年了啊，当年恋爱时也不过就是这种感觉吧。

他提着行李下了火车，再坐公交车，一个多小时就到了那家熟悉的旅馆，看见了旅馆门口的万年青盆栽。他的两个同伙在那门口缩头缩脑的，一点职业派头都没有。古叔心里升起了怒气。他目不斜视，径直到柜台去登记房间。

柜台后面的女职员斜眼瞟着古叔说道：

"不用登记了嘛，为您在丽水胡同安排了住宿。您带雨伞了吗？那边正在下大雨。"

古叔心里想，明明是大晴天，为什么都说下雨？他走出旅馆时，他的那两个同伙便箭一般地跑过马路，消失在一栋大楼的门洞里了。古叔在脑海里回忆这两个同伙的名字，没能回想起来。

丽水胡同并不太远，但也得走半小时。好多年前，古叔在那胡同边上的一间平房里得到过一件不同凡响的礼物，是联络人送给他的。那联络人满脸长着茂盛的络腮胡须，比他年轻得多，古叔不知他为什么要送他那种礼物。他记得联络人问他有没有小孩，他说有个儿子，然后联络人就送了他那件礼物，似乎他是送给他儿子的，但又没说明。古叔回到家乡后，没将那礼物送给儿子，却随随便便地送给家乡的同伙了。这是他一贯的秉性。

古叔走到丽水胡同时，那人已经等在平房的门口了。联络人看上去老了好多，胡须也变得稀稀拉拉的，黄不黄白不白，往日的风度已消失殆尽。他俩一块进了屋，并排坐在那张矮床上，因为房里没有椅子。

古叔刚一坐下，立刻感到了联络人身上的活力。联络人虽然很瘦，但每动一下，结实的矮床就发出吱吱呀呀的声音，像在往下沉一样。于是古叔立刻记起了从前那些令人热血沸腾的夜晚行动。古叔虽有点激动，还是希望联络人离开，让他好好休息一下，他实在是累了。

"您来这里的路上没遇上大雨吗？"联络人问。

"多么奇怪，这么多人说起下雨的事，可我一路上阳光灿烂。"

"这里的气候变幻不定。"

他站起身，似乎要走了，可忽然又想起了什么。

"您必须将伞准备好，放在一伸手就可以够到的地方。"

"好，谢谢你。"

联络人一走古叔就躺下了。他盖的这床毯子散发着他每次闻到的金属气味，他在京城的夜间活动就弥漫着这种气味。他的头一挨上硬邦邦的枕头，就入梦了。

他是被雨浇醒的，房里到处都漏，根本没法躲。这时他才想到了雨伞，赶忙从包里取了出来撑开。天空中惊雷一个接一个炸开，外面十分黑暗。古叔就着闪电一看表，已是夜里十二点了。他还没吃饭呢，他的肠子在咕咕叫。可是这么个天气哪里有东西吃？

有人从门外冲进来了，举着伞。伞下面那张面孔古叔很熟悉，是从前的一名同伙。这名同伙穿着杂技演员的服装，连裤衣，上面缀满了亮片。他带来了浓烈的金属气味。

"联络人催逼得很紧，"他低声对古叔说，"我们出发吧。"

古叔忘了饥饿，和他一同走进雨中。

在不远的流星大道旁，古叔看见了吊在三十层高的玻璃幕墙上面的两名"蜘蛛人"。杂技演员热切地在他耳边说什么，雨下得狠，古叔听不清他的话，但心里明白他要他干什么，因为他看见了垂下的绳索。

"我从来没有登高的经历，从来！"古叔叫喊道。

杂技演员用力将古叔推进了这栋建筑的门里头，夺走了他的雨伞。

古叔所站的地方似乎是一楼的大堂，亮着一盏灯。他刚一抬头，一张巨大的黑幕布快速降了下来，将他罩在里面。那幕布很沉重，古叔动弹不得。他听到有人在旁边说话。似乎是两名"蜘蛛人"已经大功告成，正商量从哪张门出去为好。

"这里面是什么东西？"一个说。

"会有什么呢？空气罢了。"

说"空气"的那人朝古叔踢了一脚，正踢在他右颊上，他痛得发晕，口里流出了血。

"刚才登高时，你感到畏怯了吗？"

"那么多宝石在上面闪光，不容你心中有杂念。"

"我听说今夜有个倒霉鬼也来了，没赶上趟，不然他要分走一份。"

古叔听见他俩说着话走远了，好像是从边门出去了。他蹲在那里，捂着肿起来的右颊，心里后悔得不行。他弓着背，费力地朝一个方向爬，爬了好久，还是爬不出来。厚厚的夹了棉花的帷幕弄得古叔汗流浃背，他感到窒息。突然，一阵恐惧袭击了他，他担心自己会被闷死在这帷幕下面。古叔是个冷静的人，他停止了挣扎，开始判断自己此刻的处境。这个帷幕虽厚，里面应该还是有不少空气的，他应该节省利用空气，争取脱险。他思考了一会儿，决定采取打滚的方式朝一个方向推进。这一招很有效，大理石的地面很适宜于打滚。古叔滚呀滚的，居然产生了一种熟悉的感觉，他记起来自己到过这栋楼里。这件事发生在哪一年？是古格上小学一年级的时候吗？他感到他的滚动导致了空气的进入，窒息感消失了，他心里一阵欢乐，于是滚得更起劲了。现在，那帷幕已变得像一件披风一样，不但不阻碍他，还舒服地接触着他的皮肤呢！他变得轻松了，他的思维流动着，他想到这栋楼三楼的一个房间里，挂满了美丽的京剧脸谱，每一张脸谱其实都是一个活人，一个他古叔内心渴望着的、高尚的人；而在八楼的一个房间里，有着巨大的玻璃金鱼缸，里面游动着小型热带鱼；十楼的那个房间就是宝石收藏室了——古叔刚想到这里就滚出了帷幕。

大堂里空空荡荡的，古叔踩着幕布向那张门走去，他尽量不走得太快，免得被人当作盗贼。有人推开门进来了，是联络人熟悉的身影。

"您没带雨伞吗？"他问道，"外面的雨那么大！"

他走拢来了，一点都不好奇地踩着那块幕布，他带来了令古叔振奋的金属气味。在幽暗的光线中，古叔看见了他手中的小纸盒。

"这里面是竹叶青小蛇，剧毒，不要打开盒盖，永远不要。"

他声音含糊，古叔看着他的口型猜出了这句话。奇怪的是他说完之后并没有将纸盒交给古叔，而是自己拿着它上楼去了。

古叔想，他的盗窃生活就从这栋大楼里开始了。

他首先来到二楼，凭着记忆中模糊的标志推开了那张门。

办公桌旁坐着年轻的学生模样的人，那人有点吃惊地看着他。古叔的目光在墙上扫了一圈，没有看到一个京剧脸谱。

"真可怕。"青年说，"楼里要出事。可是夜里已经出过事了，现在已经是早晨，还会坏到哪里去呢？大叔您说对吗？"

"可是我还惦记着一件东西，请你将它给我吧。"古叔轻声说。

青年拉开底下的一个抽屉，递给古叔那把湿淋淋的雨伞，朝他谄媚地一笑，说：

"您的朋友，搬走了半座楼的收藏。"

古叔拿了冰冷的雨伞，心里想，他惦记的并不是这把雨伞，他惦记的东西是一个卷烟机，有浓浓的金属气味，可这把雨伞的确是他自己的雨伞，应该是杂技演员交给他的。古叔拉开椅子在桌旁坐下来。

古叔看着窗外的雨说：

"下雨之前，所有的人都能看出迹象来吗？"

"是啊，这是京城的风俗，您不见怪吧？"

"当然不！"

青年低下头在抄写什么东西。古叔继续观雨。那密密麻麻的雨丝在古叔的视野里渐渐构成了一个复杂的图案，风将雨里头的金属味吹进房间，古叔闻见后胸中激情高涨。

"我这就到八楼去。"古叔站起来说。

"八楼那间房里有点小乱子，您最好从消防梯走上去。"

古叔带上身后的房门时，听见一个陌生的声音在房里发出惊叫，但他觉得自己不便再返回去了。他找到消防梯，上到了八楼。

所有的房门都是一模一样。他去推门，推不开。换一张门，还是推不开，又换一张……全都关得紧紧的。这里真的出了乱子吗？他的同伙已经在这些房间里打劫过了吗？古叔突然感到自己的模样很可笑——拿着一把湿雨伞挨个推这些紧闭的房门。

走廊里响起了脚步声，古叔想，会不会是联络人？

出现的不是联络人，是一个小孩子，十岁左右。

"您在找那些蛇吗？我知道它们在哪里。"他说。

"你可以带我去吗？"古叔和蔼地问他。

"当然可以。不过您见不到它们，它们在顶楼。您跟我来吧。"

他俩一块坐电梯时，男孩在古叔身上摸来摸去的，他说担心古叔身上有武器，那样的话就很不好。他没有说明为什么不好。

顶楼是封闭的玻璃圆顶，有一些向内开的玻璃门，古叔估计蜘蛛人就是从这些门进来的。雨已经停了，古叔站在这个水晶宫一般的处所，立刻变得心神恍惚，将小男孩都忘了。他拼命抑制着要往下跳的冲动。当他终于安静下来时，发现男孩已不在了。他必须马上离开这里，这是个要将人逼疯的场所。

古叔快步逃出圆形大厅，他看见一个背影钻进了电梯间。那不是联络人吗？联络人是在跟踪他，还是自己在这楼里面找乐子？在古叔右边的窗台上放着那个纸盒，就是联络人先前装小蛇的盒子。

246

古叔想起了联络人的话，就不敢打开盒盖。盒子的侧面有一个洞，古叔弯下身子往那盒子里一瞧，老天爷，那里头是颗钻石，而且是真货！古叔凭多年的经验知道那是真货色。他立刻就感到了这是一个陷阱，于是马上就往消防通道跑。

消防通道里响起他急促的脚步声。他每下两层楼又进入大楼从走廊跑过去，将房间抛在身后，再进入消防梯。他要甩掉看不见的跟踪者。后来他忽然发现自己进入了鬼气森森的十楼。十楼的房间全敞开着门，他看到一些白发女人坐在空房间里。"席卷一空"这几个字出现在他脑海里。有一个女人在向他招手，他迟疑了一下便进了房间。他的脚步声在房间里产生出回音。三个女人中的一个问他：

"您要不要拿些东西走？您可以随便拿，因为您是贵客。拿还是不拿由您决定。我们有包装好了的，是礼品包装。"

三个黑脸白发的女人都长得像眼镜蛇，她们紧张地盯着他。

"不。"古叔坚定地说。

他觉得有人正用枪瞄准自己。他硬着头皮等待那一刻。

"那人来过了吗？"古叔问。

"什么人？"还是同一个女人说话，"我们这里总有人来来往往，算不了稀奇事。您到底拿还是不拿？"

"不。"

三个女人霍地一下站了起来，鄙夷地转身，通过一个小门走到隔壁房里去了。在她们离开的那块地方，五条绿色的小毒蛇在地板上昂着头，仿佛要向古叔诉说什么。古叔紧紧地抓着雨伞，雨伞成了他护身的武器。他一步步后退，那五条竹叶青紧逼过来，凶相毕露。他退到了门边，猛地一下冲出去，死命地奔跑。

古叔脱离危险后才想起来这个问题：为什么毒蛇没有袭击到他？当然，不会是因为他的雨伞。那么是因为什么？这几条蛇是女人们用昂贵的钻石从联络人手中换来的吗？古叔想起多年前的一个深秋的夜里，他在联络人家里与他一道清算团体的资产时所看到的事。当时联系人的父亲也在家里，他正在用许许多多一分的纸币叠成一艘巨大的海轮，那艘船已经完成了一大半，占据了半个桌子。每隔十几分钟他就叫联络人过去帮忙。他一叫，联络人就扔下手中的工作跑过去。联络人偷偷地告诉古叔说，他父亲最多还能活一个星期，所以他要加紧娱乐。那天夜里外面狂风大作，雨下得很猛。古叔在联络人家中那巨大的铜柱子床上合不拢眼。到了下半夜，那患绝症的老头来到他床边，用冰冷的手在他脸上抚摸了几下，给古叔的感觉像是几条小蛇从他脸上爬过去。很有可能，这几条竹叶青是联络人长年养在家中的宠物。显然，在这栋大楼里联络人不愿同他一块行动。这次来京城，他的同伙们暗示了他：他必须单独行动。而且他的单独行动受到了联络人的催逼。以前也有过这种情形，但并没有逼得这么紧，像在身后举枪瞄准他一样。

古叔离开了十楼。他在确信自己甩掉了尾巴之后，便坐在消防楼梯上休息了。有人上楼来了，是杂技演员。他递给古叔一个布包，里头包着三个白面包子。他眼神忧郁地看着古叔狼吞虎咽，像看着临刑的死刑犯一样。古叔很愤怒。

"你是不是已经看到我的结局了？"他追问杂技演员。

"结局是看不清的，谁能看见？"他冷笑一声。

古叔泄了气，垂下头咕噜了一句："外面又下雨了。"

杂技演员跪下来，凑在古叔耳边低语道：

"你知道吗，联络人在这楼里所做的事都是为了他的老父亲！他可是个孝子啊。有其父必有其子。"

"真的?!"古叔的声音颤抖起来了，"好多年以前我见过他父亲，那时他就快死了，是绝症啊。"

"你说得没错，可他还活着。你想想看，他的那艘海轮还没有完工，他怎么能去死？"

"难道那是一件永远做不完的工作吗？"

"对，那是一件理想的工作。"

古叔注意到，当这位同伙用轻柔的声音说出"理想的工作"几个字时，他脸上就出现一种甜蜜的笑容，而之前，这张脸是多么阴沉！

"那么，联络人在这楼里要为他父亲干什么？我们的人不是已经盗走了大批财物吗？我听见他们顺利离开了。"

"我想这是个秘密吧。"

杂技演员忧郁地站起来，从古叔身旁擦过，上楼去了。

雨点打在外墙上，是暴雨，古叔听得清清楚楚。他想象中出现了一只纸币叠成的巨大海轮，铺天盖地地朝他压下来，那东西比先前大堂上空降下的黑幕布还要大，而且在空中发出金属的响声。他为自己的想象吓坏了，赶紧站了起来。

古叔从消防梯下到了一楼。他想从一个边门跑出去，可是从那张门外跑进来的小男孩一头撞到他怀里，他被撞得坐在了地上。

"我是守在门口的。"男孩说，"您已经看到过蛇了，您身上又没带武器，您怎么可以从这里出去？您出去的话，走不了多远的。"

"你是为你爷爷的海轮守在这里的吗？"

"哼，算您猜对了。您为什么要猜这种事？"

"因为这也是我的事嘛。海就在顶楼上，对吗？"

"幸亏您没带武器，带武器的那些人都完蛋了。"男孩不搭理他的问题。

古叔打消了跑出去的念头，在他的脑子里，一些线索理出了一点头绪。他瞅着男孩钻进地下室通道的背影，他想起了海上那些枯燥的日子。那个时候，他是多么年轻啊。日后，那些枯燥的日子便在他的回忆中具有了神奇的魅力。刚才在顶楼那个水晶宫里，他是不是误认为自己回到了海的怀抱？折纸币海轮的老爷子，此刻大概正通过他的儿子和孙子在大楼里漫游？这楼里应有尽有，有的人得到钻石，有的人得到造梦的道具，有的人得到真实的允诺。大概一走出楼门，一切都会丧失掉。古叔背靠着墙坐在地上，想象自己变成了老爷子。

古叔于蒙眬中感到有数条小蛇从他脖子上爬过去。他不敢挪动，却醒来了。原来是那小孩在他脖子上摸索，他那冰冷的手多么像他爷爷的手啊，连动作也一模一样。

"他是你亲爷爷吗？"古叔笑着问他。

"不是。我爸爸也不是亲爸爸。我们的联系是精神上的。"

他用小大人的口气说话，眼里流露出一闪一闪的凶光。

古叔打了个冷噤。

"你爷爷的海轮什么时候可以完工呢？"他问。

男孩突然尖叫起来：

"不准您提我爷爷的工作！！"

他跑开去，跑得看不见了。古叔陷入了恍惚之中。他从他坐的地方向前方望去，看见厅堂中的两根圆柱都呈现出 20 度的倾斜，楼上传来隆隆响声。古叔被这奇怪的情景所吸引，他不愿离开，于是坐在原地不动。他想，完全有可能是他出现了幻觉。他的背被一个东西硌得很疼，他伸手往背后一捞，捞到了他眼熟的那颗钻石。钻石怎么会粘在墙壁上的呢？此刻它在他手中，闪耀着纯洁无辜的光芒。古叔将钻石遗弃在脚边的地上，他要走出大楼了。

外面刮着风，天空很蓝很高，雨伞用不上了。他回转身朝那片玻璃幕墙望去，看见那上方居然挂了一个小孩，那是联络人的儿子，一动不动地吊在绳索上，好像睡着了一样。他会不会已经死了？古叔多看了两眼眼就花了。他低下头匆匆赶路。他必须马上回到平房里去，将那些被雨弄湿了的垫被和毯子拿到外面晒干。

他刚走到丽水胡同的胡同口，就看见了联络人那落寞的身影。

他已经苍老得不像样子了，眼神慌乱。

"他已经完蛋了吗？"他朝古叔嚷嚷道。

"不，他还活着。"

"老爷子的海轮就要完工了，这件事刺激了我儿子，所以他决心单独行动了。如今的小孩啊，您能懂得他们的心吗？"

"我也不能。"古叔说，想起了他的古格。

古叔进屋去拿被子出来晒，他发现被子已经晒好了，蓬蓬松松地铺在床上，散发出阳光的味道。他听到联络人在屋外说话。

"是我家老爷子吩咐我帮您晒好的。他说您一个异乡人，在京城这种险恶的地方该会有多么困难。"

联络人在朝远处张望，古叔觉得自己有义务告诉他关于他儿子的事。

"你的儿子挂在幕墙的绳索上呢。"

"啊，您看清楚了吗？"

"的确是他啊。"

"那么我就放心了。这说明他从楼里出来了。如果是在楼里，我和老爷子两个人都不得安宁。"

"为什么呢？"

"他好奇心太大，最喜欢钻陷阱。"

联络人一边说一边渐行渐远了。古叔回忆起同这个人多年的交往，眼里涌出了泪。他并不爱这个人，可是他同他之间的关系难道能用一个普通的"爱"字来形容吗？在那种铁血的夜里，在厮杀中，他俩的汗水都流到了一块，有时竟会分不清是自己还是他在垂死挣扎。还有他那奇异的、长生不老的父亲，不像活人，倒像从地下挖出的兵马俑。每次他从家乡到京城来，都是这个人为自己接风。他对他的态度，就好像不论他俩见不见面，他都对他的情况了如指掌一样。

古叔满足地睡在有阳光味儿的被褥里头，一会儿就入梦了。他梦见了古格，古格吊在玻璃幕墙的绳索上，兴奋地荡动着。古叔看见他在张嘴说话，但完全听不见他的声音。古叔就对自己说："古格已经实现了他的心愿，这有多么好！"古叔一说出声就醒来了。

外面又黑了，难道他睡了很长时间？他记起了同联络人的约会，一看时间已经过了，于是连忙洗了一把脸，用木梳梳了几下头发，拿过雨伞匆匆出门。在昏暗的胡同里，他听到有人在笑，这里总是这样的。胡同里唯一的一盏路灯下，有个人在往灯杆上贴小广告。他夸张地跳起老高，将那小广告贴在上方。古叔经过他，然后马上又没入了黑暗中。在黑地里走路真是惬意，就像回到了从前某段生活中一样。

联络人的家很快就到了，他推开虚掩的门进去，看见了坐在昏暗灯光下面的老爷子。老爷子的相貌没什么变化，根本不像患过绝症的人。联络人手中拿着账簿，正在对账。古叔用目光将房内扫荡了一遍，并没有看到那艘海轮。再打量老爷子的神情，感到他分外镇定。

老爷子摇摇晃晃地站起来了，他在缓缓地向房间后部的暗处移动。这时古叔才注意到那后面有一架楼梯。原来这房子不是平房，是两层楼房，以前他忽略了这一点。

"要不要我来搀扶爷爷？"古叔问联络人。

"不，不要。那上面是他的独立王国。"

过了好一会，估计老爷子已经在楼上安顿好自己了，联络人才放下手里的账本，对古叔说：

"老爷子在等死了，这一回是真的，他真幸福啊。"

"他将海轮搬上楼去了吗？"

"海轮？您认为这里有一艘海轮？"

"是啊，这是真实的事。那时你常帮你父亲做折叠工作。"

"不，您的记忆并不真实。我的父亲是有坚定的信念的人，他从来不用道具。也许……"

楼上发出响声，好像什么重物倒下来了。古叔同联络人一齐将目光停留在天花板那里。但天花板的那一块光线很暗，什么也分辨不出来，这更使得古叔感到房里的阴冷。他想到下午的时候，他睡在联络人帮他晒得蓬蓬松松的被褥里头，那时他多么振奋，他甚至设想了一个在京城定居下来，夜夜与联络人一道去那些古代皇宫里探秘的计划呢！联络人给他的感觉总是这样，一会儿体贴入微，一会儿拒人于千里之外。

"那么，您认为这里有过一艘海轮？"联络人继续先前的问题。

"当时我和你坐在这里对账，老爷子坐在那边的桌旁——先前那里有张大方桌，海轮那么大，占据了大半张桌子。那么大的东西，全部由一分的新纸币叠成，该需要多少纸币啊。啊，请原谅，当时我想，你的父亲一定是一位狂人。我问你一个问题：他是从海上退休回来的吗？"

"恰好相反，他一辈子也没有见过海。"

联络人回答问题的口气是嘲弄的，古叔拿不准他是不是嘲弄他，或许他竟是嘲弄他自己？对这种可能性的猜测使得古叔的思维变得模糊了，他的呼吸急促起来。

"原来是这样啊。"古叔费力地说。

"我理解老爷子，我同父亲共享过美景，就在这间房里。"

"我完全相信。像他那样正直，隐忍，克己……"

古叔的话没有说完，因为老爷子从楼梯上摔下来了。

他一动不动地蜷缩在楼梯下，并不发出呻吟。

联络人弯下身将父亲抱起来。老人的身体变得小小的，那么轻，联络人毫不费力地就将他放到床上去了。他为他盖好被子后，老人就像完全从房间里消失了一样。古叔记得，当老人被儿子抱着经过他身边时，老人那紧闭的双眼突然张开了，他盯了古叔一眼，好像在笑。

"他是摔不坏的，他的身体对摔打已经没有感觉了。我担心的是儿子，他不应该这么小就开始闯荡。"

"你的儿子完全不会有问题，他老于世故。"古叔安慰他。

"他老于世故？他？？"

联络人突然爆发出大笑，刺耳的笑声使得古叔很不自在。古叔的神经突然松弛下来了，他很想上床睡觉了。他知道后面那间房里有一张大床，床的两头立着漂亮的铜柱子。联络人会不会安排他去后面房里休息呢？但是联络人并不想休息，他邀古叔外出喝酒。

他俩并肩走在黑乎乎的小街上。古叔还没喝酒就已经有点醉意了，他还感到了一点饥饿。他听见联络人说："到了。"古叔环顾周围，并没有看到什么酒馆。这是怎么回事？没容他细想，联络人就一把将他推进路旁的一张门里。

"来碗米酒还是白酒？"

古叔听到老板在问他，但他看不见他。他谁也看不见，房里似乎有灯光，但不知那盏灯在哪里。联络人和那老板脸上都蒙着一层水雾，旁边好像还有其他顾客，但更加看不清。

酒碗递到了古叔手中，他喝了一口，感到精神大振。联络人让他吃些牛肉，他吃了两大块。就在这时他听到了哭声，一男一女。

"是谁？"古叔问联络人。

"喜极而悲。他俩是我的邻居，喜极而悲。难道您，在这趟出行中没有遇到令您欢喜的事？"联络人说。

古叔在酒精的刺激下鲜明地回想起联络人家里的老爷子：他的海轮，他的信念，他那能够吓退死亡的境界。一阵奇异的欢乐从古叔的心底升起。那一男一女的哭声停止了。

"有。你的父亲。"古叔回答联络人说。

"嗯，我料到了。他也是您的父亲。"

他俩将白酒喝完了，联络人让古叔将耳朵贴着墙，古叔就听到了滴溜滴溜的声音，是许许多多的玻璃球或小瓷球从一个装置里流出的响声。古叔听得眉开眼笑。

"我有点想家了。"古叔说，从桌旁站了起来。

"多么美。我刚才看见我儿子从窗前走过去了。"

"你的眼力太好了，可我在这个屋子里什么都看不见。"

"那是因为您还没有习惯。"

他俩搀扶着往联络人家里走，东倒西歪。

"爹爹！爹爹！"

联络人的儿子在叫他。在古叔听来，那几乎同古格的声音一模一样。他在心里感叹："有个儿子真好啊。"

古格决心去询问那两个人。山不算太陡，但根本没有路，古格手脚并用地朝上爬。这时他又听到了隆隆声，好像又要发生山崩了。然而却没有。他同那两人离得很近了，他们正在抽烟，看到古格就主动朝他走来。

"如果你能告诉我们你爹爹上哪儿去了，我就把这个弹子机送给你。"

穿古怪绿色套装的汉子将弹子机放在地上，摇动手柄，许多彩色玻璃球从那里面流出来，流得满地都是。古格转到弹子机后面去查看，也没看出什么奥秘来，就是一个小小的金属盒子而已。流出的玻璃球已覆盖了很大一片地面，古格感到毛骨悚然。

"说！他在哪里？"

"我爹爹，应该就在附近吧。"古格犹豫地说。

"嗯，有道理。给你这个，你敢要吗?"

汉子用力摇了几下，玻璃球堆了起来。将古格的脚面都盖住了。

"我不要。"古格说。

"好小子，有志气。坐在这石头上听我讲你爹的故事吧。"

穿黄衣服的那一个用双手将古格的肩膀用力一按，古格就坐下去了。那人从古格的背包里掏了两个饼子出来吃。

"你听着，小家伙，我告诉你，你爹爹也是一名盗贼。"穿绿套装的汉子说完这句话就停下来，似笑非笑地看古格的反应。

"哦，是吗?"古格轻描淡写地问道。

"你想想看，他没有任何工作，如果不做贼，你们怎么能维持生活?我们几乎什么都偷，大的小的，贵的贱的全都要。人一干上我们这一行就会变得疯狂。你爹比较笨，所以他老是很穷。他越是穷，就越是疯狂。我们都在省里面偷，他却偷到外省去了，甚至还到了京城。他到京城那一回，我们私下里嘀咕，担心他要遇难。可是他，这个笨手，居然带回了这台魔术弹子机!他当着我们两个的面表演，把我们吓呆了!从那以后，我们就一心想偷他的弹子机。后来终于得手。你爹爹失去了他的宝贝之后，一直在找我们。"

古格皱着眉头听汉子胡扯，他心里想的是："爹爹倒真是没有工作，这些年他是如何赚钱的呢?"

"现在我们两个有了弹子机，生活不成问题了。可是小家伙，你没感觉到你爹一直在找他失去的东西吗?”黄衣汉子拍着古格的肩问道。

“我爹是在找他失去的东西。”古格镇定地说。

“好!好!”绿衣汉子笑起来，“你是个诚实的小孩!我们相信你爹是不会走远的，因为他的事业就在这一带嘛。你大概早看出来了，他是一个有远大目标的人，不像我们这种垃圾。你瞧，棉花地里那家伙发狂了，他在搞破坏!”

古格朝远处的棉花地里望去，并没发现有人。有种希望隐隐地在古格心中蠕动，他无端地觉得爹爹有可能在这附近。那两个人说得对，爹爹应该没走远。可是古格的包里已经没有吃的东西了，要想空着肚子走回去是很困难的。他恨这两个贼。

“叔叔，我去同我爹爹说，要他放弃弹子机。你们能给我一些吃的东西吗?我想快点回家去。”

“哈，他要回家!”穿黄衣的汉子说，“他想来就来，想走就走，他对他爹爹的事业不感兴趣!现在小孩到底是怎么啦?我们那个时代，爹爹的事业就是自己的事业。”

绿衣汉子拍了拍古格的脸颊，说:

“你在这里等，看守这台弹子机，我们下山去弄吃的来。”

“你们不怕我偷走它吗?”

“怕什么呢，这荒山野地里，料你也走不远。再说，这东西本来就是你爹爹的嘛，你说是不是?”他说话时还朝古格挤了挤眼。

他们不是正常地下山，而是骑在崩溃的大股泥石流上溜下去的。古格看见他俩一眨眼工夫就下去了，接着灰雾就遮蔽了他们的身影。古格右边的山体缺掉了一块。

　　古格坐在那里，看着那台弹子机，不由自主地用手触了一下那手柄，立刻有一大堆玻璃球流了出来。他吓得跳起来，离它远一点。他完全没有对付这种异物的经验，所以决定还是躲开为好。他绕着山走，一边走一边希望碰见爹爹。他相信爹爹不会长时间扔下他不管，至少在他记忆中还从来没有过这种事。刚才那家伙向他挤眼，是向他挑战呢。他可不想摆弄这种魔鬼机器，他也不相信这是他爹爹的财物。慢慢地他就走不过去了，一块大石头拦住了去路。低头一瞧，居然是笔陡的悬崖，只有一条悬空的石头搭成一处石桥是他的退路，而他立足的地面比一张饭桌还小。有人在下面喊他的名字，那声音很像棉花地里的那老头。

　　"古格，你可要打定主意啊！"

　　古格看了看眼前这细长的石桥，他打不定主意要不要过桥。正在犹豫间，他脚下踩到了一个东西，一屁股坐了下去。古格用手抓到那东西，举起来一看，是一个更小的弹子机，只有先前那个四分之一那么大。他碰着了摇杆，于是从弹子机的出口掉出一个细长的东西。捡起来一看，是一支秀气的万花筒。古格朝万花筒里面看去，看见爹爹在远处的棉花地里向他招手。

　　"爹爹！我要回家！"古格喊道。

　　爹爹拼命摇手，很不高兴的样子，然后就消失在棉花地里了。

古格再一看，万花筒里头空空的。他摇一摇弹子机，弹子机里头也是什么都没有，一个塑料空壳罢了。抬眼一望，悬空的石桥上坐着棉花地里遇见的小老头，两腿晃荡着，十分危险的样子。

"我儿子要自杀。"他边说边讨好地向古格笑着。

"他打定主意了吗？"

"当然还没有。你没看见我正在体验他的境界吗？"

"如果我送他一架魔术弹子机，一摇就自动出弹子那种，他会打消自杀的念头吗？"

"也许吧。那东西在哪里？"

古格一兴奋，就忘记了害怕。他站起来稳稳地走过了石桥，没有朝下面的深渊看一眼。老头是横着走路的，有点像螃蟹。他俩来到了那一大堆弹子旁，那机器仿佛虎视眈眈地看着他们。老头显得异常兴奋，抓住弹子机的摇杆用力摇，那些弹子很快将他埋起来了，只留上半身在外面。小小玻璃球就像有黏性似的，围绕他堆出一个锥形坟墓。古格离得远远的，看着玻璃球快要埋到他的脖子了。老头气喘吁吁地说：

"你快去，去下河街23号叫我儿子到这里来！"

古格拔腿就跑，他的腿脚变得非常灵便，肚子也不饿了，健步如飞地下山，几乎毫不费力。

古格边跑边想，原来多多是想要他救人一命啊！他跑得更快了，什么都不想地跑。

他跑到了下河街 23 号，推门进去，看见了那个壮实的小伙子。小伙子站在一张木凳上，正在将脖子放进一个粗绳圈套。他根本不关注古格的闯入，将自己的脖子脱出来又放进去，脱出来又放进去，对这个动作上了瘾似的。

"你爹爹在那边山上，那里有更好好玩的！"古格涨红了脸说，"你爹爹叫你马上过去，去晚了他就死了！"

"是真的吗？"小伙子阴沉地说，"要我去山上的老地方？那里有更好玩的？比这还好玩？"

古格拼命点头。小伙子"嗨"了一声就从凳子上跳下来，冲到外面去了。房子里，从梁上悬下来的绳套阴森地晃动着。桌子上放着一张很大的饼，古格抓起来就吃，一边吃一边向外走。饼刚吃完，古格突然想起了一件事。他返回到 23 号房内，站在那里打量那静止在空中的圈套。他登上木凳，将脑袋伸进那圈套。这时他听到爹爹的声音从遥远的处所传来。

"古格，这里有更好玩的——古格！你不要错过了啊！"

古格兴奋得全身被一股热流穿过，那真是爹爹！

他从凳子上下来，走出门，朝自己家里走去。

他在路上遇见了街坊邻居。他见人就问：

"请问，您看见我爹爹了吗？"

有一位大叔告诉他，说在火车上看见了古叔，他去京城了。

古格用钥匙开了房门，进了屋，这才想起背包被他弄丢了。他又想起爹爹将一些钱塞进床底下的旧跑鞋里头了。古格从床底下找出那只鞋，将钱掏出来放进钱包。他出了门，到饭铺里去吃饭。

在饭铺里，邻家胡老太笑眯眯地对古格说：

"古格啊，你越长越像你爹了！"

古格心中一惊，他想，胡老太不会在影射自己是一名贼吧？

他偷眼看老太，发现她的笑容确实暧昧。

古格要了猪肝，油菜，还有一大碗米饭。他吃得满头大汗。

太阳从城市上空落下去时，古格在他的小房间里睡着了。他临睡前希望自己梦见爹爹，可是他的梦里只有许多黑色的树丫。那些树丫让他睡得很放心，他夜里一次都没有醒来。

2012.12.5　北京金榜园

煤的秘密

一

我们这里是林区，地下到处都是煤。我们守着这大笔财富，生活却实在过得清苦——整个春天吃不上米饭，只能喝番薯汤，我们连番薯皮都要吃掉。周围这几个大的村庄都是这样的。但一说起煤，每个人脸上都会大放光彩。

家里烧饭烧到半途，母亲高声叫唤起来：

"二保啊，去后面撮点煤来！"

她不说"挖"，说"撮"，因为用不着挖。

我挑着箩筐，拿着小耙子去了坡边。那坡是一座煤坡，大家都在那里取煤。

每家都是地灶，灶眼特别大，像脸盆那么大。既然生活在煤山下，烧起火来就特别有气势。冬天夜里我们都不点灯，将火烧得旺旺的，整个房里都照得红彤彤，亮堂堂。坐在火边的宽凳上多惬意，可惜饥肠辘辘，就啃一点烤萝卜片充饥。我和妹妹青香特别喜

264

欢朝那变幻万端的火眼里看，那么多令人振奋的景象，可比万花筒好看多了。青香瞌睡沉沉地问我，要是煤山全部烧起来了，我们跑不跑？没等我想出回答的话，她就在宽凳上睡着了。而我，为这巨大的问题所震惊，以小孩子的脑力努力思考问题的种种解决办法。

穷苦的原因是因为苛捐杂税很重，种出来的粮食大部分都被收走了，剩下的那点根本不够村里人吃。但我们大家并没有"苦熬"的感觉。想一想，应该是因为煤。那么多的煤，随便烧，取之不尽，用之不竭！我们还能不满足吗？听说那几个大城市里每年冬天都要冻死一些人。那可怕的传说使得我们每个人用夹衣裹紧自己瘪瘪的肚子——我们冬天没有棉衣穿，只有一件夹衣。

"有了煤，这日子就过得下去了。"爹爹半闭着眼说，吐了一口烟。

我，青香，还有木香都一声不响，我们暗暗地消化着他的这句话，想象着"日子过不下去"的那种惨状。

过了一会儿，木香告诉我说，有两个外乡人为争煤打起来了，他们用独轮车推走了两大筐。这可是爆炸性的消息啊，他们为什么要争？这里遍地是煤啊。

我们开始深思这件事。多少年都已经过去了，我们从未见到外乡人到我们这里来拖煤，是一种什么东西在保护着此地的物产？我们太嫩，想不通这种问题。但思考令我们的性情变得深沉了。木香表示，如果下次有外乡人来，她就要去同他们攀谈。木香比我大两岁，她应该是具有那种勇气的。

有一天下午我和木香进山了，我们去采那种上等的块煤，那种烧起来特别有劲道的货色。即使是优质块煤，方圆百十里的人们也知道，它们是采不完的，因为它们实在是太多了，好几座山都遍布着它们，刨去一点点表皮就露出来了，没人说得出是怎么回事。听说外省有开采煤矿的矿井，但我们从未见过。在我们这里，整座山全是煤，你需要时去挑回来就是，打矿井不是多此一举吗？

我和木香来到熟悉的处所，就开始将亮闪闪的块煤往箩筐里扔。扔到有大半筐时，木香停下来朝我做了一个手势，说：

"二保，你听到了吗？"

我什么都没听到。可她说外乡人又来了。

我将四周看了又看，没有发现任何人的影子。于是我低下头继续选煤。

然而我肩膀上被人拍了一下。他们这么快就到了面前！像从天上降下来的一样。他们是两个矮小结实的汉子，一人一辆独轮车。其中一位自我介绍说他们来自湖区，他们那里最缺的就是煤。

"我们将煤运到附近的镇上，那里停着一辆卡车。"

另一位年纪大一点的这样告诉我和木香，他好像满腹心事。

"你们怎么不多来一些人运煤？"木香问他们。

听了木香的问题，两人都刺耳地笑起来，露出黑牙齿。

"山区的人，考虑问题同我们太不一样了。"年轻一点的那位说。

"会打起来，打死人，对吧？"木香进一步问道。

"算你猜对了。"年纪轻一点的那位严肃地说。

两个汉子交换了一下眼光，推着空车飞快地离开了。

这是怎么回事呢？木香后悔不迭，反反复复地说：

"我真是个没脑子的人啊，我不应该说出那种事……"

我们走一走，歇一歇，将两担块煤挑回了家。爹爹笑逐颜
开，说：

"我还担心你们出事呢，差点要去山里接你们了。外乡人没欺
负你们吧？"

"没有啊！"我和木香异口同声地说。

"他们两个人相互打，打破了头，他们运走满满一卡车煤！"

我和木香听了后心里都在想，那是肯定的，冬天快来了啊。我
俩会意地笑了笑。木香的笑却像苦笑，大概她还在后悔自己当时的
多嘴。在我们本地，没人会愿意将老乡之间的不和泄露出去，可能
湖区的人也是一样吧。

晚间，我们坐在灶边烤萝卜片吃，看那艳丽的块煤变幻着色
彩。我突然听到木香在嘀咕："打起来，会不会打死人？"我的姐姐
心事真重啊。

妈妈从炉膛底下拨出一只大番薯，我和青香欢呼起来。但木香
不为所动，她好像中了邪似的。妈妈悄悄地对我们说，木香说不定
在想出嫁的事了呢。然而我觉得一点都不像那种事，因为木香告诉

过我，她两次见到的是不同的外乡人。她只是对家乡以外的事有好奇心罢了，她是那种喜欢对所有的事都要深思熟虑，弄个水落石出的女孩，我认为她在家乡人当中出类拔萃。

火苗欢快地跳跃着，我眼前老是浮现出那两个外乡人的样子，他们太特殊了。我甚至想，他们也许是强盗一类的家伙，是来我们的煤山点火的。青香不是也担心煤山会烧起来吗？这是不是某种预兆？不过此刻青香正在啃番薯，一副蠢样子，她会有什么预兆呢？

青香又睡着了。木香瞪着一双大眼注视着灶眼，我知道她的念头离不开外乡人和煤山。她在苦思苦想，我觉得她在想一些恐怖而又诱人的事。

夜渐深了，爹爹停止了抽烟，叹了一口气，说：

"女大爹难当啊。"

他起身去了里屋。

青香受了惊吓一般，一蹦就起来了，她撞撞跌跌地往自己的卧室走去。

木香轻轻地笑，她站起来留火。我同她像两个密谋者一样，不时会意地点点头。我决心追随我姐姐，因为我也为同样的事所吸引，但我还不清楚那是什么事。我只知道，追随木香就会接近那种事。火已经留好了，只剩下一个洞眼蹿出蓝色的火苗，像要对我们讲述块煤的故事一样。我听到了木香在心里叹息："这些煤啊。"我将她的叹息说了出来。

黑暗中，我发现她的头部消失了，她的身体移向门外。

"二保，我先去睡了。"她的声音在外面堂屋里轻轻响起。

我一点瞌睡都没有，就走到堂屋里，看着地上的月光发愣。突然听到爹爹在我背后讲话，吓了我一跳。

"你们都大了，都可以自行其是了。"爹爹的声音有点怪。

他是什么意思呢？是赌气吗？也不像。

"爹爹，我们的煤，挖得完吗？"我小心谨慎地问。

"怎么可能呢？"他责备地说，"族谱上说我们有 40 代人住在这里了，旁边那几个村子历史更长。可是据我爷爷说，这煤山还长高了。煤是挖不完的，等你成年了就知道这一点了。"

他突然打了一个哈欠，说要睡觉了，就进去了。

我看见水缸旁边蹲着一个黑影。他站起来了，啊，是那外乡人！是年纪老一点的那一位。他走拢来。

"二保啊，"他说，他的口气就好像是我的亲戚一样。"今天我本应跟卡车一起回去的，我却留下来了。不知怎么我就是想留在你们村里。"

"您是想同煤待在一块，对吧？"我说。

"这是一个原因吧。另外一个原因是厌烦了同人打架，我怕死。"

"您不怕饥饿吗？"我自作聪明地问。

"我当然怕饥饿。会到什么程度呢？"他凑近我诚恳地问道。

"会到——会到想死的程度。"

"真的吗？"他一把抓住我的肩头。

他的口里喷出老年人的气味，我厌恶地甩脱了他的手。

"二保啊，叫客人到我房里来吧！"爹爹在里屋喊我。

我领着老汉进了房，指给他爹爹卧室的那张门，他一声不响地进去了。

卧室里立刻响起了奇怪的谈话声，就像镇上那老式录音机在放怀旧的歌曲一样，时高时低的。那一夜，爹爹房里的说话声没有停息。我一轮一轮地醒来，梦中的大火烧得我四处逃命。青香老在我耳边说："我们跑不跑？我们跑不跑……"到处都是人，我在烟雾中摸索着，希望看到木香的身影。可是她在哪里？

外乡人在我家里住下了。奇怪的是木香对他并没有兴趣，她在他面前冲来冲去的，从来不招呼他，就仿佛他不是一个人，更不是家里的客人。爹爹也不责怪木香的无礼，现在轮到爹爹心事重重了。

冬天来了，我们一家人围炉烤火时，尺叔（外乡人）就坐在最里面的暗处。我们时不时地听见他发出惬意的哼哼声，大概他的一生从未得到过这种高级享受吧。白天里他告诉过我，湖区的冬天，到处是冰，手脚和脸全冻烂。我记得他从未抱怨过肚子饿，而且他明显比我们吃得少。莫非他需求小？真不可思议。

就在我们吱吱嘎嘎地啃萝卜片时，突然听到尺叔说话。

"这里真是一块风水宝地啊。"

"同你家乡相比，不是挺无聊的吗？"木香嘲弄地说。

"我嘛，已经忘记家乡的那些事了。有时我想回忆，怎么也回忆不起来。家乡成了影子，缩进一个黑洞里去了。有一件事我还记得，这就是那里的人都认为煤是很可怕的东西。所以他们才要跑到这里来掠夺啊。"

尺叔的声音在暗夜里额外清晰，也许是因为我们都在屏住气聆听吧。我被他的话震得脑袋发晕。他说完后没人接着他说，只有木香发出了一声冷笑。随后门吱呀一响，她到外面堂屋里去了。"二保，你这个呆鹅……"她一边说一边越走越远。这么冷的天，我的姐姐到哪里去了？

母亲坐着没有动。她知道木香的性情，这个女儿谁的话都不听。

外面起风了，风在山里呼叫。房里是多么温暖啊。沉默中，我知道了大家都同我一样的想法。这种天，围在火炉边才是正当的行动。即使我要追随姐姐，也得等到明天白天。唉，让她骂我呆鹅好了，她的骂是一种疼爱。只有她听得懂外乡人的话，我是听不懂的，有什么办法呢？当然，爹爹也听得懂。

夜越来越深，灶眼里的煤火越来越旺，房里的氛围就仿佛是有一件紧急的事要发生了一样。只有青香侧身躺在宽凳上打呼噜。

过了好久我们才听到木香回来的声音，她直接回她的卧房去了。尺叔瓮声瓮气地说："她出去看望他们去了。"爹爹点头附和他。我不知道尺叔所说的"他们"是谁，这种夜晚，外面怎么会有人？木香的秘密活动别人很难猜出来，我隐隐约约地感到同煤有关。那么，也许尺叔指的就是煤？

我是下午一个人上山的。夜里下了雪。我走到那些熟悉的地方，发现有些异样，那些取煤点变得显眼了，都是上等的优质煤露在外面，选都不用选，多么奇怪啊。它们是夜里涌出来的吗？还是姐姐对它们施了魔法？

白雪的世界里出现了一个红色的小点，越来越近了，是一位外乡姑娘，穿着红棉衣，她那双大手被冻得裂开了许多裂口。

"我要来亲眼看一看。"她说，"我在卡车上冻了一夜来到这里，就为亲眼看一看。凌晨两点钟那会儿我觉得自己快被冻死了。"

我向她指点着亮闪闪的块煤，她快乐地笑着，她的脸像桃子一样红艳艳的。

"那么，你也会像尺叔一样留在这里吗？"我问她。

"当然不。煤乡是我的梦，人怎么可以老停留在梦境里？啊，对不起，失礼了。你想想吧，我为了来见它们差点搭上了我的小命！哈！"

她说她要回去了。我有点着急，结结巴巴地对她说：

"你就要走吗？可是，可是你还没见过我们这里的人啊……"

"你们这里的人，不就是你这个样吗？"她嘲弄地说。

"不对，比如我姐姐，就不是我这个样，你一定要见见她。"

"我已经听人说起过她了。她是个包打听。"

女孩走远了，她是去镇上搭车回家。湖区的人真怪啊，从那么远的地方来，差点冻死，就为看一眼我们这里的煤。

当我将煤耙进箩筐时，我发现它们不再一律是优质煤了。差的和好的混在一起，我一边耙一边选，淘汰那些太差的。我心里的疑惑不断上升。刚才湖区的女孩快要到来时，这些煤是怎么回事？现在它们又变回去了，莫非它们像人一样爱虚荣？还有，这个女孩对我姐姐不感兴趣，有点鄙视地说她是"包打听"。大概湖区的人最不喜欢外面的人打听他们的情况。木香已经看出了这一点，不过她不死心，她要一钻到底，她就是这种性情。

我暗暗地认定这种局面是煤造成的。可是煤山一直在这里嘛。从我记事以来，我们小孩就在这里安安静静地成长，从未有过外乡人来扰乱我们的生活。可是姐姐，她是不同的……难道是木香引来了外乡人？我被自己这个阴森的念头吓了一大跳，天哪！我忽然又记起她的一些独特之处，比如她最喜欢用自己的赤脚将加了水的煤和黄泥捣匀，闭上眼踩呀踩的，动作那么柔和，还哼着山歌。还有就是她总是在水塘边看自己的倒影，好像要从那影子里找什么东西似的。

挑着煤踩着雪往家里走时，发现这山里只有我一个人在走。这种天，别人是不会出来采煤的。我之所以出来了，是因为看到姐姐的眼神，心里就产生了某种预感。果然，我一进山就遇见了湖区的女孩。可是遇见了又怎么样呢？我连一丁点儿消息都没有从她那里打听到，她的嘴紧得很。她当然是从湖区来的，我一提尺叔，她就心领神会的样子。那些煤……

我决定不将遇到女孩的事告诉木香，这事太令人扫兴了。

我一进屋，尺叔就夸我了。

"了不起啊了不起！天寒地冻的，本可以在家里烤火，却惦记着家里的煤。山区的孩子就是吃苦耐劳。"

我发现他说话时居然同木香交换着会意的眼色，他什么时候同我姐姐结成同盟了？他俩不是一直互不买账吗？

"二保啊，你该没有后悔吧？"姐姐拍拍我的肩头，关切地问。

"没有啊。为什么事后悔？"我茫然地反问。

"你都知道嘛。"她肯定地说。

尺叔拍着双手喜气洋洋地说：

"这两姐弟在说黑话！真贴心！煤乡的人真朴素！"

但我一点都不高兴，我怀疑姐姐已经知道我同那怪女孩相遇的事了，说不定他们仨见过面了。虽然我看见她往镇上跑，也许那是迷惑我，也许她实际上跑到了我家，还说了我的坏话。唉唉，我同姐姐的关系怎么成这个样了？是因为尺叔，还是因为煤？为什么爹爹要将尺叔老留在家里？我一边这样想一边在心里谴责自己的刻薄。我的这些念头太不符合煤乡的做人的标准了。

"你脸上脏兮兮的，洗脸去！"木香命令我。

我在厨房里洗脸时隐约听到这两个人在议论我。

"他还小……他看不出美莲的意图。"尺叔说。

"您这样认为？哼……"

我心里恨恨的，恨尺叔。可恰好此时青香在我背后说话了。

"尺叔真有趣，我舍不得让他走。"

"他要走吗？"我心里燃起希望。

"不会。爹爹说我们这里成了他的第二故乡了。"她傻乎乎地说。

"你不会是尺叔派来侦察我的探子吧？"我突然说。

"你说什么……你说什么呀……"她哭起来了。

我愤愤地走开去。

外面又下雪了，真冷啊。尺叔将屋里的火烧得很旺，火上在蒸番薯。尺叔很快就学会了烧火，而且他最关心这炉火。这一来木香就少了许多事，所以她现在老跑出去。我不知道她跑到哪些地方去了，似乎只有尺叔知道，可他从来不透露给我。

我并不稀罕外乡人，我只关注木香。在我眼里，木香是世界上最聪明的人，我要是能弄清她心里的一半念头就好了。很显然，现在她和尺叔都把我当小孩子，他们有事瞒着我。现在我越回忆那湖区的女孩，越觉得这些外乡人不怀好意。不知他们对我们的煤山做了什么手脚，使得煤发生了古怪的变化。如果我今天不去山里采煤，我还不知道它们会是那个样子。煤知道女孩从那么远赶来看它们了，才变成了优质煤吗？还有我的姐姐，她是跑出去看煤去了吗？

我爹爹在咳，我忽然觉得他也许会死。我有回听到他对母亲说：

"我不担心你们，在煤乡里，有什么可担心的呢？"

他固执地认为我们这里遍地是宝。可我并不相信。我们不是连饭都吃不饱吗？而且我们从未去过大城市，只是听一位老伯伯讲述过大城市的模样。我们走得最远的地方就是镇上，爹爹也如此。那位老伯伯告诉我们说，大城市的人天天吃肉，冬天被冻死的都是乞丐。我和青香听了他的话，都对大城市的生活感到害怕。我们觉得自己要是去了大城市，就只能当乞丐，绝不会成为吃肉的人。但木香并不害怕，她缠着那位老伯伯打听了很久。老伯伯在对我们讲述大城市的当年就去世了。

原来那女孩的名字叫美莲。她倒是有个好名字，可她的性格太刁钻了。她来到我们这里，有什么样的意图呢？要木香才看得出，可木香又不愿告诉我。我去山里采煤，不就是为了帮她多干活，帮她打听信息吗？她却不领情！她用不着我的信息，她同美莲已经联系上了，全是尺叔在牵线。啊，爹爹在唤我！

"二保，今后你的性情要改。你要将一些事放开去。不然的话，即算在煤乡生活，也会越来越难。"爹爹说这话时眼睛看着别处。

"爹爹，您是想说，我会死吗？"

"你真聪明。你差不多和木香一样聪明。不过总有一天，青香会超过你俩。"

我回想起青香的傻样子，不由得笑起来。

"笑什么呢？"爹爹严肃地皱了皱眉头，"有的人的聪明从不外露。"

我沉默了。我记起我小的时候也咳，人们说我也有肺病。后来我的病好了。可是住在村尾的远林有次生我的气，就警告我说，肺病是好不了的，年纪大了时仍要发病的。那种警告我记在心里。什么时候我就算"年纪大了"呢？他说得太含糊，令我没法预防那种事。所以有的时候，我就将那种警告抛到了脑后。爹爹当然没有忘记，可他以前从来不说，就好像我没有病一样。我们家只有我遗传了爹爹的肺病，女孩们都很健康。不过我觉得木香也有病，她的病在心里。

"你妈最疼的就是你。你多干活吧，对你有好处。"他忽然又说。

我听不懂这种打哑谜似的谈话，情绪一下子变得暗淡了。

尺叔过来了，笑盈盈地对爹爹说：

"这位是个小英雄！这种天气，他敢一个人上山，要多大的勇气？"

爹爹听了他的夸奖很高兴，点着头，用下巴朝某个方向示意着什么。爹爹和尺叔谈论过我的病吗？

我们站在房里谈话时，木香探进脑袋，毫无表情地看了我一眼又缩回去了。

我真悲痛。

今年冬天的雪下得特别大。现在每家都在屋后的山坡上取煤了。只有我还念念不忘大山里的那些优质煤。当我提出要去大山里采煤时，木香就说她不批准我去。

"你是只呆鹅，去那种地方也不会让你变聪明。再说你已经去过一次了，给我惹了一堆麻烦。"

　　"那是什么样的麻烦？"我问道，心里存着希望。

　　"我不想说。那种事过去了之后就没人想说了。"

　　"可我知道是美莲惹你生气了，她是个坏女孩。"

　　"胡说八道！你不要自以为是了，会把事情搅得一团糟的。"

　　我心里的沮丧没法形容，我永远是个外人。就因为我有病。木香不让我去山里，倒并不是因为我有病。她很少怜惜我，我为此心里对她充满感激。啊，我多么想变得同她一样聪明啊。可那是妄想，我明明看不透发生在身边的这些事嘛。不过我心里无端地有种预感，只要天气变好，木香就会从家中出走。我觉得她的想法得到尺叔的赞同，她已经等得不耐烦了。她大概经常独自一人去大山里，她认为我太笨，不能理解那些煤，所以反对我去。唉，木香！她同那山上的煤，还有湖区的女孩，还有尺叔，他们之间是怎么回事？爹爹不是说，有了煤就过得下去了吗？他的女儿却每时每刻企图将自己置于危险之地。也许爹爹的话是嘲弄我们？我现在常感到房里太热，这都是尺叔的功劳。我已经同青香商量过"跑不跑"的问题，结论是死守在此地。

　　有一天雪停了，我看见木香独自出门，便悄悄地跟在她后面。

　　果然，她去了我们常去的大山——白山。我远远地看见她在绕着山腰走。

　　后来有一个小红点从小路的对面过来同她会合了。我激动起来：那是湖区女孩美莲啊！她俩站在那里看山顶，我躲在岩石后面看她们。忽然，她俩不见了。怎么回事？我奔过去寻找她们。

在她俩驻足的地方什么都没有，只有被雪覆盖着的煤和松树林。哈，我终于发现情况了！有一棵被雷电击倒的大松树的根部裂开了，朝裂口望进去，里面黑洞洞的。木香她们一定是进到里面去了。我小心翼翼地往里走，我感到自己是在走下坡路，那么这个洞是通到下面去的。洞里很温暖，前方还浮动着点点红色的火星。一会儿我就听到了木香的声音，不过她离得比较远。慢慢地就热起来了。

啊，那些火星增多了！我开始出汗，头发也变得湿漉漉的。我跑不跑？

"木香！！"我绝望地喊道。

她回答了我，我听不清她说什么，显然她很愤怒，那愤怒是冲我来的。

我掉头往回走。但是因为什么都看不见，我弄不清我是在往哪里走。

多么热，这些煤烧起来了吗？它们发起怒来真凶恶，我要完蛋了。现在我已经看不到红色的火星，但我能真切地感到热浪朝我扑来。多么可怕，我应该离开，可我却在向它们跑去，我跑到它们里头去送死！我止不住自己的脚步。

"二保，现在向右拐吧。"木香冷静地说。

我出了树洞，站在雪地里，满脸都是湿的，不知是汗还是眼泪。

在我的前面，木香和美莲若无其事地边走边交谈。我赶上前去观察她俩，发现两个人都没出汗。怎么回事？那些煤优待她们吗？我真羞愧啊。

"你弟弟还太嫩。"美莲说，回过头来冲我一笑。

她这一笑就抹去了我心里的所有的委屈。我听见木香对美莲说我"需要锻炼"。

木香真是那样想的吗？可她为什么不批准我去大山里？或者，不批准其实就是批准，看看我的勇气有多大？走了一会儿木香和美莲就要分手了。木香在劝美莲快回家去，她说我们煤乡"其实并不安全"。美莲回答说她知道不安全，就因为这，才有刺激，要不她一轮又一轮往这里跑干吗？她说得木香笑了起来。这时美莲反而收起笑容，说她得去赶车了。她跑起来，一会儿就不见踪影了。

我问木香我们这里真的不安全吗？木香仰着脸想了好一会，说：

"我说的是我们自己。我们都会死。她如果留下来，她就不安全了。"

"你也会死吗？我以为只有我一个人会死呢。因为我有病。"我焦急地说。

"我也有病，你还不知道吧？如果我还在这里拖延的话，我非死不可。"

我不敢问木香她有什么病，我被这个消息弄得脑袋麻木了。那么，木香也要走了。她还在等一件事发生，那是同煤有关的事吗？那些煤，它们在地底下的活动可不像它们在炉子里的活动！

在离家不远的地方，木香命令我说：

"你先回去吧。"

天黑下来了，木香还没回来。我忍不住问爹爹：

"木香也有病吗？"

"她是思想病，她的思想有问题。"爹爹说。

"思想病会死吗？"

"可能吧。"

我担心她出问题，要去找她，却被爹爹喝住了。爹爹说现在她还不会有危险。"我担心的倒是你。"他又说，样子有点凶。

我一害怕，就不敢出去了。外面这么黑，我也找不到她。

爹爹早早地就轰大家去睡觉，地灶边只剩下他和尺叔。

我躺在卧房里，又听到了那种录音机里传来的声音，有声有色的。是爹和尺叔在谈话，可惜我一句都听不清。我疑惑地想，这个湖区来的老头是怎么成了我家的主心骨的？好像是，爹爹一直就在等他来！我在迷糊中听见木香进屋的开门声，一下子就被惊醒了。尺叔热情地向她寒暄，她回答了一句什么就哭了起来。接着是爹爹安慰她的声音，她提高嗓门和爹爹吵了几句。"我绝不走老路！"她喊道。忽然，他们三个人的声音又变得和谐了，好像在商议什么事。我于是想到木香今夜的出行是他们三个人预谋的，两个老人对木香抱着很大的期望，但他们与木香在某些方面有意见分歧。

那一夜，我对我姐姐的崇敬达到了巅峰。她究竟是什么材料做成的？她能看见我所看不见的事物，并且她总是那么镇定，比村里所有的男孩都要镇定。然而她又胆大包天。我隐隐地感到也许因为木香如此的与众不同，所以两个老人将自己实现不了的希望寄托在她身上了。她成了他俩的眼睛和耳朵，还有心灵。只有她，能够和大山里的那些煤打成一片。她，还加上湖区来的美莲，她俩已经去探过险了。真是两位天不怕地不怕的姑娘啊。而我，直到现在也没能想清昨天发生的事。我努力回忆那个被雷击而裂开的树洞，回忆我是怎么进去的，然后又遭遇了一些什么。但那一切回忆就像那个洞里一样黑，一点都猜不透它的含义。然后我就被木香救出来了。那种处境可是够可怕的，那些煤似乎在愤怒地燃烧。也许木香和美莲是去下面引火？是不是因为我发现了真情，木香才如此生气？然而她还是救了我，因为她是我的姐姐啊。我在睡去之前生出这样一个念头：可怕的不是这些煤，而是人对煤的看法。这个念头似乎让我安心了。我就在斑鸠的叫声中进入了深深的梦境。

　　第二天早上我醒来时，居然听到爹爹和尺叔还在地灶边大声说话。难道这两个人整整一夜都在谈话？多么可怕啊。

　　"这地方有了木香这丫头，我们的事业就后继有人了。"爹爹说。

　　老天爷，他竟然用了"事业"这个词！那是桩什么样的黑暗的事业？要用性命去打拼的事业吗？我脑海里出现了白茫茫的山，还有雪地里的细瘦的身影。我心中激情涌动，用力一滚就翻下了床。

当我揉着眼走到地灶那里时，却没看到爹爹和尺叔。灶里火已经熄了，他们夜间没有留火。没有生火的房里冷清清的。母亲悄无声息地进来了，她是来生火的。

"妈妈，爹爹和尺叔夜里在什么地方？"我问。

"两个老家伙溜到山上去看雪去了。真有雅兴。"

"可我听到他俩一直在灶边谈话，谈了整整一夜。"

"有可能。"母亲笑起来，"这两个人神出鬼没。你爹说自己死过好多次了，可他还在家里！二保啊，我劝你不要过多地关注他们的事。"

"可我并不关注。"

"那你一夜不睡，听他们说话又是怎么回事？"

"我没有刻意去听。他们的声音太大，我睡睡醒醒的，就听到了。"我争辩道。

"你竟敢责备你爹爹的声音大。他是有病的人，随时会死。"

我愤愤地冲到了外面。我在堂屋里用冷水洗了脸，刷了牙，心情渐渐平静下来。这时我看见木香回来了，脸蛋冻得红艳艳的。

"二保，我要带你去钻树洞。"她宣布说。

我惊呆了。她这句话像一个响雷，我感到整个堂屋里都在发出回音。

二

青香这傻姑娘，又躺在灶边的宽凳上打起了猪婆鼾。刚才她还在同我说话，问我地下煤矿在这一带是如何分布的，做出害怕的样子问了又问。如果她真害怕的话，怎么会一转背就入梦了呢？这个狡猾的家伙，我得提防着她点。

"二保，你觉得你姐姐是去哪里了呢？"母亲问我。

她坐在灶边纳鞋底，一只手柔和地抽出麻线。我知道她并不为木香担心。她从来就没有为她担过心。

"大概是去湖区吧，"我随口说，"妈妈，你愿意她去哪里？"

"我愿意又有什么用呢？她才不会听我的。"

爹爹和尺叔都停止了抽烟，一言不发地坐着，不知道他们在想什么。

我忘不了那天下午的事。我和木香到了很深的下面，可能是煤矿的地下层。那里一点光线都没有，幸亏我们带了矿灯，矿灯是在镇上的旧货摊上买的。矿灯变得幽幽的，只能照到脚下一点点地方。用手一摸，就知道周围都是最上等的货色。但也不一定，也许只是红土层呢？矿灯微弱的光线照不出颜色。我其实带了打火机，但我不敢点燃，害怕这些煤像上次一样烧起来。我们已经来到了比上次深得多的地底下，如果它们燃烧起来。我们非死不可。木香要我坐下来休息。

"有病并不可怕，兴许还是好事呢。"她是说我。

她说着就捏了捏我的手，令我感到心神激荡。

突然，我捕捉到了单调均匀的挖掘声。木香说可能是湖区的美莲，也可能是她那里的某个汉子，因为"他们最喜欢同煤矿较劲，没事就挖来挖去"。

当我和木香屏住气倾听时，挖掘声却又停止了。

"木香，我们上去吧。"我声音颤抖地说。

"好。"

我姐姐镇定地站了起来，走在我前面。我多么佩服她啊。

她一会儿往左拐，一会儿往右拐，我几乎跟不上她。可是很快我们就看见那着火的煤层了。那么可怕！我被呛得发不出声。木香将我往旁边一推，独自朝那火海走去。我跌在黑乎乎的水沟里，动弹不得。有人在叫我。

"二保，你伸出手来啊，你这个怕死鬼！"

我朝前伸出一只手，那人一把抓住，用力一拽，我就到了外面的露天里。

原来是那矮小的湖区汉子。他显得更瘦、更憔悴了。

"你在干什么？"我问他。

"探险啊。"他茫然地说，"我们不像你姐熟门熟路，我们远道而来，可我们，也有好奇心。你说是不是？"

"可能吧。"我拿不定主意怎么回答他，"你发现了什么？"

"糟糕的就是什么也没发现！我只要一靠近那些煤，就被弹开了。比如刚才，我以为我已经死了呢，结果却跌在水沟里。"

"你不怕死，对吗？"

"对。可这里没有机会让人送死。我试过好多回了。煤的意图捉摸不透。"

他显然不想和我多说了，他往旁边一条岔路走掉了。我看见他的衣服下摆被烧焦了，他的头发也被烧坏了，散发出臭气。上次我和木香遇见他时，他还是个年轻的汉子，现在他已经显老了。这个家伙老在我们的煤山里转悠，是要找什么呢？或者什么都不找，只是像他说的，在试探煤矿的意图？湖区的人老奸巨猾，永远不讲真话。比如尺叔，我就从来不知道他话里的意思。这个人一定在胡说八道，谁会故意去寻死呢？他居然知道我的名字！当然，是他们的人告诉他的……或者竟是木香告诉他的。他妒忌我姐姐，因为她可以在火里头穿来穿去，不受损伤。他们这伙人，究竟跑到这里来搞什么样的活动？他们都在湖区活得不耐烦了吗？他们现在已经不再来拉煤了，看来以前他们用卡车拉煤回去，并不是为了取暖。

我不敢把这事往深处想，一想就感到毛骨悚然。哈，木香出来了，她若无其事地在我前面走！我一叫她她就站住了，转过身来。

"有人要跟你捣乱，就是上次来的那个湖区人。"我说。

"我看见他了。他不算什么，尺叔才是真厉害。"木香若有所思地说。

"你真行。"我赞赏地说。

"那人在撒谎，"我又说，"他说他是来寻死的。又说他死不了。"

"这没什么稀奇。周围全是这种人，我慢慢地把他们弄清楚了。我问你，二保，你干吗要对这种事有这么大的兴趣？"

"因为，因为……因为我有病啊。"我结结巴巴地说，"再有就是，我想向你学，什么地方都敢钻去，火也烧不着你。"

木香笑起来，连声说："胡说八道，胡说八道……"

我们很快就回到了家里。爹爹告诉木香说有一个外乡人来过了，魂不守舍的样子，说想借宿，爹爹没有同意。木香扬了扬眉毛，说了那湖区男子的特征，爹爹说就是他。

"尺叔当时在家吗？"我插嘴问道。

"小孩子别乱问！"爹爹瞪了我一眼。

我走到里屋，看见了尺叔。他正在摆弄那炉火，蓝色的火苗直往上蹿。我们刚才的对话大概他都听见了。他抬起头看着我说：

"你哪里像个有病的人啊，我看你的病全好了。"

我红了脸，想逃进自己房里去，可又被他叫住了。

"二保啊，我在夸你呢。你将来一定会像你姐一样有出息的。"

他说着就给我一根番薯条，我接过就啃起来，因为确实饿坏了。

春暖花开之后，煤的重要性就没有那么明显了。当然我还是一有机会就去那几个地方侦察，想发现点什么。一共有两次，我独自下到天然矿井里，但两次都一无所得。以前我和木香来时，我总看见火，闻到烟。可是当我独自下到那里时，周围静静的，既没有火也没有烟。我将矿灯高举，看见的不优质煤，而是煤和泥土混在一起的那种东西。而且这个"井"并不深，走十几步就碰壁了。这令我怀疑：上次同木香来的是不是这个井？后来我就不下井了，改为到山里头转悠。

木香从家里消失后，尺叔就老念叨着要回湖区去了。我觉得他不是真的要走，他只说不做。因为并没有谁拦着他嘛。

除了尺叔，家里没人提起木香，也许我的父母对我姐姐很放心。

尺叔往往是在傍晚时分说起木香。那时大家围着八仙桌坐好，准备吃饭了，尺叔就会突然冒出一句：

"木香今晚会不会也吃豆角？我记得她最爱吃豆角。"

刚开始听到这种话时，妹妹青香总会哭起来。于是爹爹就铁青着脸，骂她是"扫把星"，还说她"把好事搅成了坏事"。被骂两次之后，尺叔还是说同样的话，但青香就不再哭了。我私下里问青香为什么要哭，她说她觉得姐姐已经死了。我又问她现在为什么不哭了，她说她又觉得姐姐还活着。我就暗自思忖：我这个妹妹同我姐姐一样复杂啊，可得提防着她。

"我现在为什么还不走？"尺叔看着我说，"我担心的是你。二保，你可要自爱自强！我在这里一天，就可以指导你一天，对吧？"

"你究竟担心我什么事？"我有点蛮横地问。

"当然并不是真的担心。老人的生活经验总是有用的。"

我气呼呼地回到自己房里。从我的窗口望出去，可以看见煤坡。远远望去，总觉得那黑乎乎的一片会是上等的好煤。当你走到跟前，又发现并不是那么一回事。我可不愿尺叔监视我。其实他在家里也并不跟着我转，他用不着盯我就知道我在想些什么。不知怎

288

么，我盼望他提起木香，又有点害怕。毕竟，木香没有同我告别就走了。是不是因为木香走了，那些矿井就渐渐淤塞了？从前的天然矿井是怎么形成的？仅仅由于木香美莲这类人去探望，它就自动形成了吗？在我的夜里的想象中，这两位女孩同煤是友好的，煤矿欢迎她们。而那湖区的汉子和我，却是不受欢迎者。那人的衣服和头发不是被烧坏了吗？也可能是看到他被烧焦的头发和衣服，爹爹才不让他借宿的。啊，有人在窗口叫我！是美莲。

"二保，你愿意同我去放火吗？"她说。

"放火？"

"并不是真的放火，就是玩玩。"

我溜了出去，我听见尺叔在我背后说："越是有病越要抓紧机会。"

黑暗中，美莲抓住了我的手，我们跑了起来。我有种腾空的感觉。会不会是飞到木香那里去？这个在煤乡神出鬼没的湖区女孩，怎么会想起来邀我的？奇怪，我们所经过的，全然不是我熟悉的路。

"美莲美莲，我们是到木香那里去吗？"我喘着气问她。

"不要问！你问不出来的。因为我不知道。"

她用力攥紧了一下我的手，她的手变成了又冷又硬的东西，我疼得叫了一声。

她似乎很懊恼，甩脱了我的手，停了下来。

我发觉我们已经在山坡上。美莲背对我站着，用打火机去点燃坡上的煤。我吃惊地看着，觉得她的想法太疯狂。她耐心耐烦地用小小的火苗在划圈子，划了一轮又一轮。我站在那里，腿发麻，心里对她失去兴趣了。

突然，一阵酷热的气流穿透了我的身体。我转过身来，发现整个煤坡变成了橘红色的水晶宫，奇怪的是那些火苗一动不动。我恐惧地叫喊：

"美莲！美莲！"

但美莲不在，也许她到水晶宫里头去了。热辐射令我汗流浃背，我本能地往坡下跑去。到处都是火的水晶宫，除了我脚下这条窄窄的泥巴路。我跑得很累，我刚才上山反而轻松，就像是飞上来的一样。我听到尺叔在坡下喊话。

"美莲，你可要挺住啊！"

美莲在哪里？汗水滴到眼里，很痛。后来我干脆一头滚下了坡，落到一蓬青蒿上面。啊，这可是救命草，沁人心脾，消除燥热……

"二保，你真的长大了嘛。"尺叔在我耳边说。

我很狼狈地爬了起来。尺叔拍着我的背唠叨着：

"你瞧，你瞧，全发动起来了！这太好了！"

我回过头看山坡，只看见一片黑乎乎。美莲躲起来了吗？

尺叔好像听见了我的思想一样，回答说：

"她当然躲起来了。这里到处都能躲人，不像湖区一坦平洋。"

我很不情愿地跟随尺叔往家里走。我是多么羡慕美莲和木香啊！她们是真正的夜游神，神出鬼没，还可以将煤坡变成水晶宫。我羞愧地回忆起美莲的铁钳一般的大手。那双手不是已经向我显示了她的力量吗？我怎能同她比？

这几天"倒春寒"，天气又转冷了。寒冷的家里已经生好了火，尺叔让我换上干衣服坐在火边的宽凳上。

家里人都睡了，尺叔也显得睡眼蒙眬。

"我知道你的想法，不过现在还不到火候嘛。"他打着哈欠说道。

他开始封火了，他催我快去睡觉。催了两遍，见我没动，他就凑近我看着我的眼睛，说："你这个小家伙是怎么回事？想从家里出走吗？"

我点了点头。尺叔笑了，露出那颗断了半截的门牙。他做了个手势让我出去。

于是我糊里糊涂地又到了屋外。黑暗里有人同我借火。

我把打火机递给他。他是那湖区的矮子，烧焦的头发乱蓬蓬的，身上还是很臭。他猛抽了几口烟。"真冷啊。"他打着哆嗦说道，"你同我去避寒吗？"

我默默地跟着他走。后来我们钻进了一个茅棚子。我从来不知道村里有这样一个茅棚子，里面空空的。我凭狗叫的声音判断出这个茅棚是在村外。

"我搭的棚。"他自豪地说。

我点燃打火机将棚里扫视了一遍。就是一个草草搭成的空棚屋，我们没法坐下来，只能蹲在泥地上。糟糕的是屋里同屋外一样冷，甚至更冷，因为在外面还可以跑动来取暖。我为什么要蹲在这样一个棚子里受冷？还不如出去跑一跑呢。我站起来向外走。

"哪里去？"他伸手抓住了我的肩膀。

"我想去活动活动。到有煤的地方去找我姐姐。"

"你说我这里没有煤吗??"他提高了嗓门，好像要扑过来揍我一样。

我连忙蹲下，抱住头。我可不经揍。

"这就对了。"他的声音变柔和了，"你的脚下就是煤。不过啊，我们不能点燃它们，那样的话我们两人都得死。你的姐姐和美莲，你以为她们真的到了火里面吗？她们是在耍花招！我是老实人，不过我真羡慕她们。"

我一会儿站起一会儿蹲下，我的腿又冷又麻。

"我是个病人……"我试探性地抱怨。

"病人？好啊！我这个棚子就是专为病人搭的，因为我也是病人。"

"可我在这里没事干。"

"没事干？你真是胃口很大啊！你脚下就是煤矿，你说没事可干!"

我掏出打火机来，我想试试他的话有多大真实性。我刚一点燃打火机他就将我打倒了。他站在我上头，大概非常愤怒。

"你是一个阴险的家伙，你没有信念!"

他没收了我的打火机。但我想不通：点火有什么不好呢？美莲不是到处点火吗？

我把我的念头告诉他，他就教训我说：

"美莲是美莲，我们是我们。我辛辛苦苦搭了这个棚子，就是为了让你放火烧掉它吗？你有病，就可以为所欲为吗？给我起来！"

我爬起来，一身都在哆嗦，话也讲不出来了。

"我们可以想一想煤矿里的事。"他提议说。

可是我的大脑被冻僵了，什么都不能想。他站在那里一动不动，我只能勉强辨认他所在的位置。突然，我听到他在冷笑，那笑声令人毛骨悚然。难道他有精神病？但又不像。他好像是在同什么人较劲。他这一笑，倒让我的脑子活跃起来了，也没感到那么冷了。不知怎么的，我有几分愿意同这个汉子待在草棚里了。

他止住了笑。其实我倒愿意他一直笑下去，那样的话我周身的血脉就会变得活跃。啊，这个人！有人在棚屋外叫我，居然是木香！

"二保，二保，我太高兴了！"她边说边拉住了我的手。

"你这些天到哪里去了？"我问她。

"我们到处点火。我，还有美莲。我去了一趟湖区！那里的风啊，几次将我吹倒在地。我现在理解这些湖区人了。比如棚子里这一位，就是个肇事者。"

"肇事者？"我喃喃地说。

"肇事者就是永不服输的那种人啊！"木香哈哈大笑。

木香告诉我说，这些天她一直在外面巡视，她将整个煤乡的煤矿分布情况都弄清楚了。现在她走到哪里。哪里的煤就会发出光芒，不过那不是真正的燃烧，只是种模拟。木香认为，煤对她做出这种反应，虽然令她兴奋，她却隐隐地感到了危险。她觉得自己只要一迈步，就踩在煤矿分布的脉络上。哪怕她到了湖区，只要一做梦就还是梦到原煤分布图。那种情形很恐怖。"煤可是地下的东西啊。"她说出这句话时神情很茫然。当时我们是在她的"窝"里，她有三个这样的窝，都是简陋的，别人遗弃的堆房，她稍加收拾后就利用起来了。每个窝里都放了一张木床，床上堆着看着眼生的厚被子。木香的生活能力是很强的，她从不亏待自己，这一点同那湖区的矮汉子形成了对照。我问她美莲是不是也同她住在一起，她摇摇头，反问我："怎么可能？"于是我明白了，她们各干各的。不过她说是美莲将她带到湖区去的，她在那里没待几天，因为再待下去就会传染上血吸虫。我从木香的谈话猜测到美莲也有几个窝，她俩的活动路线有时会交叉，每次重逢时两人都很激动，就好像今生再也见不到了似的。这是为什么呢？

　　木香在小小的煤炉上煮番薯汤给我喝。她要求我保护自己的身体，还要尽量照顾尺叔。她说尺叔是我们的家神，能量比爹爹大多了。我喝完一碗番薯汤就站起来告辞了。我看见我姐姐眼里噙着泪——她多么爱我这个弟弟！我一边离开一边想，我怎么能老黏着木香，我比她小不了多少，早就该出去闯荡了。

我刚一走出木香的窝，回头一看，那窝已经消失了。看来煤乡的生活里有很多阴森的事是我从前没注意到的，木香却一直就了解内情。唉，木香！刚才她心里认为今生再也见不到我了吗？当然这事不可能，可到底是什么在促使她这样想呢？

　　"哈，二保回来了！家里人都以为你不回来了呢。"尺叔笑眯眯地说。

　　"为什么？"我生气地问。

　　尺叔仔细地从头到脚打量我一遍，摇摇头，说：

　　"不为什么。"

　　"那你看我回来好呢还是像木香那样不回来好？"我不依不饶地问。

　　"都好。"尺叔说，又变得笑眯眯的，"煤乡的孩子成长起来真快。"

　　深夜里，有人发出凄厉的嚎叫，我觉得那声音像是湖区的矮汉子发出来的。

　　我听见尺叔起来了，走到那边房里，口里小声低语："他这是怎么回事……"

　　那汉子怎么了？总不是闹着玩吧？他待在自己搭的棚子里，在清冷的黑暗里想一些关于煤的事，他应该是有超人的毅力的。我可做不到像他那样。可现在，他为什么不耐烦起来了？会不会他的棚屋着火了？他又叫了一次，尺叔更加不安。然后门一响，他出去了。

我连忙穿上衣往外走。

"二保，哪里去?" 是母亲惊恐的声音。

"我找尺叔……"

"你不能去。外面变化很大，待在房里别动。"

煤油灯的那边，母亲的脸像鬼一样可怕。我突然回想起母亲很少吃东西，她是如何样熬到今天的? 什么样的力量在支撑着她?

"妈妈，我不出去了。您告诉我，外面发生了什么变化?"

"半边山都在烧。有人踩着了煤山的脉搏……我和你爹爹都不敢出去。"

"那么尺叔呢?"

"他去找那英雄去了。"

"谁是英雄?"

"你不是同他见过面了吗? 尺叔还在家里夸你呢。"

我明白了。

当我躺回床上时，我感到无比的孤独。当我有点认清尺叔的真面目时，他就迅速地从我家消失了。啊，尺叔! 啊，湖区的矮汉子……我在黑暗中，他们在亮处。还有木香和美莲，她俩如愿以偿了吗? 有人在摸我的脸呢。

"青香你捣什么鬼?"

"我担心你要发病。外面变化太大了。" 她声音发抖。

"外面变成什么样了?"

"我不知道，什么都看不见。我只是想，肯定变化很大。"

我下了床，和青香一块蹲在桌子下面。青香又开始问那个"要不要跑"的老问题。

　　"往哪里跑？什么都看不见啊。"我忧虑地说。

　　"二保，你有病，我们应该守在家里。"她一本正经地说。

　　"好，就守在家里。"

　　"可是爹爹和妈妈已经跑了。"

　　"跑了吗？"

　　"嗯。"

　　蹲了一会儿我的脚就发麻了，我从桌子下面钻出来。青香也出来了。

　　"你为什么不同他们跑？"我问青香。

　　"因为他们将所有的番薯干都留给我和你了，你瞧！"

　　她将那个烘篮推到我面前。

　　"他们不回来了吗？"

　　"应该是这样。爹爹不是快死了吗？"青香哭了。

　　我最讨厌她哭，我觉得她每次哭起来就是在掩盖什么事。她到底在掩盖什么？她同父母有事瞒着我。莫非他们认为我也快死了才让我留下来？可我觉得我还不会死，还早着呢。我身体里头还没有发病的迹象。窗户下面有人走来走去，会是谁？

　　青香好像听到了我里面的发问，她说是"湖区的矮子"在那里走，另外还有他的几个同伙。因为他们驻扎在我们煤乡，煤乡就"完全变了"。她说着就停止了哭泣，走过来紧紧地抓住我的手，用肯定的语气强调："不能跑，外面变化太大了。"

我感觉到她很激动，她到底喜不喜欢外面的变化？我这个妹妹可比我复杂多了啊。她刚才的那场哭会不会是喜极而泣？我刚想到这里，她就凑到我耳边说："我爱上了一个人。我真该死，怎么会是他？"

"谁？？"我吃了一惊。

"那矮子。有时我恨他，他弄得到处是火。可是呢，我又喜欢这种变化。我一直打算跟他跑。我到今天还没跑，是因为拿不准。"

"拿不准什么事？"我问她。

"拿不准他们是要改变煤山还是要毁掉煤山。"

她真是个想法多的小家伙。我将我在那矮子的棚屋里的遭遇告诉她，希望能打消她的一片痴情。她听完后便说她已打定主意了。

"二保啊，你还没有爱过。"

我听见她开了房门出去了。可她刚才还说外面变化太大，要守在家里呢。

我吃着番薯干，一边猜测着我妹妹的命运。那个凶恶的矮子同她在一块会是什么样？妹妹会不会被人利用？或许竟是她在利用他？他俩谁更狡猾？或者不相上下？我的妹妹也要去点火吗？唉，煤乡，为什么你要有两副面孔？如果湖区的人们永远不来，你就只有一副面孔吗？不过木香从小就与我不同，她不是因为湖区人来了才变成今天这个样子的，爹爹早就知道她的禀性。

一切全乱套了，也许这竟是某种希望。比如青香，就是寻找她的希望去了。从前她是没有这种机会的。从前的煤山，到了夜里就黑黝黝的，没人敢去攀登。我们连肚子都吃不饱，除了木香以外，家里人很少有痴心妄想。不过也难说，或许爹爹有，他最善于掩饰自己。说到木香，除非你要她死，她才会停止奇思异想。我还记得她有一年在大雪天里跑到了乌山那边。爹爹为了找她冻坏了两个脚指头。奇怪的是她自己安然无恙。她说她睡在雪洞里，那雪就化掉了。木香身上的热力有多么大！她说她是去找煤。乌山当然也有煤，可何必跑那么远？这里的煤山不也有煤吗？那时她才十四岁，我隐隐地感到，她是有能耐的女孩子。

外面的风停了。我抓了一把番薯干放进口袋，溜到了院子里。

有个人背对着我站在那里，是那矮子。

月光下，他看到我就笑起来。

"二保兄弟，你也出来了吗？"

"青香在你那里吗？"我急躁地问他。

"她呀，过河拆桥的丫头，早就跑了！如果她不跑，我也养不活她。"

"可是她爱你啊。你就一点也不爱她？"

"不对，我也爱她，所以我怂恿她跑了嘛。我们追求一种久别重逢的爱情。不过她还太小，打不定主意。我爱的其实是你的姐姐。"

"木香？？"

"是的，木香。她是我的死敌，但愿山火烧死她。"

听他说到木香，我便有点欣慰：木香拒绝了这个矮子，大约是因为她对他已经不再好奇了。我的姐姐真棒！他问我想去哪里，我没吱声，我可不想再去他的棚屋。此时我想见的人不是父母，却是尺叔。

"尺叔回湖区去了。"他冷淡地说。

然后我们就打起来了。先是他将我踢倒在地，咬牙切齿地称我为"叛徒"，诅咒我马上就死。"你休想出这个院门。"他气哼哼地说。我也不知哪来的力气，趁着他转身时一把抱住他在他背上猛咬了一口。我的牙齿还是很锋利的。我咬他的时候，听见屋后的煤坡发出炸裂声，还有一道一道地蓝光闪出来。

奇怪的是矮子并不恨我，他蹲下去，喃喃地念叨：

"你这小子，翅膀硬了吗？我看你可以呼风唤雨了。瞧这煤坡！你以前没遇到过这种反应吧？今非昔比了啊。木香骗了我，她说你是家里的小乖乖。"

我看见他的背上有一个阴影，大概是血涌出来了。

"对不起。"我惶惑地说。

"哈哈！不要对做过的事后悔嘛。注意那煤坡，它现在安静了。"

"你真的不让我走出院子?"

"这取决于你。"他阴郁地说，"你为什么不杀了我?"

"我不杀人。"我没有把握地说。

说话间煤坡又发出"砰"的一声响。他费力地站起来，挪着脚步，慢慢地走出了院子。我给了这个人重创，可这是如何发生的？难道不是他和湖区的一些人给煤乡带来了活力吗？他应该是我的朋友啊，想想我妹妹对他的神往吧。

我想到后面的煤坡去检查一下，我转到那条路上，发现路已被堵死了，煤堆得像小山一样高。天哪，这里新长出来的煤山！它是为谁长出来的？为我吗？我不敢这样想。我决心当作什么事也没发生过一样地过日子。于是我回到屋里，吃着薯干入睡了。这些离奇的事发生在半夜，离天亮还有段时间。

"二保，你还不起来吗？"木香在房里大叫。

房里不知为什么有很多烟，我睁不开眼。木香伸手来拉我，扶我走出房间。我问她烟是从哪里来的，她说是煤山的煤在燃烧——全是一些烟煤。我被熏得眼泪直流，但木香好像一点都不怕烟。这又是她令我佩服的地方。不知道她从什么时候练就这种本领的。

院子里浓烟滚滚，我都快窒息了。隐约听到木香在说要带我去一个地方。我没法开口问她，只是紧紧地抓着她的手。后来我就感到自己在走上坡路，烟也渐渐小了。我问木香眼前这座山怎么以前没见过？

"嘘，别说话。"她做了个手势。

她让我坐在一块石头上，说等会儿她来接我，然后她就拐进丛林里不见了。

我脑子里在紧张地思索，因为我想辨认出这个地方。但不论我朝哪个方向看，都是一点熟悉感都没有。这里离家并不远，难道是新长出来的一座山？可这些树都有些年头了，这条小路也是花费了一些人工的。我等啊等的，等得不耐烦了，木香在搞什么鬼？我捡起一块石头射向丛林，木香立刻出来了，气喘吁吁，身上全汗湿了。

"我去先前的矿井了。那是老爷爷的老爷爷挖下的。我想带一块漂亮的块煤出来给你看，可是又爆炸了，我差点命都没有了。"

她的秀目闪闪发光，我觉得她比谁都漂亮。

"这是什么山？"我问。

"就是我们常来的白山啊。这是后山，我们又是从通道过来的，所以离家这么近，所以你不认识它了。"

"通道？"我吃惊地说。

"就是通道，它总在那里。因为你受不了浓烟，我就带你走了通道。别人都不知道这个通道，它从前是被劣质煤堵死了的，后来……"

木香说不下去了，仿佛有什么东西堵在她喉咙里，她痛苦地咳了好久，咳不出。

"长年在煤堆里钻，我可能落下病了。"她说。

"我们都有病。"我安慰她。

木香仅仅消沉了几秒钟，马上又振奋起来了。她问我看见下面有什么东西没有，我回答说没看见，她要我用力看。我一用力，果然看见了一些东西在发光，发光的东西中还有个人影，那人影很熟悉。

"那是青香啊!"我叫了出来。

"不要叫,她在搞活动。她将它们召出来了。"木香微笑着说,"青香真是好样的,她超出了每个人的预料。"

木香催我快跑,说等一会儿就要冒烟了。我跟在她后面跑,几乎被拉下,我真差劲。突然她将我用力一推,推进了她的一个"窝"。我倒在床上。木香关上了门窗,还拉上了窗帘,她说外面景色很壮观,但不能让我看,看了就会做噩梦。

"是青香在搞爆破吗?"

"嗯。她的身子会炸成两段。"木香冷淡地说。

"她会死?"

"死不了。这是无害的活动。"

我听见一共响了三声,我所躺的床都摇晃起来了。木香长长地叹出一口气,轻轻地说:"这下那矮子要对她刮目相看了。我纳闷:她一直守在家里,怎么忽然就变成这样了?倒是我这个姐姐比不上她,矮子看错人了。"

我把脑袋伸到窗帘外,看见到处晃着刺目的白光,很快我的眼睛就什么都看不见了。我赶紧将脑袋缩回来。我对木香说现在我明白了,青香在家里时,尺叔将同煤打交道的一些诀窍传授给她了,因三姊妹中她最灵活。木香连连点头,说正是这样,青香才是我们家的英才,她自己只不过是个陪衬。她还说多多这下可以放心了,他就等青香这一招呢。"我们的妹妹啊。"木香说。

有人从外面进来了，居然是爹爹。爹爹见了我，一点都不感到惊奇，镇定地向我点了点头，就扭过头去同木香说话。

"那东西准备好了吗？"他问。

"准备好了，就放在小学礼堂旁边。"木香阴沉地回答道。

爹爹从桌上抓了一样什么东西又出去了。

"你们说的是什么东西？"我问。

"是柏木棺材，妈妈要的，我请人定做了放在小学里。"

"妈妈不是好好的吗？她还留了薯片给我吃。为什么是妈妈??"我焦急地说。

"谁都有可能，可今天确实轮到了我们的妈妈。她很镇静，她说我们都长大了。"

外面又响起了一声爆炸声。我求木香告诉我妈妈在哪里，木香摇着头说，哪里都不在，妈妈已经化成了灰。

"二保你还不明白吗？"她责备地说，"第一轮爆炸时她就跳进去了，她迫不及待。当然有人在帮她……"

"是青香在帮她吗？"

"嗯。你总算开窍了。"

我打开房门，站在那里发呆。我想到煤的威力和诱惑，想到我们这奇怪的一家人的关系。天色有点阴沉，但并非要引起人们的坏情绪。一些严肃的问题来到我的头脑中，我开始用力回忆同煤有关的一些往事。看来今天的局面不是偶然的，我不是一个善于观察和思索的男孩，或许某种疾病妨碍了我。他们不是将薯片留给了我吗？当然是留给我一个人的，我是最晚觉悟的那一个。我也曾去外面到处乱跑，但终究没有看透某些事。我的妹妹比我早熟，是不是因为爱？

"以后家里就只剩你一个人了。"木香幽幽地说。

听了她的这句话，我不由自主地抬起脚往家里走去。我看见烟已经散了，煤乡又恢复了往日的模样：平静之中有点自足，又有点挑逗。但也许是假象。那么妈妈呢，她知道真相吗？在我的心里，煤乡并不是眼前的这副样子，她日夜不安，爆炸连着爆炸，使得天际晃动着辉煌的红光。